JEAN-LOUP

DES MÊMES AUTRICES

Véronique Dabadie

Conversations avec Jean-Loup, Le cherche-midi, 2009.

Françoise Piazza

Mireille Darc, le cœur battant, L'Archipel, 2022.

Marie Trintignant, une vie brisée, L'Archipel, 2022.

Juliette Gréco, entrer dans la lumière, L'Archipel, 2020.

Francis Huster. Passeur de rêves. Didier Carpentier, 2013.

Silvia Monfort. Vivre debout. Didier Carpentier, 2011.

Juliette Gréco, merci. Didier Carpentier, 2009.

Petula Clark, une baladine. Didier Carpentier, 2007.

De Juliette à Gréco (avec Bruno Blanckeman), Christian de Bartillat, 1995.

Marie-José Nat, Visual Graphic, 1994.

Silvia Monfort, Favre, 1988.

Cora Vaucaire, une symphonie inachevée, Lettres du monde, 1978.

VÉRONIQUE DABADIE
Françoise Piazza

JEAN-LOUP, TANT D'AMOUR

Préface de Didier Barbelivien
Avant-propos d'Eric Neuhoff
Postface de Marc Lambron, de l'Académie française

l'Archipel

Notre catalogue est consultable à l'adresse suivante :
www.editionsarchipel.com

Éditions de l'Archipel
92, avenue de France
75013 Paris

ISBN 978-2-8098-5012-3

« Quand l'orchestre s'arrêtera,
Je danserai encore… »

Jean-Loup Dabadie

« Droit dans ses bottes de sept lieues,
apparemment sûr de sa plume,
mais si fragile, il rame, il rime et il dialogue,
le doute au cœur, l'amour dans l'âme. »

Claude Lemesle

« Guy et Jean-Loup. Deux pères pour moi, deux intelligences fondatrices. Ils n'étaient pas d'accord sur grand-chose, excepté sur l'essentiel. L'essentiel, c'était la sensibilité, la passion amoureuse, l'exigence dans la création, la pudeur d'une réplique, la finesse d'une vacherie. La personnalité et le talent de Jean-Loup m'ont inspiré en grande partie ce que j'ai écrit et tourné par la suite. C'était mon premier spectateur, la tendresse et l'acuité de son jugement me manquent chaque jour. J'essaie de conserver sa lumière en moi. »

Nicolas Bedos

Préface

Jean-Loup Dabadie cultivait l'art de l'éloquence comme un jardinier celui de faire pousser les fleurs entre deux rocailles. Il avait la langue rose comme d'autres ont la main verte. Ça ne s'explique pas, c'est un don. Certains vous diront que ça se travaille, sûrement. Moi, je ne l'ai jamais vu travailler, parce qu'il travaillait tout le temps. L'œil attentif, il photographiait, d'une oreille furtive il enregistrait tout. À notre insu. En deux mots, il écrivait, ou bien alors il parlait beaucoup, énormément, encore plus que moi qui suis un fieffé bavard. Un déjeuner avec Jean-Loup, c'était au bas mot une pièce de théâtre en action. Un jour, il a rempli l'espace de mon répondeur téléphonique avec un seul message. Il s'en est excusé le lendemain, comme un enfant qui a fait une grosse bêtise, mais le sourire dans l'œil droit disait le contraire. Il était très content de sa blague. La roublardise, la spontanéité de l'enfance, c'était son roudoudou à lui.

«*Je t'aime / Toi / qui ne seras jamais une grande personne / Ne me quitte jamais / Je t'aime.*» C'est bien lui qui a écrit ça pour Reggiani, non? Et puis aussi: «*Jour après jour, la vie passe / Et personne ne me rendra jamais / Cet enfant qui m'abandonne.*» Ça, c'était pour Polnareff.

Dans l'univers de Jean-Loup, il y a partout des maisons, des enfants, des femmes, des chiens, des copains, des trains et des avions. Bref, il y a la vie, en désordre de préférence. Avec des mots d'amour, des larmes de quais de gare, des brasseries enfumées et des voitures qui s'éloignent sous la pluie. Il possédait autant de crayons de couleur que d'écharpes multicolores. C'est à ça qu'on le repérait dans les rues de Paris, Jean-Marc Roberts et moi, quand nous avions quinze ans. On le pistait entre le bas de l'avenue Montaigne, le haut de l'avenue George-V et la descente des Champs-Élysées côté droit. Tout le monde appelait ça « le triangle des Bermudes ». C'est là qu'apparaissaient en effet les producteurs du cinéma français. C'est là qu'il opérait généralement, avec des compères comme Michel Audiard et des complices comme Norbert Saada. Les dialogues de films, il s'en était fait des carambars, les mots d'auteur il les faisait éclater comme du chewing-gum. À un journaliste qui lui avait demandé d'où lui venait cette vocation, il avait répondu : « Vous savez, mon vieux, ça commence à l'école communale, B.A.-BA, et après c'est l'engrenage... » Il feinte, il ruse, il esquive, il ne va pas donner la recette, quand même ! Mais quand il écrit : « *Le sang d'un condamné à mort / C'est du sang d'homme / C'en est encore* », magnifiquement interprété et composé par Julien Clerc, là, il nous met la grosse baffe, l'œil au beurre noir, direct. Cette chanson a plus fait pour l'abolition de la peine de mort que tous les débats accumulés pendant des années. Elle mériterait d'être inscrite au fronton des tribunaux de France au même titre que « Liberté, Égalité, Fraternité » sur celui de nos mairies. Messieurs les sénateurs, députés, membres du Conseil constitutionnel, si jamais vous passez dans le quartier…

Académicien, Jean-Loup ? Ça y est, il est monté sur le grand 8. Les manèges de son enfance n'en finissent plus de tourner au vent du sud. Trenet est vengé. L'Académie a fini par admettre qu'un souffleur de vers avait sa place sous la Coupole, méritée haut la main parce que, dans un pays qui n'aime pas les touche-à-tout, il a drôlement fait mentir la brocante, le baladin. Écoutez plutôt ça : journaliste, auteur de chansons, de sketches, de pièces de théâtre, de scénarios autant que de dialogues percutants, jusqu'à en imiter lui-même ses interprètes comédiens (dans les rôles de Lino Ventura et d'Yves Montand, il était irrésistible). Que n'a-t-il pas fait dans le cinéma ? La réalisation, peut-être. La vie ne lui en a pas laissé le temps. Les choses de la vie, comme il les a si bien connues, ne vont pas toujours en ligne droite. Elles se tapent des tonneaux spectaculaires, quelquefois… Mais gardons un sourire comme dans les sketches écrits pour Guy Bedos, sortes de mini-comédies ébouriffantes où les deux associés nous jouaient le plus vieux numéro de music-hall au monde, Pipo et Dario, l'un qui coupe les oignons, l'autre qui pleure.

« *Et puis / Et j'allais dire déjà…* » Je me souviens d'avoir écrit un pastiche de sa chanson « On ira tous au paradis ». C'était lors d'une remise de médaille à la Sacem. Je lui avais fait monter un peu de pluie dans le regard, j'étais assez fier de moi. Je ne sais plus où j'ai mis les paroles. Je me souviens que ça commençait par « On ira tous à Dabadie, même moi. » Je le pense encore, mon Jean-Loup, moi surtout.

Didier Barbelivien

Avant-propos

On n'a jamais su ce qu'elle voulait. C'était un soir à Monaco, dans un salon de l'Hermitage. Durant le cocktail, une dame s'est approchée de Jean-Loup Dabadie, lui a dit « Oh, vous alors ! » d'un ton offusqué, avant de tourner les talons. Jean-Loup racontait ça à tout le monde, hilare et malicieux. L'histoire est restée. Entre nous, elle constituait un mot de passe. Cela aurait pu être une scène d'un de ses films.

Il y avait toujours cette gaieté et cet imprévu. Avec lui, la vie prenait d'autres couleurs. Elles grimpaient sur les planches, se gravaient sur les vinyles, s'affichaient à l'écran. C'était la touche Dabadie, faite de quotidien, de justesse et d'émotion. Il voyait des choses que nous avions sous le nez et qui nous échappaient. Son talent était aussi discret qu'évident. Cela coulait de source. Nous étions trop jeunes pour nous en apercevoir, mais les sketches de Guy Bedos, c'était lui. Il était derrière le Gabin philosophe qui, tout un été, s'était retrouvé en tête des hit-parades avec ce refrain, « Maintenant je sais ». Il surgissait où on ne l'attendait pas. Les années 1970 furent sa résidence secondaire, sa cour de récréation. On ne voyait, on n'entendait que lui. Truffaut avait inventé pour lui l'expression « écrivain de cinéma ». Nous venions d'avoir le bac et la rentrée 1974 resta marquée par *La Gifle* et *Vincent, François, Paul et les autres*. Nous le suivions à la trace. Nous avions dévalisé de vieilles librairies pour dénicher ses premiers romans.

Julien Clerc lui devait beaucoup. Sans lui, Polnareff n'aurait pas été le même. Sautet, on n'en parle même pas. Ce que ces deux-là ont produit ensemble tient proprement du miracle. Le ton de Jean-Loup, cette façon qu'avaient ses personnages de ne pas terminer leurs phrases, ces gestes qu'il leur attribuait (Piccoli offrant une cigarette à Montand alors qu'il est son médecin et qu'il lui a interdit de fumer : oui, mais Piccoli vient d'apprendre que Marie Dubois le quitte), les lettres qu'il leur dictait (celle de Rosalie à Grenoble n'est pas mal dans le genre). Merci, cher Jean-Loup, de nous avoir montré qu'il ne fallait surtout pas claquer des doigts pour évoquer l'argent, de nous avoir donné envie de pêcher un bar au large de Noirmoutier (une seule recette, évidemment : « court-bouillon mayonnaise, point à la ligne »). Ces choses-là ne s'oublient pas. Quand on pense qu'enfant ce chevau-léger voulait être conducteur de poids lourd. Son univers était composé de femmes profondes et frivoles, d'hommes déchirés. Il avait une oreille formidable. Il imitait les voix d'un tas de gens. La sienne était unique. Et puis, ce touche-à-tout à la Cocteau a été élu à l'Académie française. Ce fut donc « Frédéric, Félicien, Coupole et les autres ».

Si nous avions été mesquins, nous lui aurions adressé des reproches. Par sa faute, nous sommes tombés amoureux d'Isabelle Adjani à vingt ans. Nous étions sûrs que nos futures compagnes ressembleraient à Romy Schneider. Cela a laissé des traces. Même ça, nous lui avons pardonné.

Dans ses titres, il était souvent question du paradis. Ça n'était pas un hasard. L'enfer ne lui serait pas allé. On imagine que, là-haut, saint Pierre l'a accueilli en lui lançant : « Oh, vous alors ! » Il a dû s'agir d'un cri de bienvenue.

Nous sommes tous des orphelins des années Dabadie.

Éric Neuhoff

Jean-Loup, mon amour,

Un seul être, sublime, unique, vous manque et tout est dépeuplé...

Je suis comme amputée de toi, dévastée depuis que ta main n'est plus dans la mienne pour me guider, pour m'endormir, pour apporter des réponses à mes questions... J'aimais tellement ta voix...

Nous parlions sans cesse des choses de la vie, de tes joies, de tes inquiétudes aussi.

Je t'aimais déjà avant de t'aimer. Reggiani, que j'écoutais en boucle, fut le premier pas vers toi. Bien avant, je t'apercevais à la télévision et ne soupçonnais pas encore le conte de fées, cette chance inouïe qui devait illuminer mes trente-sept printemps. Je t'ai dit « oui pour toujours, pour le meilleur et pour le rire » un 19 décembre, au cœur de l'hiver, avec ces petites lumières de Noël. Tu voulais que ce soit au temps de Noël, dans notre belle église du XVIe. Comme un cortège à la campagne, nos amis, notre famille nous suivaient dans la rue avec enchantement, pour aller fêter notre bonheur chez notre ami de toujours, chez Géraud.

Chaque instant avec toi était une nourriture sans pareille. Tu me faisais l'honneur d'être ta confidente dans ton travail, je t'accompagnais pour chaque émission de radio, de télévision, pour une master class... Quelle fierté s'emparait de moi chaque fois... Et puis il y avait le jeudi, jour de l'Académie, où tu partais avec ton petit cartable rouge, toujours élégant, et une de tes multiples écharpes de couleur.

Tu étais toujours ému quand je venais te chercher après, à la sortie de la Grande École, tu me disais : « Ce sont des êtres d'une telle culture ! » Tu mettais toujours un certain temps pour atterrir, après ces moments passés à l'Académie...

Maintenant, quand je monte dans ton bureau, chaque objet me parle de toi, tout est à la même place. Ton stylo sur un buvard avec des mots séchés d'une lointaine chanson, peut-être pour Julien Clerc ou un autre de tes artistes aimés, tes feutres de toutes les couleurs pour les corrections, avec tes annotations, un petit éléphant en bois, ton animal préféré, un dictionnaire, un gobelet en argent et la photo de tes trois enfants aimés, tes lunettes qui se sont penchées parfois sur des feuilles blanches, aussi... Tu disais qu'écrire n'est pas le plus difficile, c'est se relire... Tout cela maintenant fait place au silence, au vide infernal qui sont mon quotidien.

Mon Jean-Loup, tu disais que quand quelqu'un s'envolait, il « tombait de vélo ». Qu'il nous était prêté, dans cette vie. Tu m'as été arraché pour toujours un dimanche de mai, ton cœur était bien fatigué depuis quelques mois. Je hais désormais les dimanches…

De nombreuses personnes sur cette terre te suivent à travers tes chansons, tes films…

Je sais que tu danses, que tu chantes ailleurs, mon amour chéri, je le sais intimement.

Je te remercie pour cette vie avec toi et pour tout ce que tu laisses derrière toi.

Je t'aime grand comme le monde.

À bientôt.

Ta Véronique

L'île de Ré

« Je nous appareille
De phrases vermeilles
Partons
Nous jetterons l'ancre[1]*… »*

Claude Nougaro

« Le bonheur est bleu et jaune comme un ciré d'enfant sur une plage de l'île de Ré[2]*. »*

Valérie Toranian

C'est auprès de Netty, sa mère si tendrement aimée, que Jean-Loup repose, dans son habit d'académicien, au petit cimetière des Portes-en-Ré, depuis le 29 mai 2020[3]. Ce jour-là, un pâle soleil signait le début du printemps et, par chance, le ciel ne pleurait pas. C'était le temps du Covid et, parmi nos amis, Jean Becker,

1. « Île de Ré », Claude Nougaro – Claude Nougaro/Gérard Pontieux – Éditions du chiffre Neuf, 1975.
2. *La Revue des Deux Mondes*, 25 mai 2020.
3. Sauf indication contraire, les citations proviennent d'entretiens avec Jean-Loup Dabadie.

qui a sa maison non loin de chez nous, avait pu venir. La présence de Patrick Chesnais, autre résident de l'île, m'a fait chaud au cœur. Nos amis rétais et les artistes peintres des villages alentour s'étaient donné rendez-vous pour ce dernier adieu. Le cœur fragile de Jean-Loup avait lâché le dimanche précédent, à treize heures, à l'hôpital de la Salpêtrière, et je lui avais jusqu'au dernier instant tenu la main. Il avait voulu que soit tenue secrète cette fatigue qui depuis quelque temps lui était venue, fruit de trop de travail, et de trop d'angoisses aussi. « Il y a un petit arpent de terre qui ne nous appartient pas, disait-il, mais qui porte le nom de notre famille, dans le cimetière du village. Tout près de certains amis. Après la douceur de vivre ici, j'imagine que j'aurai la douceur d'y mourir[1]. »

À moi, il ne parlait jamais de la mort.

C'est dans sa maison, La Varangue, celle que nous avons imaginée et construite ensemble peu après notre rencontre, que j'écris pour raviver la mémoire de Jean-Loup, indissociable de cette île de Ré dont il était tombé amoureux lorsqu'il était enfant.

L'île de Ré, c'est le petit bois de Trousse-Chemise, paradis sauvage et préservé, sable fin, eau turquoise, reflet atlantique de l'île de Beauté, sentiers à l'ombre des pins, insolente forêt qui se jette dans l'océan. À marée basse, on y entrevoit une étendue de sable dormant entre deux eaux : c'est le banc du Bûcheron. Un tout petit hibou migrateur, le petit duc, se reproduit à

1. Michel Fruchard (dir.), *Les Portes ou le Ressac du temps. Autoportrait d'un village rétais*, Cheminements, 2005.

l'ombre des frondaisons secrètes. C'est Saint-Martin-en-Ré, où Charles Berling enfant courait, feu follet, dans le dédale des ruelles d'un lieu magique dont son oncle était le maire.

C'est Ars-en-Ré, où Johnny acquit dans les années 1960 une maison, ancien atelier de cordonnier, où il venait avec Sylvie, après une étape à La Rochelle.

« Que possédez-vous de plus cher ? », demanda-t-on un jour à Michel Piccoli. « Peut-être cette petite maison que j'ai à Ars, sur l'île de Ré. Je la destine, plus tard, à mes enfants. Ce que j'aime plus que tout, c'est rouler à vélo, dans le vent, sur les chemins de l'île de Ré[1]. »

À l'hôtel Le Sénéchal, Régine Desforges écrivit *Blanche et Lucie*, son premier roman. Elle revint trente ans durant dans ce village que lui avait fait connaître son amie, la romancière Madeleine Chapsal. On la voyait passer sur sa bicyclette noire, mèches rousses au vent, une croix turquoise autour du cou. Elle avait là ses habitudes, une petite maison louée rue de la Madeleine, avec son jardin de curé, les cigares commandés au bureau de tabac, la presse locale chez le marchand de journaux, le marché d'Ars où les espadrilles se vendent à prix d'or.

Ars, c'est le berceau familial de la famille Casadesus depuis près d'un siècle, lorsque le père de Gisèle y acheta en 1928 un moulin magnifique et bohème, très vite revendu. « À l'époque, l'île était absolument déserte et sans aucun confort. Pour nous laver, nous utilisions un broc, une cuvette et un seau. Le voyage était déjà une expédition. Nous prenions un train de nuit de

1. *L'Express*, 8 novembre 2004.

Paris à dix heures du soir ; il arrivait à La Rochelle à six heures du matin. Ensuite, un petit train nous conduisait à La Palice, où nous prenions enfin le bateau qui nous déposait sur l'île à midi[1] ! » Dans les années 1960, Gisèle Casadesus y acquit une maison avec son époux, le comédien Lucien Probst. Durant des décennies et jusqu'à ses quatre-vingt-quinze ans, elle sillonna à bicyclette les sentiers de l'île à fleur d'eau, s'émerveillant du vol des oiseaux migrateurs, amoureuse de cette terre secrète, peuplée à l'origine de pêcheurs et de paysans, posant son regard clair sur les maisons blanches aux volets verts, joli décor de carte postale.

L'île de Ré, c'est pour Julia Kristeva « une France mythique, navigatrice. Une France ouverte aux vents ». C'était le lieu d'élection de Philippe Sollers pour écrire. Il disait ouvrir ses volets, suivre du regard les goélands et les mouettes rieuses. Avoir l'impression d'être un marin d'autrefois, quand le soleil se couche du côté du phare des Baleines et qu'on a l'impression d'être en bateau. Il voyait l'île de Ré comme un paradis. Les marais salants, les oiseaux migrateurs, un aïeul marin au long cours, l'ombre tutélaire d'une mère très chérie, tout le ramenait à l'enfance en ce lieu où il dort pour l'éternité depuis le 16 mai 2023, selon son vœu, dans le carré des aviateurs du petit cimetière d'Ars. Il avait déjà commandé sa pierre tombale, sur laquelle sont gravées une rose et une croix. Sollers, source d'inspiration première pour un jeune homme

1. *Paris Match*, 2017.

de vingt ans à peine, un certain Jean-Loup, dont la plume n'avait pas encore pris son envol.

Le village des Portes-en-Ré, tout au bout de l'île, vit défiler le gardien du phare de Trousse-Chemise, emporté en 1920 par la grippe espagnole, l'affichiste Paul Colin, qui habita un temps le moulin de la Garenne, Nougaro dont les mots vibraient de la mélancolie qui s'y pose en septembre. Mistinguett y vécut quelque temps. Suzy Solidor, descendante du marin Surcouf, chanteuse de music-hall, insolite icône des années 1930, muse des peintres, photographiée par Man Ray, habitait un moulin baptisé « Hurlevent », aujourd'hui disparu. Elle y conviait ses amis artistes et même, dit-on, Jean Gabin. Jean-Loup, que passionnait l'histoire de son île, m'a raconté que, du 23 frimaire an XI où le chasse-marée *L'Espérance* avait chaviré devant la redoute des Portes, le phare des Baleines étant à la cause de l'ennemi, au 11 novembre 1916 où le *Lorenzo*, vapeur italien, s'était échoué volontairement, bien des bateaux aux noms évocateurs, *Le Rossignol*, *Le Vigilant*, *La Persévérance*, *La Boussole*, *L'Ondine*, *L'Idée de ma femme*, avaient fait naufrage aux Portes.

Les Portes-en-Ré, terre de légendes, a été immortalisée par tant de peintres, Madeleine Brossard, Georges Domette, Raphaël Drouart, Pierre Tardy et, plus particulièrement Louis Suire, ainsi que son fils Claude. Et son petit-fils, Olivier Suire-Verley, qui tient aujourd'hui la galerie d'Ars-en-Ré et qui m'a offert l'une de ses dernières œuvres, joli cadeau d'amitié.

Jean-Loup aimait beaucoup Bernard Giraudeau, dont le frère tient toujours un commerce de vins fins aux Portes-en-Ré. Bernard, né à La Rochelle, avait vécu sur l'île ses plus beaux étés : « Nous avions dix ans, douze ans, quinze ans. [...] Nous pédalions vers l'ouest sur des bécanes rouillées repeintes aux embruns, avec un sac à dos et des sacoches de rêves [...]. Nous lisions sur les bois brisés gorgés d'eau des mots inconnus gravés au couteau par des marins perdus [...]. Nous tenions le monde dans une poignée de sable [...]. Regardez à marée basse dans les miroirs d'eau. Il y a des visages, les nôtres, les vôtres, ceux d'avant. Il y a des pages jamais écrites et celles que vous allez écrire. Le village des Portes n'est pas un village de sable, même si vos pas s'effacent sur la grève à la première vague[1]. »

Il fallait les voir, ces deux-là, échanger leurs souvenirs de gosses entre dunes et forêts !

Jean-Loup aimait plus que tout le vent parfumé de l'île de Ré à marée basse. Il y retrouvait, attendri, nostalgique, l'écho de ses jeunes années, de ce jour où, contre toute attente, son grand-père adoré avait suggéré : « Tiens, si on allait à l'île de Ré cet été ? » Il me racontait l'acquisition par sa famille de « quelques arpents de terre dans ce petit triangle de la Redoute » et « la roulotte de mes grands-parents, où ils ont dormi jusqu'à leur dernier été ». « Notre liberté c'était là. Les rouleaux de la Conche, les vélos sans cadenas pour y aller, les petits rosés pour faire les hommes chez Madame Blanchet [...]. Les nuits sans fortune au Lizay, la pêche au lamparo, l'écluse de l'Hirondelle le

1. Préface, *Les Portes et le ressac du temps*, *op. cit.*

lendemain, au soleil où nous allions chaparder toutes ces petites huîtres vertes sur les pierres éboulées[1]... »

Il revivait pour moi les parties de boules, dans les années 1950, avec son grand-père, son père, ses oncles et son cousin Claudie, dans le grand virage de la Redoute, peu après la chapelle Notre-Dame-des-Marins, et « Henri Caillaud, avec son sourire à la Cary Grant, au volant de sa camionnette, qui vient chercher les quelques ouvriers qu'il a déposés le matin dans le coin et qui aident les "baigneurs" à bâtir leurs petites maisons fragiles[2] ».

Il confiait : « Dans mon île de Ré, j'ai dessiné une maison... totalement pour l'écriture. Comme je connais très bien l'endroit, je sais par où entre la lumière, par où entre et sort le soleil, j'ai donc dessiné et indiqué les ouvertures, les fenêtres, les terrasses, pour que la lumière et le soleil accomplissent dans la journée un parcours qui correspond pour moi à un chemin d'écriture tel que je l'ai rêvé toute ma vie : avoir une pièce ensoleillée le matin quand j'essaie de mettre un mot devant l'autre. Puis les parties médianes de la maison pour écrire au milieu de la journée, et, de l'autre côté (elle est dessinée comme un arc), d'autres pièces avec des tables très simples, des papiers, des crayons, des cartables d'écolier déversés un peu partout, ce côté-là recueille la lumière plus orangée, plus fruitée de la deuxième partie de l'après-midi et du soir. J'ai envie de dire que la maison est écrite[3]. »

---

1. Postface, *idem.*
2. *Notes*, Journal de la Sacem, mai-juin 1994.
3. *Les Portes et le Ressac du temps*, *op. cit.*

Cette maison, La Varangue, Jean-Loup l'avait voulue « comme une gouache dans ce paysage ». Carrelages prélevés d'anciens châteaux, bois clairs, vieilles poutres, harmonie de jaune et de bleu, en hommage au soleil et à la mer. « Une terrasse pavée de "cœurs de jeunes filles", petites pierres effilées utilisées autrefois comme carrelages et polies par les sabots de tant de générations [...]. Il me semble être sur la dunette d'un bateau, avec le large devant moi, les marées incessantes, le bruit du ressac et l'air qui vous saoule. Je sais à n'importe quelle heure du jour où en est la marée, selon les senteurs de l'océan, le cri des mouettes[1]. »

La Varangue, notre maison de poète blottie sous les pins parasols, n'a pas changé. Sur le rebord d'une fenêtre, un ange vert bronze, chevelure bouchée, ailes déployées, offre sa corolle. Sous la glycine, des oiseaux peints se sont posés sur les volets de bois azur. Au détour d'un escalier, les vitraux anciens, dénichés dans une brocante, proviennent... de la maison des grands-parents de Jean-Loup, à Grenoble ! Le trophée des Victoires de la musique côtoie le Molière du meilleur adaptateur, reçu pour *Deux sur la balançoire*. On entrevoit le piano aux touches d'agrumes et de violettes de Parme, qui ne l'a pas quitté depuis son enfance. Sur son bureau, les stylos de couleur semblent attendre la main qui viendra les réveiller. Sur une étagère se niche un petit éléphant protecteur qu'il ne manquait jamais d'emporter dans ses bagages.

1. *Idem.*

Une de nos amies, Louise Belin, partageait avec Jean-Loup l'amour des mots. Il se penchait amicalement au-dessus de son épaule pour guider ses premiers pas d'auteur. Elle est venue ce matin respirer le parfum du passé, a redescendu l'escalier et laissé ces quelques lignes sur le bureau pour toujours déserté :

> « Dans cette pièce encore résonnent vos mots, votre mélancolie, votre vie, votre envie acharnée toujours du mot juste, que cette encre inscrira dans le souffle d'une note.
>
> « Comme sur une toile de Hopper le mouvement fixe de l'attente, cette attente figée dans le mouvement de l'art. Cet art, le vôtre, celui qui vous angoissait et vous rendait si heureux. Parfois si mélancolique, vous remplissiez des pages de vie, de joie humaine, vous avez su comprendre le petit, le grand, l'amoureux, le pauvre, le malchanceux : vous en avez fait des princes et des inoubliables.
>
> « Un silence abyssal emplit cet endroit qui était le vôtre, l'odeur de l'encre et de la cire sur ce pupitre où plus jamais vos mains ne caresseront ce papier. Vos cahiers comme vos fêlures sont des traces de vous, les livres qui emplissent cette pièce sont une dédicace à l'amour. Vos larmes sont désormais dans la voix des autres, vos vies dans le regard d'un acteur, vos émotions sont dans vos mots, votre vie n'est qu'un livre de dons merveilleux et sans tache aucune. L'empreinte de votre force est inscrite dans ces cahiers ouverts. Votre âme est dans l'air des mots de la France telle que vous nous l'avez offerte, pure et sublime.

« Je n'attendrai plus jamais d'autres lettres de vous, je ne pourrai plus lire ces mots rassurants sur mon écriture. Je me nourrirai de votre souvenir, de votre présence et de nos mots sur l'art, de notre amour commun des lettres et des peintures de Nicolas de Staël.

« Votre vol gracieux au-dessus de nous est une chance et une liberté, lorsqu'on vous a connu... »

Certains lieux, comme La Cabane du Fier, à Ars-en-Ré, au lieudit Le Martray, restaurant tenu par Christophe Frigière, restent indissociables de nos beaux étés. Un endroit charmant, où nous avons vécu de délicieux moments. Jean-Loup adorait l'ambiance bistrot, le gril au feu de bois, la chaudrée charentaise, le « baba cool » et poire pochée au caramel à la fleur de sel. Le cadre atypique d'une cabane ostréicole, avec terrasse et vue imprenable sur le fier d'Ars.

Nous allions souvent, Jean-Loup et moi, dîner en amoureux Chez Rémi, à Ars-en-Ré. Si vous êtes de passage, si vous avez soudain une envie de turbot grillé au feu de bois ou de bar en croûte, spécialité de Daniel Massé, reprise par son frère, c'est là qu'il faut vous installer, sur la terrasse en face du port. J'y retourne parfois, seule ou avec quelques amis, à la table qui était la nôtre. Il faut dire que le temps que s'achèvent les travaux de notre maison, nous étions hébergés par les Massé, qui sont restés notre famille.

Les Massé et l'île de Ré, c'est toute une histoire !

Les grands-parents de Rémi, Florent et Olga, avaient ouvert Le Chat botté, au hameau de Saint-Clément-des-Baleines, le 23 août 1921. On n'y savourait alors que des poissons sauvages, achetés tout droit au port de pêche de La Rochelle. La spécialité de la grand-mère de Rémi, c'était le vol-au-vent de crabes. Elle passait l'après-midi à décortiquer les crustacés. Et l'amour de la cuisine s'est tout naturellement perpétué de génération en génération. La famille de Rémi a toujours côtoyé celle de Jean-Loup. Rémi me parle souvent avec nostalgie de ces années lointaines où le tourisme, encore balbutiant, permettait de tisser des liens amicaux entre les habitants de l'île et les gens de passage. Netty, la maman de Jean-Loup, venait souvent au Chat botté. Chez Rémi, un des plats préférés de Jean-Loup, c'était la mouclade, que je fais toujours découvrir à de nouveaux amis. L'autre jour, Rémi a pris le temps de s'asseoir à ma table, l'œil qui frise : « J'ai pensé un temps appeler ce plat "la mouclade Jean-Loup Dabadie", il était d'accord, et puis ça ne s'est pas fait... Savez-vous qu'un restaurant parisien lui avait proposé de mettre au menu une "tête de veau Jean-Loup Dabadie" ? Il avait refusé, pour les raisons que vous devinez[1] ! »

Aujourd'hui, à La Varangue comme à Paris, Jazz ne me quitte jamais. C'est mon trait d'union avec Jean-Loup depuis qu'il n'est plus là. Quand nous avons perdu notre chien précédent, Orfeo, je surprenais parfois Jean-Loup à pleurer secrètement dans son bureau. Lorsque le temps est venu de choisir un nouveau compagnon, il a demandé à l'élevage la photo des nouveau-nés et a choisi celui qui avait l'œil

1. Échange avec les autrices, 16 mai 2023.

canaille. Pour la dernière pièce de Jean-Loup, Jazz était là, en coulisses, dans une petite loge discrète. Au moment des applaudissements, Jazz aboyait, nous on riait de plus belle. Orfeo… Jazz… Jean-Loup était fou de ces deux boules d'amour. Quand Jean-Loup est parti, il arrivait à Jazz de se coucher sur sa tombe. Troublée, je le laissais faire…

Jean-Loup, l'élégance discrète, chemise pastel et pull souple sur les épaules, teint hâlé par le soleil atlantique, ne reviendra pas. Il a pris le large, un après-midi de printemps, et il m'arrive malgré moi de fredonner cette chanson qu'il écrivit pour le film de Nadine Trintignant *Ça n'arrive qu'aux autres*, dont il avait confié la musique à Michel Polnareff :

« *Un oiseau de plus*
Un oiseau de moins
Tu sais, la différence c'est le chagrin… »

Enfances

« Mon enfance était là
C'était une merveille
Mais ce n'était déjà
Qu'un déjeuner de soleil[1]*… »*

Ah ! L'enfance de Jean-Loup ! Que de fois il me l'a racontée ! Et comme j'aurais aimé l'enfant qu'il fut !

La première photo qu'il m'a montrée en feuilletant pour moi son album de famille, c'est la maison de son grand-père paternel à La Tronche, non loin de Grenoble, où ce dernier était chirurgien-dentiste. Impasse Jacquier, une maison de style Louisiane avec, comme dans les dessins d'enfant, un potager, un cyprès qui monte vers le ciel, des arbres fruitiers, des rosiers, des abricots gros comme des œufs. Jean-Loup me raconte les grandes allées, et j'imagine que passe et repasse devant mes yeux la silhouette de l'aïeul, chapeau de paille, tablier bleu, raphia, sécateur à la main, suivi de ses cinq petits-enfants (seul Jean-Loup est fils unique). Un cerisier pour chaque enfant, pas de jaloux ! Aux beaux jours, les enfants cueillent les

1. Le Déjeuner de soleil », 1973.

fruits acidulés et doux. La maison, si belle avec son toit en ardoise, ses balustrades en bois, garde pour elle bien des secrets. Se souvient-elle encore de deux petits garçons, Jean-Loup et son cousin Claudie, qui rêvaient de se lancer dans le vide depuis l'œil-de-bœuf, avec deux parapluies noirs en guise de parachutes ? Elle est désormais passée en d'autres mains… Les murs, dit-on, gardent la mémoire de ceux qui y ont vécu heureux.

Jean-Loup est né à Paris, le 27 septembre 1938, mais c'est dans cet univers enchanteur qu'il s'est réfugié, à l'âge de cinq ans, lorsque son père a été fait prisonnier en Allemagne. Sa mère adorée, Maddalena, est restée auprès de lui et ses éclats de rire ont ensoleillé ses jeunes années : « J'ai toujours eu besoin du rire de ma mère », me disait-il quand il me parlait de Netty sortant du cinéma, alors qu'il avait sept ou huit ans, et qu'elle imitait en anglais Danny Kaye, qui l'avait tant amusée.

C'est Maddalena qui avait choisi ce doux prénom, peu usité à l'époque. On dit que les Jean-Loup sont passionnés, persévérants et prêts à tous les défis, qu'ils sont tendres et solaires, et reflètent à la fois l'image sainte de l'apôtre Jean et celle, sauvage, du loup. Un prénom qui lui va bien. Je reconnais bien son reflet en ce double miroir.

Maddalena, dite « Netty », certaine d'attendre un garçon, n'avait envisagé aucun prénom de fille. Cet enfant très vite l'émerveille : il entre à l'école dès l'âge de quatre ans et lit couramment l'année suivante.

J'ai de jolis souvenirs avec Netty. Je ne sais pas grand-chose de sa jeunesse, si ce n'est qu'elle était une enfant de l'amour et qu'elle est née à Naples le 9 février 1914. Elle était le fruit d'une passion de jeunesse et avait dû en souffrir lors de ses premières années : elle refusait de parler l'italien, sa langue natale. De cette douleur trop vive, elle ne dit jamais rien. Jean-Loup m'a raconté son insondable chagrin quand son père, Marcel, est parti en Occitanie vivre une autre vie. Il avait une vingtaine d'années et le ciel lui tombait sur la tête : « Arrête de pleurer, on va sombrer tous les deux ! », lui disait Netty. Elle a dû laisser partir son chien, un Milou de vingt ans qu'elle adorait, et ce fut un déchirement. Désormais seule, il lui fallait survivre. Elle est devenue professeur d'anglais, a voyagé aux États-Unis, rencontré Chaplin, noué pour toujours des amitiés américaines. Sa force de vie était plus puissante que tout. Elle avait un amoureux à Londres, un très bel homme, disait-on.

J'ai aimé Netty, sa folie, ses excès, sa tendresse. Elle adorait le tennis, se levait à quatre heures du matin, à cause du décalage horaire, pour suivre à la télévision la retransmission en direct de l'Open d'Australie, cuisinait le poulet à l'ail comme personne, était imbattable au Scrabble. Elle avait un esprit rieur, empreint d'élégance. Je me souviens de fous rires mémorables lors de dîners partagés avec Pierre Bénichou et Enrico Macias ! Quand on cherchait un mot, un texte, Jean-Loup et moi, on lui téléphonait : « Mais enfin, mes petits enfants ! » Et la réponse surgissait, vibrante, sonore, écho d'une sacrée mémoire ! Elle avait aussi un livre de poèmes qu'elle connaissait par cœur et qu'elle déclamait comme une souveraine quand l'envie lui en venait… Au Racing Club, où elle avait des amis férus de tennis, elle faisait des doubles avec eux chaque semaine. Après venait le temps de la récupération, dans les fauteuils de jardin du Racing. Tous devisaient gaiement en regardant évoluer les uns et les autres, certains agiles, d'autres quelque peu maladroits. Netty avait baptisé le lieu « le boulevard à ragots » ! J'adore ! Elle avait l'esprit rapide, était pleine d'espièglerie… Les chiens ne font pas des chats, non ? Une sacrée malice, mais jamais la moindre méchanceté !

Netty me racontait encore que, lors de la captivité de Marcel en Allemagne, elle attendait ses lettres avec impatience. Après une semaine sans courrier, alors qu'elle revenait de la boîte aux lettres, cachant tant bien que mal sa déception, son petit garçon, qui devait avoir trois ans, l'avait consolée en lui disant : « Ne pleure pas, maman, je vais t'en écrire, moi, des lettres de papa. » Jean-Loup amusait son entourage. Ce n'était pas un clown, mais plutôt un acrobate qui savait toujours trouver le côté caricatural des choses. Il imitait tout le monde, si bien que l'on n'arrivait pas à le gronder. Ses farces coûtaient parfois très cher à sa maman, qui se souvenait d'une splendide gabardine bleue achetée à prix d'or pendant la guerre, dans laquelle sa grand-mère s'apprêtait à lui tailler un pantalon et qu'il avait découpée, en toute bonne foi, pour en faire des masques de Zorro ! Mais s'il savait rire, il aimait aussi pleurer. Son histoire favorite était *La Chèvre de monsieur Seguin*. Il fallait, paraît-il, la lui raconter sans arrêt. Et si l'on faisait mine de changer la fin pour faire gagner la chèvre, il rappelait le conteur à l'ordre et exigeait qu'il lui raconte la vraie version[1]. » À dix ans, il avait écrit un roman sur un cahier d'écolier, *Riquet Bouffe ta Pipe*, l'histoire d'un petit garçon qui voyage à travers le monde et se fait couronner roi d'une tribu d'Afrique, en fascinant les indigènes avec sa pipe !

À la Libération, Marcel et Maddalena partent pour la capitale : il rêve d'être un artiste. Elle le soutient contre vents et marées, travaille comme attachée de presse à Radio-Luxembourg, puis devient durant une vingtaine d'années secrétaire chez Paul Beuscher, 29, boulevard Beaumarchais, une entreprise d'instruments de musique et d'édition musicale devenue le rendez-vous de tous les grands artistes de l'époque. Employé de mairie le jour, Marcel passe ses nuits à écrire des chansons, plus d'une centaine entre 1946 et 1994. Certaines seront interprétées par Jean Sablon, Tino Rossi, Maurice Chevalier, les Compagnons de la chanson ou encore les Frères Jacques. Tous deux mènent à Paris « la vie d'artiste ». On songe à la chanson de Léo Ferré, « La Chambre » : « *Voici des tapis d'ambition, voici des tentures de rêve / Voici qu'un rideau se soulève sur un chevalet d'illusions*[2]... »

L'enfant unique les attend. Il se rêve routier, imagine les phares de son camion trouant la nuit. L'imagination, déjà ? L'été les réunit tous dans la maison familiale. La joie indescriptible, c'est aussi Noël et la promesse de la venue de ses parents. Sept

---

1. *Le Quotidien de Paris*, 5 juin 1977.
2. « La chambre » (René Baër – Léo Ferré – Mathieu Ferré et Cie Éditeurs)

jours volés à la morosité des jours : il dort dans leur lit, joue au football avec son père sur un terrain vague, se love tendrement contre Maddalena. Mais, dans l'ombre, l'angoisse tisse sa toile : « Les trois premiers jours, c'était le bonheur absolu. » Commence alors le compte à rebours, plus que quatre jours, plus que trois… Le temps, qui file entre ses doigts, jette un voile sur les plaisirs partagés. Ses parents sont repartis pour Paris. Jean-Loup écrit à sa mère tant aimée des lettres déchirantes qui lui feront venir les larmes aux yeux quand parfois, adulte, il lui viendra l'envie de les relire. Est-ce ainsi que naît l'angoisse au cœur des enfants esseulés ?

Jardinier dans l'âme, son grand-père, ouvrier tailleur, a mené ses études médicales grâce aux cachets gagnés à l'Opéra de Paris, où il lui arrive de chanter. Car son autre passion, la musique, ne le quittera jamais. Le soir, ténor, il répète les spectacles qu'il donnera le week-end, en semi-professionnel, à l'Orphéon municipal de Grenoble, qu'il dirige, mais aussi dans toute la région et parfois jusqu'en Suisse. L'âge venant, quand il commence à perdre la vue, Jean-Loup l'aide à déchiffrer ses partitions et apprend ainsi à lire la musique. *La Bohème*, *Tosca*, *La Traviata*, *Le Pays du sourire* n'ont bientôt plus de secrets pour lui. Instant émouvant entre tous : « Un soir, mon grand-père entre en scène. La famille est là. Le soliste lui tient le bras et ils avancent tous deux dans la lumière… » Jean-Loup aime aussi les lundis matin lorsque, par la porte entrouverte de la chambre, il entend sa grand-mère lire à son époux, avec une tendresse infinie, les trois pages du *Dauphiné libéré* qui relatent les exploits sportifs du week-end : « Dans notre maison de famille, ma grand-mère de porcelaine avait affaire tous les dimanches à une bande d'excités : nous. Tous allumés de sport. Le meneur était mon grand-père, ancien joueur. » Jean-Loup m'a souvent parlé de la lumière qui baissait à la fin du jour, des parties de cartes dans le jardin, des abeilles qui se posaient sur le valet de cœur. En hommage à ce grand-père qui aura tant influencé ses jeunes années, il a donné son prénom ou sa déclinaison à ses deux premiers enfants : Clémentine, née de son union avec Geneviève Dormann[1], et Clément, le premier des deux fils que lui donnera la journaliste Marie Dabadie, sa seconde épouse[2].

À Grenoble, au lycée Champollion, Jean-Loup est un élève brillant. « Je descendais à l'école en faisant glisser ma main sur le parapet de l'Isère jusqu'à la place Notre-Dame, où j'ai passé tant et tant de temps… » Parfois pourtant, il se déçoit : « Dans ma classe, on commençait à lire les places par le dernier. Un jour, j'étais le vingt-sixième en histoire. Il y a vingt-trois ans de cela. J'en avais dix, j'en garde un souvenir atroce. Je

---

1. Jean-Loup Dabadie et Geneviève Dormann se marient le 19 avril 1964. Leur fille unique, Clémentine, naît le 27 janvier 1963.
2. Jean-Loup épouse en secondes noces Marie-Christine Martin-Guyot, le 30 avril 1969 en Occitanie. On la connaît sous le nom de Marie Dabadie, pour avoir été journaliste, productrice, et secrétaire de l'académie Goncourt de 1998 à 2018. Ils ont deux enfants, Clément, né le 8 novembre 1971, et Florent, né le 1er novembre 1974.

crois bien que ça m'a laissé une mélancolie pour la vie, la découverte que tout moment gai est promis à une espèce de crépuscule. J'ai connu la même inquiétude au temps de mon service militaire chez les hussards. En permission, dès le déjeuner du dimanche chez moi, tout était passé. Je me fanais. J'ai même rencontré des garçons qui ne partaient pas en perm' pour ne pas avoir l'angoisse du retour. »

Il y a le stade Lesdiguières, où il joue au rugby avec ses amis, le cinéma pour lequel il se passionne déjà et Claudie avec qui il partage ses jeux, ses joies et ses peines. Selon leurs notes à l'école, ses petits cousins et lui vont une semaine au rugby, l'autre semaine au cinéma l'Eden ou au Royal, emmenés par leurs oncles, le dimanche en matinée. La passion du rugby ne le quittera jamais. Et son amour du cinéma vient de ces années où il connaît par cœur les aventures de Zorro et les folies des Marx Brothers.

Et puis il y a les livres et le goût, hérité de sa mère, de dévorer tout ce qui se trouve à portée de main. Écrire, un jour ? Y songe-t-il déjà ? « Oui », me disait-il, un sourire au coin de l'œil.

En 1950 vient enfin le temps de l'envol vers Paris. Jean-Loup partage avec ses parents un très petit appartement, 32 rue Raynouard, et une chambre tout aussi minuscule. C'est la vie de bohème. Les amis sont là, l'un se met aux fourneaux, l'autre au piano, dans une atmosphère bon enfant. Jean-Loup accompagne Marcel et Maddalena pour des galas ou des enregistrements : « Je suis tombé dans la potion magique. » Il me racontait les visites de son père à Maurice Chevalier, dans sa maison de Marnes-la-Coquette où il allait lui proposer des chansons, il imitait les Frères Jacques chantant « Le général Castagnetas ». « Je me souviens des frères Bellec téléphonant à la maison et disant à maman : “Netty, peux-tu arriver à convaincre Marcel de nous écrire une ou deux chansons pour le disque qu'on va enregistrer ?” Papa, gai et rieur, préférait se balader et m'emmener au foot et au rugby. »

La vie parfois nous joue de drôles de tours ! Il y a quelques années, je me suis retrouvée au cœur même de l'adolescence de Jean-Loup : le petit appartement était devenu celui du kiné qui soignait mon genou ! En regardant par la fenêtre, j'imaginais Jean-Loup descendre la rue et affronter les commerçants chez qui ses parents avaient une ardoise, vêtu de son unique veste, qu'il portait recto verso.

Au lycée Janson-de-Sailly, il se lie pour la vie avec le dernier de la classe, qu'il m'a présenté peu après notre rencontre : « C'est merveilleux d'avoir un ami qui se lève le matin et se couche le soir non pas comme le ravi de la crèche mais comme quelqu'un qui trouve la vie légère. Il lui arrive d'avoir des trous d'air, mais il passe son temps à faire à ses amis des cadeaux d'une gaieté folle. Il s'appelle François. Il n'a aucun rapport avec mon métier. Il est toujours prêt à imaginer des départs. Quand j'ai eu des chagrins dans ma vie, il a su m'en parler sérieusement mais sans gravité… Je suis dans une telle désespérance à l'idée que les gens que j'aime vont me manquer que, dès qu'ils trébuchent, je leur en veux parce que j'ai peur qu'ils tombent… »

Une amitié profonde se tisse également avec le futur journaliste et romancier Philippe Labro, qui n'a rien oublié d'un jeune homme déjà si charismatique :

« Il avait peur de tout.

« Peur des "grands", car il était encore de taille fluette, avec, pour accentuer la délicate silhouette de ses quatorze ans, un gentil sourire comme pour s'excuser de tous nous dominer – puisqu'il était premier en latin, grec, français, sciences nat'. À la fin de l'année, à la distribution des prix, il aurait fallu une brouette pour emporter tous les livres dorés et enrubannés auxquels, grâce à son intelligence, il avait eu droit.

« Il avait peur d'arriver en retard, ce qui le faisait courir de ses jambes graciles à travers les rues Raynouard, Chernoviz, de Passy, Massenet, Vital, Nicolo, jusqu'à la rue de la Pompe à la grille du lycée, et il récitait les déclinaisons à haute voix tout en galopant sur les trottoirs, vêtu d'un invraisemblable pantalon de golf gris, d'un chandail de gros tricot gris et d'une veste en velours côtelé – la seule de sa modeste garde-robe, à l'exception d'une autre, un peu plus habillée pour aller dans les surprises-parties regarder les "grands" parler aux filles – ce qu'il se sentait incapable de faire. Il courait tellement qu'il en trébucha, un matin, à l'entrée de la salle de classe qui sentait le bois moisi, la craie et la poussière. [...]

« Au matin, bûchant encore sur ses dictionnaires, il avalait deux tartines beurrées avant de sortir pour se précipiter vers Janson-de-Sailly, "une boule dans la gorge".

« D'où venait-elle donc, cette "boule" ? Quelle prescience enfouie, quel instinct ou quelle intuition troublait à ce point le parfait élève de la première A prime ? »

De toutes les peurs qui le hantaient et dont il fit la matrice de son activité créatrice, la plus obscure, inexprimable, était celle du malheur, de la disruption. Il croyait, il avait toujours cru, que papa et maman s'aimeraient pour la vie, sans drames, disputes, dissimulation, masques. Un jour, la séparation a lieu. Papa s'en va – maman s'occupera de lui toute seule – et cela confirma l'appréhension qui avait parcouru l'extrême sensibilité de cette jeune âme. Si l'on veut bien relire, revoir, réécouter tout ce que Dabadie a écrit, on retrouve, sous le vernis du cocasse, du léger, du surprenant et du baroque, la sourde vérité que les adultes se mentent et que des hommes peuvent tromper des femmes et les fuir. À la poésie et au charme absolu de son œuvre, il a ajouté la gravité des ruptures, la douleur de l'absence, le risque des décompositions. Il n'y a rien de plus proche du rire et des pantalonnades que les blessures du cœur. Ses parents le rêvaient à Normale Sup. Il rompit et décida l'aventure d'une vie dite d'artiste. C'est aujourd'hui seulement qu'il peut comprendre pourquoi il fit ce choix. On ne se remet pas de son enfance.

« Mais il ignorait tout cela, mon copain de classe, lorsque nous parlions de rugby à XV, quand je lui expliquais avec aplomb que le demi d'ouverture Bidard se ferait "casser en quatre" par les Gallois au prochain match des Cinq Nations, auquel nous irions assister en prenant l'autocar pour le stade de Colombes. Je revois ce jouvenceau, marchant à mes côtés, place de Mexico. Nous étions unis par nos enfances respectives en province, notre combat pour être acceptés par les "Parisiens", dont nous pensions, à tort, qu'ils possédaient une supériorité mystérieuse, par notre envie des mocassins en daim du beau Lafont qui roulait en Vespa avec les gandins de la bande de la Muette, jeunes friqués qui daignaient qu'on les raccompagne à pied jusqu'aux portes des majestueux immeubles où ils connaissaient ce que nous imaginions être des existences euphorisantes.

« J'éprouve un irrésistible élan de tendresse lorsque, tant de longues années plus tard, je le contemple en habit vert, sous la Coupole, debout, fier, ému et droit, prononçant son brillantissime discours d'acceptation devant les membres de l'Académie française. Un jour, alors que Jean-Loup venait admirer son père Marcel dans un studio d'enregistrement, une comédienne, Pauline Carton, voyant apparaître le lycéen en pantalon de golf, s'exclama : "Tiens ! Voilà l'enfant au sourire !"

« Le voici en effet, l'enfant de soixante-dix ans au sourire qui n'est ni un masque, ni une défense, ni la proclamation de sa vision de ce que doit être une vie, mais tout cela à la fois. Le voici, ayant égalé son destin[1]. »

---

1. Philippe Labro, « Le Premier de la classe », extrait du recueil *7500 signes. Chroniques*, Gallimard, 2010.

L'amitié est déjà essentielle à Jean-Loup. Comme celle qui l'attachera des années plus tard à Jean-Christophe Rufin, aux yeux duquel il est un homme absolument délicieux, qui prend sans cesse de ses nouvelles, se démarque des autres par un charme fou et un sens très rare de l'amitié. L'école de l'Isère est bien loin mais, entre les hauts murs des lycées parisiens, il y songe encore. Il revoit les portemanteaux accrochés dans les couloirs, l'horloge qui sonne l'heure de la récréation, la chapelle, le tableau de service à lire lorsqu'il sortait de l'étude et où le gardien inscrivait chaque soir, d'une main malhabile, les résultats de l'étape du Tour de France.

Avec deux ans d'avance, il passe brillamment ses deux baccalauréats, fait une année d'hypokhâgne au lycée Louis-le-Grand, envisage une licence de lettres classiques. Netty l'imagine alors professeur, chirurgien – il y a beaucoup de médecins dans sa famille – ou concertiste. Il deviendra écrivain.

De ses jeunes années jusqu'au crépuscule de sa vie, Jean-Loup restera un écolier qui va acheter ses cahiers, ses crayons, ses plumiers et s'en va.

Les premiers pas

« Il nous est apparu quand il avait vingt ans. Son premier roman venait de paraître et il se déclarait alors pris entre la passion d'écrire et la passion d'aimer. C'était un grand jeune homme brun, à la fois fatal et rieur, avec de beaux yeux napolitains, attendrissants comme les yeux des biches dans Comme il vous plaira.

Croit-on qu'il en menait large quand il lui a fallu quitter Grenoble à douze ans pour se rendre à Paris ? Il répondit vite. Trois ans plus tard, il avait tordu le cou à la tarasque de l'enseignement secondaire. Il était double bachelier. Le temps de prendre un ou deux chagrins d'amour, il était écrivain, il était romancier. »

Kléber Haedens

Voilà Jean-Loup à la Sorbonne. Il est le plus jeune des étudiants qui suivent avec admiration les cours de l'helléniste Jacqueline de Romilly[1]. Jean-Loup se souvenait de « son regard si beau, gris perle, qui

1. Jacqueline de Romilly (1913-2010), première femme à enseigner au Collège de France, est connue pour ses travaux sur la civilisation et la langue de la Grèce antique.

se posait au travers des gens et des choses[1] ». Elle et nous habitions la même rue ; elle passait, souveraine, fendant la foule, appuyée sur sa canne blanche, à près de quatre-vingt-quinze ans. Quand je demandais à Jean-Loup si, en ce temps-là, un étudiant s'adressait à son professeur, il me répondait : « Oh, non, je la regardais comme je la vois maintenant, distante, élégante, savante [...]. J'ai suivi le grand combat de sa vie pour que ne meurent pas les langues mortes, je suis entré à pas de loup dans ses livres pour la mieux connaître – l'un des derniers est presque intime, il s'écoute autant qu'il se lit. *Les Roses de la solitude*. J'en relis des passages certains soirs de mélancolie, j'aime ces récits brodés autour d'objets qui font la trame d'une vie et convoquent nos souvenirs[2]. »

Jean-Loup fréquente Philippe Sollers, dont il sera plus tard un lecteur assidu. Tous deux s'interrogent très vite sur le bien-fondé de ces études littéraires. Jean-Loup pressent que là n'est pas sa destinée et s'en ouvre à sa mère, venue l'inviter à déjeuner, un jour, à la sortie de l'université : « En février de cette année-là, me dit-il, un jour gris battu par le vent où ma mère m'attendait sur le trottoir d'en face, rue Saint-Jacques, je lui ai dit que je m'ennuyais et que je voulais écrire. J'aurais dit à mes parents que j'allais faire du patin à glace ou entrer dans un cirque, ils étaient enchantés de tout, ils croyaient en moi pour tout. »

1. Véronique Dabadie, *Conversations avec Jean-Loup*, le Cherche-midi, 2009.
2. *Idem.*

Marcel et Maddalena s'enthousiasment, leur confiance est aveugle. Jean-Loup est protégé par la délicatesse de ses parents poètes. Une phrase de Netty tourne dans sa tête et il me la répètera souvent, chaque fois avec malice : « Quand je vois toutes les nullités qui sortent en ce moment, je ne vois pas pourquoi tu n'aurais pas ta chance ! »

Rêve-t-il d'être écrivain ? Sans doute. Les livres l'accompagnent depuis toujours, compagnons des longues veilles. N'a-t-il pas appris à lire à l'âge de trois ans et demi, avec « Abeille », titre d'un conte d'Anatole France, ce conte où une petite fille quitte le donjon des Clarides pour le lac des Ondines, où elle sera enlevée par des nains ? L'enfant minuscule déchiffrait, fasciné, les mésaventures d'Abeille : « Le petit soulier, dont les cordons de soie s'étaient relâchés dans la marche, gisait tout poudreux sur la route. Alors elle regarda derrière elle et, voyant les tours du château effacées dans la brume lointaine, elle sentit son cœur se serrer et des larmes lui venir aux yeux. »

Le temps a passé, Jean-Loup a grandi, de livre en livre, de découvertes en enchantements. À dix-sept ans, son livre de chevet est *L'Attrape-Cœurs* de J. D. Salinger, monument de la littérature américaine, où l'on suit l'errance solitaire d'Holden Caulfield, adolescent qui cherche, dans le New York des années 1950, un sens à sa vie, un sens à « la » vie.

L'ennui sur les bancs de la Sorbonne a fait éclore son envie d'écrire. Est-ce pour justifier la confiance aveugle de ses parents en son avenir qu'il achève l'écriture de son premier roman, *Les Yeux secs* ? Vers qui se tourner quand on a écrit le mot « fin » ? Une amie de Maddalena organise des ventes de charité auxquelles sont invitées les grandes plumes de l'époque, parmi lesquelles Hervé Bazin. C'est ainsi que le manuscrit du jeune Jean-Loup, tapé à la machine au carbone par sa mère sur une vieille machine Underwood, se retrouve sur le bureau de son illustre aîné. En cette année 1956, le romancier, qui a connu la gloire littéraire dès 1948 avec *Vipère au poing*, vient de faire scandale avec son dernier ouvrage, *Qui j'ose aimer*. Le jeune auteur s'illusionne lorsque Bazin envisage de l'aider à perfectionner son récit : « Il y a des pages qui m'ont ébloui. » Pourtant, à la seconde lecture, il renonce. En témoigne cette phrase lapidaire que l'écrivain en herbe n'oubliera pas : « Le temps n'est pas venu que nous travaillions ensemble. Nous y perdrions, vous et moi, notre temps. » « Je n'ai jamais oublié cette trahison, me disait Jean-Loup, cette gifle magistrale qui aurait abattu moins fragile et moins déterminé que moi. »

Mais les éditions du Seuil donnent sa chance au jeune inconnu (c'est son père qui signe le contrat, il est mineur) en publiant en 1957 *Les Yeux secs*, parcours d'une Annette de vingt ans, abandonnée par son premier amant, prête à faire payer, de Paris à l'île de Ré, sa rage et son dépit à tous les garçons qui passent.

En 1958 paraît son second roman, *Les Dieux du foyer*. Ces dieux, ce sont Pierre et Claude, mariés, parents d'Hélène, vingt ans, et Gilles, dix-huit ans. En deux monologues parallèles, écrits à la première personne et qui s'entrecroisent, le frère et la sœur vivent différemment la découverte des infidélités de leur père avec une certaine Catherine, liaison déjà installée dans le temps, mais qu'ils ignoraient. Hélène a un fiancé qui l'attend à Grenoble et elle ira le rejoindre, regardant cette situation nouvelle d'un air presque indifférent. Pierre quitte Catherine, revient vers Claude, mais Gilles échoue à son baccalauréat et s'en va – c'est la fin de l'adolescence, le rêve brisé du jeune homme qui voulait croire éternel l'amour de ses parents.

Bien que le récit ait pour cadre la ville de Grenoble et les bords de l'Isère, le jeune écrivain se défend d'avoir écrit une œuvre autobiographique et, avec une maturité sidérante, tente pour Pierre Desgraupes, dans le magazine « Lectures pour tous », de répondre à cette simple question : « Pourquoi écrivez-vous ? » Tout Dabadie affleure déjà, avec ce ton où l'intelligence se teinte d'autodérision : « Ni pour l'argent, ni pour la gloire – votre incognito dans le métro est magnifiquement respecté –, ni même pour raconter une histoire. On écrit, je crois, pour mettre ses couleurs, ses gestes, ses sourires, ses façons de parler, pour se débarrasser de certains malaises plus que pour imposer sa vision des choses. Écrire, c'est mettre son monde au monde. Écrire pour moi, c'est un passe-temps essentiel. Si je n'écrivais plus, je serais perdu, sans balustrade, sans garde-fou[1]. »

Trois mois plus tôt, interviewé par Michèle Arnaud[2], à la question « Comment voyez-vous les

1. « Lectures pour tous », 16 décembre 1959.
2. « Chez vous ce soir », 19 septembre 1959.

jeunes de votre génération ? », il avait ironisé : « Ce sont de noirs bambins vêtus de cuir, auxquels il ne faut pas prêter de bicyclette car ils gardent la chaîne pour chasser le bourgeois », et ajouté, malicieux : « C'est une erreur de mettre en vedette les moins reluisants d'entre eux, comme s'ils étaient les plus séduisants. » Le même soir, Philippe Bouvard, sans le savoir, avait joué les pythonisses : « Sur cette longue avenue de la littérature qui va de l'école maternelle où l'on fait des bâtons et qui aboutit quelquefois au quai Conti, tout est possible, il y a des événements professionnels, mais aussi des événements privés. Pensez-vous que le mariage est compatible avec la vocation littéraire de jeune écrivain et la poursuite d'une œuvre ? » La réponse du jeune auteur levait un peu le voile sur certains aspects de ce que serait sa vie : « Il faut une muse pour sa sécurité spirituelle, maintenant, si vous n'avez pas de muse, vous vous imaginez au troisième étage d'une maison de campagne, où tout le monde vous laisserait tranquille, où personne ne comprendrait rien d'ailleurs à ce que vous faites, où vous ne seriez dérangé par personne sauf par des servantes, portées par des pantoufles silencieuses, qui vous apporteraient un grand café au lait avec des tartines ! » Des décennies plus tard, il regardera d'un œil critique ces deux romans de jeunesse, allant jusqu'à en déconseiller la lecture, les trouvant inaboutis. Mais le virus de l'écriture ne le quittera plus. Les deux romans sont à La Varangue. Je ne les ai pas lus, ou je les ai oubliés, je ne sais plus. Jean-Loup avait rayé de sa mémoire ces écrits de jeunesse qui ne lui ressemblaient pas.

C'est pourtant grâce à eux que l'attention des journalistes se porte sur ce jeune homme prometteur, invité bientôt sur les ondes et les plateaux de la télévision. Tout est déjà en place à l'automne de ses vingt et un ans. À la radio, pour Pierre Lhoste qui l'invite à décrire la maison de ses rêves, il mélange, comme dans un inventaire à la Prévert, la pluie qui tombe doucement, un petit pont de bois, un tapis de feuilles mortes, « des valses qui vous attendent comme des fleurs dans des vases », un verger rutilant de fruits, un toit bleu, une vigne vierge qui a condamné les volets, une grille de fer forgé aux étranges arabesques, un ruisseau et le vent, « c'est essentiel, le vent... », quelques amis, « aimer quelqu'un c'est comme avoir de la chance », une voix de femme, « une vie pour veiller sur la mienne » et un refrain de Charles Trenet, pourquoi pas « *Bonjour, jolie madame, je viens vous dire bonsoir*[1]... ».

Nous avons réécouté il y a quelques années cette jolie émission où un très jeune homme dessinait déjà les grandes lignes de sa vie rêvée. « Avec toi, a-t-il murmuré, je l'ai enfin trouvée, cette vie qui veille sur la mienne. »

Je l'ai trouvé bien sûr de lui, ce jeune homme de vingt ans et des poussières, brossant à la radio[2] les grandes lignes de ce qui serait son troisième roman, *Christophe au hasard*, itinéraire d'un petit garçon brun

1. Pierre Lhoste, « La Maison de vos rêves », RTF, 21 novembre 1959.
2. Pierre Lhoste, « Compartiment privé », 11 août 1959.

d'une dizaine d'années dont on suivrait, de chapitre en chapitre, le regard sur le monde, « entre ce que voit l'enfant et ce qu'est vraiment l'enfant ». Pas très clair, ce cheminement... D'ailleurs le projet a été vite abandonné.

À Pierre Lhoste, dont il est souvent l'invité[1] et qui voit en lui « le grand écrivain de demain », il se dit « baroque ». Que veut-il dire par là ? Il énumère ce qu'il aime et ce qu'il n'aime pas : la montagne le fascine jusqu'au rejet ; devant la Côte d'Azur, « tableau ocre et bleu sombre », il reste « pierre, inerte, insensible ». Il aime la couleur bleue, sa fenêtre ouverte sur « la nuit bergère d'étoiles », la plage à marée haute à onze heures du matin, se dit « obsédé par l'immobilité du monde », taquine Sollers en avouant que *Le Grand Meaulnes* reste un des grands livres de sa vie. Au passage, il cite Michel Del Castillo, Sollers bien sûr, Françoise Mallet-Joris, Cocteau pour *Les Enfants terribles*, se dit plus marqué par certaines œuvres que par leur auteur. Depuis que Netty lui a fait écouter la voix d'Ella Fitzgerald, il écrit des pages et des pages sur cette voix qui le hante. Et soudain il s'immobilise : « La plus merveilleuse de mes rencontres, c'est celle de Jeanne Moreau... Atomique... Les murs de ma maison en ont tremblé pendant plus d'un mois ! » Songe-t-il à son interview de Jeanne et Peter Brook, sur le tournage de *Moderato cantabile*, dont il ne reste aujourd'hui qu'une photo floue, perdue sur un plateau de télévision ?

1. « Rencontre avec... », 18 novembre 1960.

À la question : « Comment vous voyez-vous à soixante-quinze ans ? », la réponse fuse : « Je me vois mort ! Et à l'Académie française à titre posthume. »

Remarqué par les journalistes de l'hebdomadaire *Arts,* dirigé par André Parinaud, Jean-Loup devient pigiste et rencontre dans ce cénacle des noms prestigieux, Paul Guimard qui lui ouvrira plus tard les portes du cinéma, Antoine Blondin, Roger Nimier, Pierre Marcabru, François Truffaut. Le journal l'envoie en reportage ici et là. C'est ainsi que, tout jeune, très impressionné, il va interviewer Aldous Huxley, l'auteur du *Meilleur des mondes*, alors au sommet de sa gloire. Il reste de cette brève entrevue une des dernières photos de l'écrivain, conversant avec un jeune homme qui semble à peine sorti de l'adolescence.

Pierre Lazareff, à la tête d'un groupe de presse auquel appartiennent entre autres *France-Soir*, *Le Nouveau Candide* et *Le Journal du dimanche*, a découvert les deux romans de Jean-Loup et convie le jeune auteur à rejoindre l'équipe éditoriale.

Pour les jeunes journalistes comme pour Jean-Loup, Lazareff est un dieu vivant. Drôle de destinée que celle de ce fils d'émigré russe, devenu à l'adolescence secrétaire de Mistinguett, avant d'être attaché à la direction du Moulin-Rouge. À dix-sept ans, il a lancé son premier hebdomadaire, *Illusion*, qui s'est arrêté au bout de trois numéros, faute de moyens. En 1944, de retour des États-Unis où il a rejoint l'Office de l'information de guerre, il a fondé le quotidien *France-Soir*, tandis que son épouse, Hélène Gordon-Lazareff, préside à la naissance de la revue *Elle*. Tous deux feront les beaux jours de la presse française. En 1952, le couple s'est installé à Louveciennes, au domaine de La Grille royale et, jusqu'en 1972, convie au déjeuner dominical les noms les plus illustres de la politique, de la littérature et des arts.

Pierre Lazareff et Jean-Loup ne se connaissent pas vraiment, ils se croisent dans les salles de rédaction, mais le jeune journaliste retiendra les leçons de son aîné : apprendre à conduire une interview, mener à bien une enquête ou un reportage, lire les papiers des autres pigistes, les réécrire s'il le faut, rédiger un article, le calibrer, choisir le titre, le sous-titre, les photos, leurs légendes. Dabadie couvre aussi bien les accords d'Évian que le retour de service militaire de Johnny Hallyday. Antoine Blondin dira de lui : « Il est fabuleux, pour un enfant de son âge. Je ne l'ai jamais entendu dire une bêtise. » Pourtant, le métier de journaliste ne lui convient pas vraiment : « Mon papier terminé, je le remettais avec volupté, comme délivré. Et la seconde suivante je pensais avec terreur au prochain qu'on n'allait pas tarder à me réclamer. Mais ce métier de journaliste m'a appris à regarder par la fenêtre, à me promener dans la rue et à parler aux gens. »

Alors qu'il revient d'un reportage en Égypte, il retrouve sa compagne du moment qui l'attend à l'aéroport avec sa « feuille de route ». Son sursis est cassé. C'est le temps du service militaire.

Le 4 janvier 1963, il atterrit à Tarbes, dans un régiment de parachutistes. Durant les quatre mois que durent ses classes, il apprend à charger et à décharger un fusil, à saluer, à défiler. Toute sortie est interdite. Un soir, au foyer du soldat, il regarde la télévision quand paraît sur l'écran un jeune humoriste auquel il trouve « un petit air de Robert Hirsch ». Il le trouve drôle, charmant, facétieux. Séduit, deux jours plus tard, sous ses draps, à la lumière de la lampe de poche offerte par Netty, il écrit deux sketches – *Le Boxeur* et *Bonne Fête, Paulette* – et les glisse dans une enveloppe kraft, avec le tampon du vaguemestre de l'armée. L'adresse est succincte : « Monsieur Guy Bedos. Émission de Jean-Christophe Averty. Télévision française. Paris. » Bouteille à la mer. Quinze jours plus tard, il a la surprise de découvrir sur le petit écran un Guy Bedos très élégant, costume sombre et lavallière. Il tient à la main un bouquet de glaïeuls en plastique. C'est la première fois qu'il dit à la télévision *Bonne Fête, Paulette*, un sketch qui le rendra très vite populaire. Jean-Loup assure que Guy Bedos a toujours gardé l'enveloppe avec le cachet de l'armée !

Un compagnon de route de sa jeunesse surgit parfois à bicyclette sur les sentiers de l'île de Ré : Lionel Jospin. J'ai beaucoup de respect pour cet homme tout à la fois affable et secret, au regard acéré, au parcours sans reproche. Chaque fin d'été, aux Portes, nous le retrouvions, Jean-Loup et moi, pour un dîner sonnant la fin des vacances. Il y avait Sylviane[1], bien sûr, et notre bande de copains rieurs et tendres. J'ai la

1. Sylviane Agacinski, professeure, écrivain, philosophe, épouse de Lionel Jospin.

nostalgie de ces instants heureux, même si je sais ma chance de les avoir vécus.

En août dernier, quelques jours avant de rentrer à Paris, je dînais avec des amis au restaurant Chez Rémi. Il est venu me saluer et le passé m'a sauté à la gorge. Trois jours plus tard, Sylviane venait boire un verre à la maison, en coup de vent, entre deux travaux d'écriture. J'avais demandé à Jean-Loup de me raconter sa rencontre avec Jospin, afin de reconstituer le puzzle de sa vie. En aurai-je jamais fini, moi qui ne suis arrivée dans la sienne qu'en 1995, alors que j'avais déjà trente-six ans ?

Fin février, début mars 1962, Lionel Jospin a terminé ses classes en Allemagne, à Trèves, où il a été envoyé à la suite de sa réussite au concours d'entrée à l'Ena, en novembre 1961. À l'École de cavalerie de Saumur, où il est affecté, il croise le chemin de Jean-Loup, dont les classes à Tarbes se sont achevées : « J'ai été immédiatement frappé par la joie de vivre de Jean-Loup, son incroyable énergie, le regard positif qu'il posait sur toutes choses, et son sens inné de la drôlerie, son goût pour les canulars et pour ce que j'appellerais "les escapades". Nous formions un trio, avec Josselin de Rohan-Chabot, que je connaissais depuis l'année d'hypokhâgne à Janson-de-Sailly, où il avait présenté un sujet sur Voltaire. (C'est grâce au philosophe, disait-il, que son aïeul était passé à la postérité, pour avoir fait bastonner Voltaire par ses laquais.) Tous les trois, Jean-Loup, Josselin et moi, avons accédé au rang d'officier de réserve et nous nous sommes retrouvés en charge du bizutage de la nouvelle promotion de Saumur. C'était peu après les accords d'Évian et nous avions toute latitude pour plaisanter sur l'armée.

« C'est ainsi que nous nous sommes réparti les tâches. J'étais supposé être le capitaine, chef d'escadron. Josselin, qui se prétendait adjudant-chef de cavalerie, accueillait de la manière la plus grossière qui soit des arrivants qui n'avaient jamais vu un cheval. Quant à Jean-Loup, il s'était réservé le rôle le plus spectaculaire, celui de "lieutenant spécialiste des explosifs", un être totalement déjanté, à la limite de la folie. Pour exposer la manière dont on était censé déminer un champ de mines, il gesticulait sur l'estrade avec, à la main, une petite fiole de nitroglycérine. Les quelques gouttes tombées sur le sol de l'amphithéâtre explosaient avec un bruit formidable et les nouveaux venus, formés à la discipline militaire, n'osaient pas bouger !

« Nous nous sommes revus à Paris autour d'un verre, c'était… comment dire ? une amitié de service militaire. Je suis entré à l'Ena et Jean-Loup a commencé la brillante carrière que l'on sait. J'allais applaudir Guy Bedos et Sophie Daumier, je m'émerveillais des dons multiples de mon "copain de régiment[1]". »

Sylviane vient d'être élue à l'Académie française, le 1er juin 2023, au fauteuil 19, celui de Jean-Loup, resté jusque-là désespérément vide. Dans quelques mois, elle y sera reçue officiellement et elle rendra hommage à celui qui l'a précédée. Je serai là, bien sûr. La vie a plus d'un tour dans son sac.

---

1. Entretien avec les autrices, 15 juin 2023.

Dans le sillage de Jean-Christophe Averty

À la découverte des années de jeunesse de Jean-Loup, je remonte le temps jusqu'à l'aube des années 1950, à la belle époque de la télévision, quand, sur la Rive gauche, fleurissaient les cabarets où tous les grands ou presque ont fait leurs premiers pas.

Nous sommes en 1957. Michèle Arnaud est la vedette du Milord l'Arsouille, 5 rue du Beaujolais, et y interprète « L'île Saint-Louis », chanson écrite par son mari Francis Claude sur une musique de Léo Ferré. Jean Cocteau y vient en voisin, tout comme Mireille et son époux, l'écrivain Emmanuel Berl. La chanteuse est accompagnée par Jacques Lasry au piano et, à la guitare par un Serge Gainsbourg encore inconnu qui est, le reste du temps, pianiste d'ambiance dans ce cabaret. Elle impressionne François Ducray qui lui trouve une silhouette sculpturale à la Edwige Feuillère, la souplesse et la sensualité mutine de Danielle Darrieux. Le journaliste perçoit Gainsbourg comme un être rare, une trouvaille sans prix, alliant une brutalité de prédateur à une sensibilité d'exception. L'hybride stendhalien rêvé. Michèle Arnaud découvre un jour chez Gainsbourg, dans son atelier d'artiste-peintre, l'ébauche du « Poinçonneur des Lilas » sous une pile de partitions.

Quand elle devient productrice à la télévision, elle l'invite à chanter sa chanson dans son émission « Chez vous ce soir ». Devant son micro défilent l'impertinent Philippe Bouvard, dont c'est la première apparition sur le petit écran, Georges Brassens, Martine Carol, inquiète de l'irruption d'une bombe nommée « BB », Marina Vlady et Robert Hossein tout jeunes mariés, Jacqueline Gauthier interprétant une chanson écrite par George Sand, Jacques Brel avec « Les Flamandes », Jean Poiret et Michel Serrault, et « le petit Dabadie », invité en septembre 1959 pour parler de sa vocation littéraire.

Michèle Arnaud a lu *Les Dieux du foyer* et invite Jean-Loup à rejoindre l'équipe de sa prochaine émission, « Histoire de sourire », en mars 1962. Sur les photos de ce temps-là, il a déjà l'air conquérant de celui qui sourit à la vie. « Décidément, me dit Jean-Loup, ce roman raté m'a porté chance ! » Il écrit *Private Club*, un sketch qui met en présence un séducteur, Guy Bedos, et une veuve, Maria Pacôme, fumant chacun une cigarette, offre *Adieu Berthe* à Hubert Deschamps (le sketch sera repris par Jean Obé) et à Bedos *La Valse de l'odieux*, parodie de *La Valse de l'adieu* de Frédéric Chopin. Le petit nouveau fait désormais partie de l'écurie de Jean-Christophe Averty, applaudie par certains, rejetée par les autres pour cause de provocation à la limite des convenances.

Jacques Siclier[1] aime le vent nouveau qu'insuffle sur le petit écran un jeune réalisateur, Jean-Christophe

1. Jacques Siclier (1927-2013), journaliste, chroniqueur au *Monde*, a signé le scénario de deux feuilletons, *Janique Aimée* et *Les Habits noirs.*

Averty. Avec « Histoire de sourire », Michèle Arnaud a trouvé un réalisateur qui n'hésite pas à prendre des risques, manie le calembour et le coq-à-l'âne visuel avec un bel entrain. « "Histoire de sourire", c'est maintenant La Rose rouge revue et corrigée par *Hara-Kiri*, magazine de l'humour noir moderne [...] On se doute bien que des petites illustrations du genre, la soupe aux yeux ou bébé donné au squelette, ne correspondent pas à l'idée du spectacle familial qu'on se fait des variétés. [...] les sketches de Jean-Loup Dabadie servis par Michel Galabru et autres compères puisent à bonne source. Il est normal que tout le monde n'apprécie pas ce genre de comique, car il bouscule un certain confort moral, mais il secoue aussi l'engourdissement qui pèse sur le secteur des variétés[1]. »

Devant le succès de « Histoire de sourire », le directeur des programmes demande à l'équipe, dont font partie Jean-Christophe Averty et Dirk Sanders, de réfléchir à une émission plus ambitieuse. Ils vont se mettre au travail avec Jean-Loup, sous le regard de Michèle Arnaud. Il en résultera un rendez-vous qui fera date dans l'histoire de la télévision : « Les Raisins verts », réalisée par Averty et diffusée une fois par mois, du 12 octobre 1963 au 6 juillet 1964. Bien qu'elle se voie attribuer la Rose d'or de la télévision et malgré les interventions musicales de Mouloudji, Boby Lapointe, Gilbert Bécaud, Philippe Clay, Yves Montand, l'émission, qui dynamite les codes du petit écran dans les années 1960, déclenche le scandale en

1. Jacques Siclier, *Le Monde*, 17 juillet 1963.

raison d'une séquence récurrente où l'on voit un bébé en celluloïd passé au hachoir à manivelle. Cette forme d'humour noir n'est pas du goût de tous les téléspectateurs. La critique n'est guère élogieuse et Averty, inventif et très en avance sur son époque, est accusé d'user d'un surréalisme attardé. Même Guy Bedos emploie à son égard des mots très durs : « M. Averty joue les Don Quichotte incompris et, selon lui, ceux qui ne le comprennent pas sont des imbéciles. [...] Il a su quelquefois illustrer le travail des auteurs, mais il s'est toujours enfoncé dans des impasses. [...] Je ne suis pas contre les bébés hachés si l'on se rend compte que c'est une simple plaisanterie, mais c'est justement là où Averty échoue. [...] Il réussit avec des faux gags d'enchaînements à éclipser quelques sketches de valeur. Jean-Loup Dabadie en a écrit de très bons qui passent totalement inaperçus à cause des monstruosités de son ami Averty. [...] Il a voulu sortir de l'anonymat des réalisateurs de télévision qui hantent les couloirs de Cognacq-Jay. Il y est parvenu, mais je crains que la chute ne soit plus dure[1]. »

Témoin à décharge, Jean-Loup ne partage pas cette vision des choses :

« Jean-Christophe et moi sommes perpétuellement en bagarre : il nous arrive presque d'en venir aux poings. Heureusement, sinon cela serait monotone. Jean-Christophe critique ce que je fais et je critique ce qu'il fait. Lui est plutôt doté d'un humour noir, macabre, alors que je suis porté vers la satire au sens

1. Interview de Guy Bedos, 1963.

classique du mot. Je suis contre l'élucubration pour l'élucubration, mais je n'ai jamais trouvé ses idées ridicules ou vulgaires. Lui trouve souvent mes sketches trop longs et il n'a pas toujours tort.

« Je suis entièrement solidaire de Jean-Christophe Averty et je trouve anormal que toutes les critiques ne soient adressées qu'à sa seule personne. En fait, nos gags sont des histoires de gosses qui tirent les sonnettes. Maintenant, je ne pense pas que "Les Raisins verts" durent encore longtemps. Il y a une telle levée de boucliers[1] ! »

On peut ne pas aimer les bébés qui surgissent d'une boîte de maquereaux en conserve, le diable qui fait exploser un cierge dans une église, la femme qui dévoile son squelette sous la corolle de sa robe, le bras qui sort d'un cercueil pour indiquer un changement de direction. Une chose est sûre : Averty est en avance sur une époque qui a du mal à suivre. Exit « Les Raisins verts » et c'est bien dommage. La suite de sa carrière télévisuelle sonnera comme une revanche.

À la rentrée, Jean-Christophe Averty, qui a décidé de ne pas reprendre « Les Raisins verts », fait équipe avec Dirk Sanders. Michèle Arnaud et Jean-Loup deviennent les réalisateurs d'une émission de variétés coproduite avec les télévisions belge et suisse. Michèle Arnaud choisit les pauses musicales, son petit protégé apporte sa touche d'humour. « Ni figue ni raisin » est diffusée pour la première fois le 12 octobre 1964.

---

1. Pierre Lhoste, « Compartiment privé », 11 août 1963.

Deux jours plus tard, Jacques Siclier reconnaît « une bonne affiche et un excellent sketch sur les Jeux olympiques dans le style à faire grincer des dents[1] », mais reproche au réalisateur belge de « composer des images qui rappellent plus l'avant-garde cinématographique des années 25 que la télévision d'aujourd'hui ». Et de conclure : « "Les Raisins verts" soulevaient des passions. "Ni figue ni raisin" risque bien de ne soulever que de l'indifférence. »

Au fil des sept numéros de cette création figurent pourtant de bien jolis moments signés Dabadie. Pierre Richard et la ravissante Marie Dubois chantent « La Leçon », entourés de danseurs qui évoluent sur un quai de gare, Françoise Dorléac dévale les escaliers de Montmartre en fredonnant son mal d'amour, petit chien dans les bras. Hubert Deschamps, déguisé en veuve, entonne « Landru » dans les allées d'un cimetière. Au cours de chacune des émissions, les impromptus sont interprétés par Pierre Richard et Victor Lanoux, qui se produisent ensemble dans les cabarets de Saint-Germain-des-Prés et ont réussi à décrocher une audition à L'Écluse : « Morts de trac, nous débutâmes entre un beau garçon à la voix envoûtante dénommé Serge Lama, qui chantait des chansons de Brel, et une grande bringue si totalement myope qu'elle avait toujours du mal à repérer son tabouret de piano pourtant à deux mètres d'elle. Elle n'avait qu'un prénom : Barbara[2]. »

1. *Le Monde*, 14 octobre 1964.
2. Victor Lanoux, *Deux Heures à tuer au bord de la piscine*, Le cherche midi, 2014.

Les émissions se suivent. Averty, dans un numéro de « Dim Dam Dom », confie à Geraldine Chaplin la mission d'accueillir Marie-France Pisier qui raconte, par la grâce de Jean-Loup, avec *La Madone des sleepings*, une nuit, passionnée mais inventée, dans un wagon-lit de fortune. Pour le comédien Eugène Berthier et avec la complicité d'Isabelle de Funès, Jean-Loup s'initie à la lettre de rupture, cette missive délicate à envoyer pour mettre fin à une histoire d'amour :

> « Madame, Votre beauté n'est pas en cause, ni votre esprit. Vous m'avez donné de l'amusement, mais je m'aperçois que je commence à m'attacher à vous, surtout depuis la naissance de notre troisième loupiot, comme vous dites…
>
> « D'accord, depuis dix-huit ans tu fais merveille, fidèle, tolérante, docile, mais vois-tu mon amour, en 1948, un soir, vers dix-neuf heures, tu m'as appelé "vieux schnock", en riant, certes et parce que je te disais une drôlerie, n'empêche, le mot est parti[1] ! »

Jacques Higelin et Mijanou Bardot descendent tranquillement d'une traction avant en costumes 1930, parodiant Bonnie and Clyde et, sur fond de tic-tac d'horloge, de tirs de mitraillette et de messages en morse, subtilisent sereinement, dans une boutique de mode, robes et bérets, sacs et chaussures. Dans « Sur la pointe des pieds[2] », Annie Girardot, ultrasophisti-

1. « Dim Dam Dom », « Lettres de rupture », 11 janvier 1967.
2. Émission de Jacques Chazot diffusée le 12 février 1969.

quée, perruque bouclée, boucles d'oreilles et colliers de perles, chante « La Femme faux-cils », texte écrit par Jean-Loup sur une musique de Polnareff pour la bande originale du film de Gérard Pirès, *Erotissimo*.

Jean-Loup n'aimait pas les comédies musicales, mais il a été précurseur aussi en ce domaine. En 1967, à la demande de Michèle Arnaud, il écrit les dialogues d'un téléfilm, *Anna*[1], avec Anna Karina et Jean-Claude Brialy. Histoire d'un jeune publiciste qui tombe amoureux fou d'une jeune fille dont il a entrevu un portrait flou parmi d'autres clichés. Pour retrouver l'inconnue dont il est épris, il couvre les murs de la ville d'affiches qui reflètent son regard. Il confie son désarroi à son ami Serge (Serge Gainsbourg), mais rien ne le distrait de sa quête jusqu'au jour où il s'aperçoit que la jeune femme travaillait dans la même agence que lui. Entre-temps, elle s'est envolée.

Du Bus Palladium à la gare de l'Est, de la plage de Deauville à un château des Yvelines, on croise Hubert Deschamps, Henri Virlogeux, Eddy Mitchell et même Marianne Faithfull dans le rôle de la jeune Anglaise que ses amis voudraient lui faire épouser. La mise en scène, débridée, reflète l'arrivée en France de la pop culture anglo-saxonne. Les ballets sont signés du chorégraphe Victor Upshaw, très en vogue dans les années 1960, et les chansons, paroles et musique, ont été confiées à Serge Gainsbourg.

---

1. Réalisé par Pierre Koralnik, diffusé à la télévision le 13 janvier 1967.

Le téléfilm est centré autour de la personnalité d'Anna Karina, la jeune Danoise, égérie de Godard, icône de la Nouvelle Vague dont le pseudonyme a été choisi par Coco Chanel alors qu'elle défilait pour sa maison de couture. Dans *Anna*, elle interprète seize chansons, souvent avec Brialy et Gainsbourg, mais celle qui s'ancre dans les mémoires est une mélodie devenue culte : « Sous le soleil exactement ».

Bien des dialogues et des sketches de Jean-Loup émaillent déjà le petit écran en cette fin des années 1960, mais la grande rencontre reste celle de Guy Bedos. J'ai eu la chance de faire sa connaissance, bien plus tard. Guy et Jean-Loup, je les ai vus rire, pleurer, se disputer, se réconcilier. J'ai vu dans leurs yeux se conjuguer espérances et désillusions. Guy et Jean-Loup, frères d'élection pour la vie.

Il était une fois Guy Bedos

« Guy Bedos fait partie de ma vie. Il m'est essentiel. Ni lui ni moi n'avons oublié l'enfant que nous avons été. »

C'est fou comme je les aime, ces deux-là, et c'est fou comme ils se ressemblent ! Et pourtant…

Au ciel de leur enfance, une mère. Celle de Jean-Loup, solaire, rieuse, rend douces et légères ses jeunes années, malgré les sillons creusés par l'absence. Dans *Mémoires d'outre-mère*[1], Guy Bedos, en revanche, ne dissimule rien de ses relations conflictuelles avec Hildeberte, qui lui a donné le jour à Alger, le 15 juin 1934. La fréquentation quotidienne d'une mère pétainiste et d'un beau-père raciste et antisémite éveillera très tôt sa conscience politique. Les propos réitérés de sa mère, « Les Juifs et les Arabes, qu'ils s'entretuent, ça fera toujours ça de moins », ne cesseront de le hanter, lui qui écrivait : « Ma Torah, mon Coran, ma Bible à moi, c'est la *Déclaration universelle des droits de l'homme*[2]. »

1. Guy Bedos, *Mémoires d'outre-mère*, Stock, 2005.
2. Guy Bedos, *Je me souviendrai de tout. Journal mélancomique*, Fayard, 2015.

Jean-Loup avait tout un dossier où les visages de Bedos se succédaient au fil des ans, il lui arrivait d'en tourner les pages pour me raconter les jeunes années de Guy. « Guy est arrivé en France à l'âge de quinze ans et, deux ans après, il a quitté la maison familiale de Rueil-Malmaison. Il est entré à l'école de théâtre de la rue Blanche et sa carrière s'est très vite envolée. »

Je le regarde grandir, d'une photo à l'autre : *Arlequin poli par l'amour*, *Le Miroir* avec Lucienne Bogaert, *Le mari ne compte pas* avec Darry Cowl, *Les Pas perdus* avec Valentine Tessier, et pour la télévision *Virage dangereux*, de Stellio Lorenzi, avec Renée Faure.

En octobre 1959, dans *Bon week-end, Monsieur Bennett*, mis en scène par Michel Vitold à la Gaîté-Montparnasse, il partage l'affiche avec Denise Grey et Jacques Higelin. Le 21 décembre, on le retrouve dans *La Nuit électrique*, soirée de gala et de bienfaisance donnée au Cirque royal de Bruxelles, entouré de Martine Carol, Jean-Pierre Cassel, Gina Lollobrigida, Curd Jürgens, Jean Marais et Georges Poujouly, le jeune partenaire de Brigitte Fossey dans *Jeux interdits*.

Déjà la vie de Guy ressemble à un kaléidoscope, d'autant que ses débuts au cinéma sont fulgurants : Michel Deville vient de l'engager pour *Ce soir ou jamais*, où il aura pour partenaires Anna Karina, Jacqueline Danno, Claude Rich et Françoise Dorléac, dont il tombera éperdument amoureux. La même année, il joue le rôle du bègue dans *Le Caporal épinglé*, sous la direction de Jean Renoir.

Mais ce sont ses débuts dans les cabarets que, lors de nos dîners chez l'un ou l'autre, Guy se plaisait à évoquer. Il aimait citer ces petits lieux où tant de talents ont éclos. C'est François Billetdoux qui, le premier, convie Bedos à La Fontaine des Quatre-Saisons : « À deux pas du boulevard Raspail, rue de Grenelle, se dresse une fontaine monumentale. À sa droite, un portail. Une fois passé ce portail, on traverse une vaste cour aux pavés moussus. Au fond de cette cour, à droite, se trouve la discrète entrée du cabaret La Fontaine des Quatre-Saisons, qui devrait, à en croire la critique, devenir "le plus intelligent de Paris[1]". » La salle est un peu plus vaste que celle de la Rose rouge. Le plafond et le parquet sont d'un rouge écarlate, les tables et les chaises laquées noir, la loge spacieuse, une vraie loge. Le maître des lieux est Pierre Prévert, et c'est Jacques Prévert qui accueille le public, casquette vissée sur le crâne et cigarette aux lèvres. Très vite, il conseille à Bedos d'aller vers le sketch, où son tempérament comique fera merveille. Ce qu'il fera, après un premier sketch écrit par Jacques Chazot. Appelé sous les drapeaux en pleine guerre d'Algérie, il entreprend une grève de la faim : il sera réformé pour « maladie mentale[2] ».

Guy a plusieurs fois croisé sur son chemin une jeune comédienne craquante et délurée, au rire communicatif et aux faux airs de Brigitte Bardot : Sophie Daumier. Ils vont bientôt lier leur destin à la ville comme à la scène.

1. Jean-Pierre Grenier, *En passant par la scène*, La Manufacture, 1992.
2. *Idem*.

Sophie s'appelait « Betty Hugon » au temps où ses seize ans dansaient le french-cancan, dans un corps de ballet de jeunes filles en tournée à travers l'Allemagne. Marcel Achard la rebaptise « Sophie » quand elle triomphe dès janvier 1957 aux côtés de Pierre Dux et Simone Renant dans *Patate*. On la retrouve auprès de Madeleine Robinson dans *Adélaïde* (Jean-Louis Curtis, d'après Robineau, en 1961), et *Les Plumes rouges* (Jacqueline Cartier, Roger Pierre et Jean-Marc Thibault, en 1962). En 1963, elle crève l'écran dans *Dragées au poivre*, une comédie musicale de Jacques Baratier, créée à partir d'une idée de Guy. Sophie et Bedos se marient le 19 février 1965 à Paris, à la mairie du IXe arrondissement. Ils resteront unis pendant une dizaine d'années, durant lesquelles ils créeront ensemble *Tête-Bêche*, une suite de sketches écrits par Jean-Loup, qui m'a raconté la première triomphale, le 16 novembre 1965, à la Comédie des Champs-Élysées. « Dirk Sanders a signé la mise en scène. L'année suivante, il a épousé Karen Blanguernon, la première femme de Guy, mère de leur fille Leslie ! » Jean-Loup qui connaît bien Bedos s'amuse avec *Tête-Bêche* à esquisser mille croquis d'un couple qui deviendra populaire.

Contrairement à ce que je lis souvent, ce n'est pas Jean-Loup, mais Guy qui a écrit « La Drague », ce slow langoureux où s'affrontent un macho maladroit qui colle à sa cavalière et une blonde évaporée qui n'a accepté de danser que pour faire enrager ses copines. Sous la plume de Jean-Loup, Guy est tantôt boxeur, tantôt danseur de flamenco, irrésistible gigolo dans *Monsieur Suzon*, homosexuel en couple avec un fan de foot dans *Carton rose*, écrivain novice en proie à des questions qui l'embarrassent dans *Un jeune homme de lettres*, double de Jean-Loup en auteur qui cherche ses mots dans *Le Parolier*. Tant de sketches avec ou sans Sophie ! Comment oublier *Lettre au Père Noël* qui commence ainsi :

« Cher petit Père Noël,

Puisqu'elle m'a quitté le jour de mes quarante et un ans et qu'elle est partie avec ce type insupportable et sa grosse voiture italienne pour passer leur Noël à la neige, apporte-moi une petite plaque de verglas ou un petit platane ou les deux si tu peux, cher papa Noël… »

J'aime aussi *La Retraite*, *Chagrin fiscal*, *Si j'étais une femme*, et *Maman*, cette petite comédie écrite à la demande de Michel Sardou pour être insérée au beau milieu de son concert au Palais des Congrès, puis partout en tournée, où sa célèbre mère lui donnait la réplique en voix off : « Mais pourquoi tu fais cette tête ? Tout le monde me le dit, pourquoi il fait la tête quand il chante ? Souris ! Sois content d'être en scène ! »

Si l'on feuillette le numéro de *L'Avant-Scène*[1] qui présente le spectacle de la Comédie des Champs-Élysées simplement intitulé « Guy Bedos-Sophie Daumier », on en apprend de belles sur les jeunes années de Guy Bedos. Quand Jean-Loup le taquinait à propos de sa jeunesse tapageuse, il baissait la tête comme un enfant puni avant de la redresser en éclatant de rire. Il faut dire qu'il en faisait de belles.

1. *L'Avant-Scène*, n° 538, 1974.

« Entraîné par de mauvaises fréquentations littéraires, Bedos a essayé d'enlever Julien Gracq à la sortie du lycée Claude-Bernard, où il enseignait l'histoire. Vêtu d'une canadienne et armé d'un pistolet à amorce, il a tenté d'entraîner l'auteur du *Rivage des Syrtes* vers la traditionnelle conduite intérieure noire des kidnappings. Gracq a dit : "Qu'est-ce qui vous prend ?", des journalistes se sont interposés : l'affaire s'est arrêtée là et s'est révélée moins publicitaire que ne l'espéraient ses instigateurs. Le malheureux homme de main est retourné au centre de la rue Blanche, puis est parti pour le Moyen-Orient avec la troupe de Jacques Charon. » Épisode irrésistible aux yeux de Jean-Loup, qui n'a pas oublié ses quatre cents coups, bien que plus discrets, dans les lycées parisiens.

Sur les vingt-neuf sketches proposés par le couple Bedos-Daumier au Théâtre de la Renaissance à l'automne 1973, dix-sept sont signés du comédien, un sketch, *Mère et fils*, est écrit par Christopher Frank d'après Mike Nichols. Les onze autres, dits par Guy, sont nés de la plume de Jean-Loup, parmi lesquels *Le Tueur*, *L'Illusionniste*, *Les Filles comme des mouches* et le classique *Bonne fête, Paulette. Allô Maman ? Ici Marie-Blanche* et *Patience aux Batignolles* sont confiés à Sophie Daumier.

Les deux artistes se retrouvent pour *Chapon Gilbert*, *Le Téléphone*, *Si la vie était un jeu radiophonique*, *Rompez* et *Visite au malade*. Dans quatre de ces sketches, Jean-Loup utilise un procédé qui lui est cher, la voix off, très efficace scéniquement, et dont il usera et abusera dans nombre de ses scénarios.

La critique est enthousiaste. Ainsi Danièle Heymann : « Nous les regardons vivre. Ils nous regardent rire. Elle est rose : une dragée au poivre. Il est noir : un arlequin en deuil. Au théâtre de la Renaissance, les Bedos, Sophie et Guy, frégolisent et se déguisent à leur guise. [...] Deux paravents et quelques accessoires semés par ces féroces Poucets du quotidien suffisent à planter le décor : un téléphone, un journal, un lit blanc, un cabas rouge où s'étiole un poireau vert. S'ils sont tous deux des Bedos pour l'état civil, ils sont aussi tous deux des Daumier par leur allègre virtuosité dans la caricature[1]. »

Des dix années de scène qu'ils partagèrent, nous reviennent des kyrielles de duos mémorables, dont *Les Vacances à Marrakech*, qui met en scène un couple de touristes anti-arabes : « Quand l'avion s'est posé, que des Arabes. Les porteurs ? Des Arabes ! Les douaniers ? Des Arabes ! Le roi ? Un Arabe ! Ils sont chez eux ! » Ou bien encore *Aimez-vous les uns les autres*, avec ce début fracassant :

« Guy (*pleurnichard*) : On était un couple heureux, sans histoire, placide...

« On demandait rien à personne et tout d'un coup, patatrac... Elle achète le journal en rentrant du marché, et qu'est-ce qu'on apprend : voilà qu'à nouveau Margaret fait la tête à Tony, et pendant ce temps-là, à Monaco, Rainier a levé les yeux au ciel quand Grace lui a souri... La même semaine...

Sophie (*même jeu*) : Ça va craquer... Cette fois je sais que ça va craquer. »

1. *L'Express*, 26 novembre 1973.

Le temps a passé. Les chemins de Guy et de Sophie se sont séparés. Chacun de son côté a poursuivi sa route.

Jean-Loup avait déjà aiguisé sa plume pour d'autres comédiens au fil des rencontres et des émissions de télévision : Michel Galabru (*Un sale type*), Jean-Pierre Darras (*Caligulus*, où le comédien qu'il considérait comme un acteur essentiel du TNP de Vilar devient un soldat romain qui refuse d'aller faire la guerre des Gaules), Maurice Biraud (*René*), Henri Salvador (*Le Très Petit Homme*), Bourvil (*L'Acrobate*), Darry Cowl (*No Smoking* et *Le Dîner chez le président*, satire de ce temps où Giscard s'invitait sans crier gare à la table de Français moyens).

Jean-Loup a continué d'ouvrir à d'autres interprètes son univers d'autodérision, des mots qui claquent au vent avec, dans leur sillage, autant de fous rires que de larmes aux yeux.

Pour Jacques Villeret, dont le talent et la fragilité le bouleversent, il écrit *Le Complexé*, *Il était un fouet dans l'Ouest*, *Mon papa il est plus fort que ton papa*, *Achtung Bicyclette*, *Le Cascadeur*, et le soupir de soulagement de *La Joconde* quand, le soir, le Louvre, ferme ses portes et qu'elle cesse d'entendre les inepties proférées à son propos : « Tu trouves pas qu'elle ressemble à mémé ? » ou « Ça vaut des ronds, ça ? ». Avec *Tu me gênes*, il se glisse, au comptoir d'un bistrot, à côté d'un malabar qui n'est autre que l'ami de sa femme : « Et l'hôtel où vous étiez dimanche, c'était Le Chasseur sachant chasser, à Saint-Jean-les-Deux-Bécasses, chambre 8... Ce que j'ai vu par le trou de la serrure ? Un cas de figure que je ne connaissais pas. » *Sport à la maison* est une scène de ménage racontée à la manière d'un reporter sportif, avec cette chute délicieuse : « Très joli geste de Sylvie Lebol qui va ramasser le dentier de son mari dans l'écuelle du chien et qui le lui rapporte elle-même... Je rends l'antenne ! »

Pour *Félicitations*, dans la loge d'artiste où il se repose un instant à l'issue de son spectacle, il reçoit une galerie de personnages farfelus ou dérangeants venus envahir les coulisses, un ami surgi du passé, une admiratrice en émoi, un excité agressif qui confond réalité et fiction, un vieil acteur raté, aigri et jaloux qui remet en cause tout ce qu'il vient de voir... Villeret les incarne tour à tour, leur inventant une voix, un regard, un geste qui dessinent en quelques secondes leur personnalité. Le 16 février 1980, pour le « Numéro un » qui lui est consacré, Gilbert Bécaud propose une version inédite de ce sketch : chanteur mythique en costume bleu marine et traditionnelle cravate à pois, il reçoit la kyrielle d'importuns, tous interprétés par Jacques Villeret.

Comme Jean-Loup, Jacques était en proie à l'angoisse et perfectionniste jusqu'à l'obsession. Ses mille facettes le rendaient somme toute insaisissable. Quelle déception, quelle morsure profonde en cette 5e Nuit des Molières, présentée par Francis Huster, au Théâtre des Champs-Élysées, le 8 avril 1991, lorsqu'il repart sans la statuette tant espérée pour son rôle dans *La Contrebasse* de Patrick Süskind !

« C'est ce soir-là que j'ai rencontré Muriel Robin. Elle avait repris avec Guy un de mes sketches, *La Répétition*, créé par Sophie », m'a raconté Jean-Loup. Leur rencontre marque le retour au duo de Guy après dix-huit ans de carrière en solo. Jean-Loup trouvait un talent fou à Muriel et il s'enfermait dans son bureau, en quête des mots qui lui viendraient et éclateraient dans la bouche de Muriel comme de la dynamite. Un jour, il s'est glissé dans la peau de Muriel pour jouer, rien que pour moi, *Non, c'est pas mon trip*, le monologue d'une ex-stripteaseuse repris par Sylvie Joly. J'ai été souvent la spectatrice privilégiée de Jean-Loup. Ses imitations de folie égayaient nos dîners à la maison et nos dîners en ville !

J'aime aussi la malice de *Cinq Ans après*, où Bedos et Robin se retrouvent cinq ans après leur Olympia :

Guy : « À ce propos, Jean-Loup Dabadie et Pierre Palmade, que sont-ils devenus ? »

Muriel : « Ils sont ensemble et ils ont adopté une petite Coréenne. »

Guy résume en quelques lignes sa relation avec Jean-Loup : « Si hétéros que nous soyons l'un et l'autre, pour ce qui est des chromosomes féminins, nous avons eu notre lot. C'est *La Cage aux folles*, parfois, entre nous !

« Lorsque le très sympathique Francis Veber – je blague ! – à ses débuts, s'est approché de moi pour écrire quelques textes, il fallait voir la tête de Jean-Loup, quand nous dînions ensemble… Moi, entre les deux, c'était Jeanne Moreau dans *Jules et Jim* !

« Carton rose.

« C'est la fin de l'été. De retour à Paris tous les quatre, les Dab de leur île de Ré et nous de notre Balagne, il est fortement question d'un dîner de famille.

« Vivement[1]. »

---

1. Guy Bedos, *Plans rapprochés. Portraits*, Stock, 2011.

Dans l'émission télévisée « Du côté de chez Bedos[1] », Michel Drucker, après s'être offert le luxe d'une interprétation inédite de *L'Annonce faite à Odile*, sort d'une petite valise bleue une tenue de cycliste qu'il offre à Muriel Robin : « Voilà pour celle qui a une passion récente et se prend pour la Jeannie Longo du Forest ! » Bedos avait immortalisé ce texte de rupture : lutin déboulant sur le plateau avec une petite valise noire, une écharpe, un chapeau ridicule et un air désolé, il se justifiait comme il pouvait à l'instant où il quittait sa compagne : « J'ai besoin de son souffle rauque sur ma nuque embrasée. Point à la ligne. J'ai besoin de ses mains à la recherche de sonorités nouvelles sur le clavier de mes sens, Odile. J'y pensais encore ce matin, au Crédit lyonnais [...] Je l'aime, c'est tout, c'est classique. Et lui aussi il m'aime et quand nous courons nus dans son jardin de Clamart, et que nous nous ébattons en riant dans les troènes, Odile, j'entends ti ti ti ta ta ti ti... Qu'est-ce qui t'étonne, Odile ? »

Signé Dabadie, évidemment.

Un de mes plus beaux souvenirs avec Jean-Loup et Guy reste cette soirée du 11 octobre 2016, à Lyon, pour la 8e édition du Festival Lumière. C'est à Jean-Loup, cette année-là, que Thierry Frémaux , le délégué général du festival de Cannes, a choisi de rendre hommage avec la projection de films dont il a écrit scénario et dialogues : *César et Rosalie*, *Le Sauvage* et *Un éléphant ça trompe énormément*. Quand il entre, sous les applaudissements d'une salle comble, il arbore ce que d'aucuns ont appelé son « sourire de gondolier », ce look

1. 19 juin 1996.

charmeur qui vous chavire et cache bien sa timidité : « Je ferai juste une parenthèse, dont vous ne me reprocherez pas la nostalgie, pour lever, comme on lève un verre, ce micro et mon cœur à la mémoire d'Yves Robert. » À ses côtés, Guy est au bord des larmes. Certains de leurs amis les ont quittés, Danièle Delorme, Daniel Gélin et même leur fils Xavier Gélin, emporté par un cancer des poumons alors qu'il n'avait que cinquante-trois ans. Le film d'Yves Robert, *Un éléphant ça trompe énormément*, fête cet automne-là ses quarante ans. Quand Jean-Loup et Guy entrent sur la scène, complices, la salle les applaudit à tout rompre. Je les regarde : ils sourient à travers leurs larmes, comme surpris d'avoir traversé tant d'années main dans la main.

Invité à donner une masterclass dans le cadre du festival, Jean-Loup n'élude aucune question et ses réponses s'émaillent d'anecdotes émouvantes ou drôles, le récit de sa panique pendant l'écriture de *César et Rosalie*, où Sautet, entre côtelettes trop cuites et pommes de terre carbonisées, lui dit que non, il n'est pas en train de réécrire *Jules et Jim* : « Je ne suis pas Truffaut, tu n'es pas Henri-Pierre Roché, et Romy n'est pas Jeanne. Fais ton film et tu verras… » Devant un public séduit, il livre quelques-uns de ses secrets : la voix off qui dit si bien un débat intérieur, les répliques inachevées qui, à la fin d'un film, laissent en suspens le devenir d'un personnage. Il dit l'émotion secrète et indicible qui est la sienne lorsque les mots qu'il a écrits, dans « un script d'une précision folle où tout se joue à la virgule près », sortent de la bouche d'un comédien qui semble les improviser. En ce soir d'automne, l'effet Dabadie n'a pas raté sa cible. Le public conquis lui fera une standing ovation.

Reggiani, du « petit garçon » au « temps qui reste »

« De tous les personnages qui peuplent l'univers de la commedia dell'arte, il en est un qu'on a envie de faire jouer à Reggiani : Zani [...] quelque chose comme un ange tombé du ciel, les ailes définitivement sciées, sujet désormais à la pesanteur et à la gravitation terrestre[1]. »

Simon Reggiani

Bourvil avait bien fait rire Jean-Loup en lui racontant l'expérience vécue en ce samedi 6 janvier 1945, où il passa son examen d'entrée à la Sacem : le sujet imposé était « Totor le tatoué » ! Il s'en tira tant bien que mal. D'autres candidats eurent plus de chance. Pour Moustaki, le thème fut « La Loire est si jolie », pour Michel Jonasz « Ne laisse pas traîner ta clef sous le paillasson », pour Barbara « Les Roses de novembre ». Le 23 février 1966, Jean-Loup, sous le pseudonyme de Jérôme Dalluis, passe l'examen tant redouté, avec le thème « Joli cœur ». Les consignes imposent une durée

1. Serge Reggiani, avec la collaboration de Blaise N'Djehoya et de Simon Reggiani, *La question se pose*, Robert Laffont, 1990.

égale ou supérieure à deux minutes, deux couplets et un refrain, le respect des règles de la prosodie, la symétrie des rimes masculines et des rimes féminines entre le premier et le second couplet. Le terme « Joli cœur » doit apparaître dans le refrain. Le texte, propriété de la société, devra rester inédit.

Sur le musée en ligne de la Sacem, Jean-Loup avait retrouvé ce « Joli cœur » déjà plein de promesses :

PREMIER COUPLET
« *Il pleuvait dans la ville*
Et moi je me noyais
La ville était tranquille
Et moi je te voyais
Tu m'étais inconnue
Dans ce jardin désert

REFRAIN
J'ai le cœur à pleurer
Joli cœur
Ce soir tu m'abandonnes
Joli cœur
Voici déjà l'automne
Joli cœur
Et je vais demeurer
Seul...
J'ai le cœur à pleurer
Joli cœur
Je ne vais plus te voir
Joli cœur
Et les fleurs
Dans le jardin sont mortes
Puisque le vent m'emporte
Seul...

SECOND COUPLET
Le soleil dans la ville
Est passé en juillet
La vie est imbécile
Et moi je te croyais
La pluie est revenue
Le ciel est à l'envers
Et je tombe des nues
Dans ce jardin d'hiver»

C'était émouvant de retrouver, dans ce «Joli cœur», la poésie qui allait embrumer ses futures chansons. La petite musique de ses mots, déjà.

Adolescente, j'écoutais «Le Petit Garçon» en boucle le soir dans ma chambre. Mais en 1966, l'année où tout se dessina pour Jean-Loup, je n'avais que sept ans... Un vendredi soir de décembre, le téléphone sonne chez lui: «Bonjour, c'est Serge Reggiani. Je vous appelle parce que je voudrais que vous m'écriviez une chanson.» Quatre jours plus tard, Reggiani doit entrer en scène à Bobino, en première partie du spectacle de Barbara.

Voilà quelques années déjà que le comédien songe à la chanson, depuis que Louis Bessières l'a invité à fredonner à la radio, en 1962, vingt et une d'entre elles, pour une pièce radiophonique, *L'Homme à l'ombrelle blanche*, qu'il avait adaptée d'un texte de Charles Charras, où il donnait la réplique à Simone Valère. C'est la première fois qu'était mise en lumière cette voix insolite et émouvante que l'on qualifiera de grain de feu de cheminée. En 1963, venu rendre visite à Simone Signoret dans sa «roulotte» de la place Dauphine, il avait rencontré Jacques Canetti. «Et si vous chantiez ? » Le comédien, surpris, heureux, avait accepté et choisi, pour ce premier album, *Serge Reggiani chante Boris Vian*, une douzaine de textes mis en musique par Louis Bessières, refusés par Yves Montand, et laissés de côté depuis la disparition de Vian en 1959. Le 33 tours avait été récompensé en 1965 par le Grand Prix de l'académie Charles-Cros.

De la soixantaine de rôles incarnés par Serge Reggiani, et surtout depuis la vraie première chance qui lui fut offerte en 1944 par Léo Joannon dans *Le Carrefour des enfants perdus*, le public a gardé en mémoire Angelo des *Amants de Vérone* d'André Cayatte, Manda de *Casque d'or* de Jacques Becker, l'imprimeur traître de *Marie-Octobre* réalisé par Julien Duvivier, Don Francisco Ciccio Tumeo du *Guépard* de Luchino Visconti. Comment Jean-Loup, qui n'a pas encore fêté ses trente ans, ne serait-il pas impressionné par l'attente pleine d'espérance d'un tel acteur ?

Comment refuser une telle chance ? Il n'a jamais écrit de chansons. Enfin si, trois chansons pour Colette Deréal, juste avant son départ pour le service militaire, exigées dans la foulée par Michèle Arnaud qui sera finalement la seule à les interpréter, et « Marie-Chenevance », pour Barbara en 1967, mais elles sont restées confidentielles. La « légende Dabadie » prend naissance avec la confiance aveugle que lui accorde Sergio. Une confiance qui lui donne des ailes. Enfant, il fermait les yeux avant de se jeter à l'eau. Ce soir-là, il dit oui à ce défi qui lui donne le vertige et, dans les heures qui suivent, il écrit « Le Petit Garçon » : « J'ai cherché une histoire dans laquelle il puisse, lui, raconter aussi simplement que possible une chose qui peut arriver à tout le monde[1]. »

Comme pour nombre de ses chansons à venir, Jean-Loup esquisse cette chanson à la manière d'un scénario de trois minutes qui raconte une histoire : « *Il pleut sur la maison mon garçon, mon amour / Comme tu lui ressembles / On reste tous les deux / On va bien jouer ensemble / On est là tous les deux, seuls...* »

Le texte, mis en musique le lendemain par Jacques Datin, ami de ses parents, sera très vite sur toutes les lèvres. Il est empreint de désespérance et Françoise Canetti, la fille de Jacques, s'étonnera qu'il devienne le slow sur lequel on danse durant l'été 1967. Elle me raconte l'incroyable succès du « Petit Garçon » :

« En 1966-67, mon père, Jacques Canetti, persiste et signe avec Serge Reggiani chanteur et produit son second album, le cultissime disque *Bobino*, un vinyle noir et blanc avec le nom de Reggiani écrit de sa main.

« Serge Reggiani s'impose au public en quelques semaines grâce à la chanson "Le Petit Garçon". C'est non seulement le premier succès populaire de Serge Reggiani-chanteur mais c'est aussi la toute première grande chanson de Jean-Loup, dont il dit lui-même "C'est celle que j'ai écrite le plus rapidement de ma vie".

« Les radios commencent à passer "Le Petit Garçon" bien après que les boîtes l'ont fait découvrir sous la forme d'un slow. "Le Petit Garçon" a été le tube de l'été en 1967.

---

1. *L'Invité* de FR3, 14 janvier 1979.

« Cette chanson illustre une très profonde mutation de notre société : jusqu'en 1965, les femmes ne pouvaient ouvrir un compte bancaire sans demander l'autorisation de leur mari ou de leur père. Dès cet acquis inscrit dans la loi, elles commencent à demander le divorce. Cette chanson raconte l'émancipation de la femme et de la mère.

« Une fois le succès du "Petit Garçon" avéré, notre distributeur conseille à mon père de sortir le titre dans le format 45 tours. Mon père, Jacques Canetti, refuse net. Son obstination permet au public de découvrir les douze autres chansons de l'album : "Les loups sont entrés dans Paris", "Le Déserteur", "Ma Liberté", "Sarah", "Quand j'aurai du vent dans mon crâne", etc. En 1968, "Les loups sont entrés dans Paris" devient l'une des chansons cultes de Mai 68.

« En 1969, "Ma Liberté" passe à son tour en tête de gondole.

« Je pense toujours à Jean-Loup Dabadie avec une grande admiration et une grande tendresse. Il savait mieux que personne capter l'air du temps et les profondes évolutions de notre société. Il s'en inspirait souvent dans ses chansons. Merci, Jean-Loup[1]. »

Cette chanson ouvre une voie royale à Jean-Loup, qui dira que la vie lui a donné trois garçons, deux avec une jeune femme[2] et un troisième avec un homme. Cet homme, c'est Serge, bien sûr.

---

1. Françoise Canetti, directrice des Éditions et Productions Jacques Canetti. Texte envoyé aux autrices, 15 décembre 2023.
2. Clément et Florent, fils de Jean-Loup et Marie Dabadie.

En juillet de la même année, le comédien met un point d'orgue à sa carrière théâtrale au Festival d'Avignon, avec un texte de François Billetdoux, *Silence! L'arbre remue encore…*, mis en scène par Antoine Bourseiller au cloître des Carmes. À ses côtés, Jean-Pierre Léaud et une toute jeune comédienne promise à un bel avenir, Andréa Ferréol. Reggiani, quarante-cinq ans, quitte la scène à l'heure où Vilar entrouvre les portes du festival à d'autres arts, la danse avec la *Messe pour le temps présent*, le cinéma avec la projection de *La Chinoise* de Godard, la musique contemporaine avec quatorze concerts donnés dans le verger Urbain-V. Ému, il croise sous le ciel de Provence sa partenaire des *Justes*, la belle Maria Casarès, qui incarne la Médée de Sénèque dans la cour d'honneur du palais des Papes et émettra quelques réserves en assistant au nouveau virage que vient de prendre Serge. Pour elle, quand on est un comédien de cette envergure, on se doit de continuer à jouer au théâtre, voire au cinéma. Pas question de pousser la chansonnette!

Reggiani écrit une nouvelle page de sa vie à l'heure où Jean-Loup ajoute une corde à son arc. Le 14 décembre 1966, l'hiver est exceptionnellement doux à Paris. Jean-Loup a vingt-huit ans. Au sixième rang d'orchestre, à Bobino, il tremble bien un peu. Défilent devant ses yeux le Trio Kuti, le ventriloque suisse Daniel Remy, le duo Micha Bayard et Nany Rameau, André Danion et ses otaries, l'humoriste André Valardy. Après l'entracte, Barbara, qui revient pour la seconde fois en tête d'affiche dans le mythique théâtre de la rue de la Gaîté, chantera pour la première fois « Ma plus belle histoire d'amour, c'est vous ».

En vedette américaine, Serge Reggiani, bouleversant, dit et chante Gainsbourg, Rimbaud, Boris Vian, Apollinaire, Henri Gougaud, Moustaki, Albert Vidalie, et la première chanson de Jean-Loup, « Le Petit Garçon ». Pour la première fois, Jean-Loup assiste à ce miracle : les mots qu'il a écrits dans le silence de la nuit prennent vie sur les lèvres de son interprète, instant magique dont il ne se lassera jamais.

France Inter a diffusé en direct, dans le cadre de l'émission « Spectacles de Paris », le tour de chant de Reggiani. Trente-trois minutes pour une dizaine de chansons, avec l'orchestre de Bobino dirigé par Jean-Jacques Robert. Du 7 février au 4 mars 1968, il revient à Bobino, en vedette cette fois : « Un plateau vide, un pantalon noir, un blouson de cuir blanc, un visage meurtri, ravagé par le flot tumultueux des grandes tempêtes intérieures. [...] Rue de la Gaîté, où il passe en ce moment, des attroupements dignes du Montand d'autrefois[1]. »

Le 24 mars 1968, à la télévision, fidèle à son amour pour la poésie, Sergio fait précéder sa chanson de quelques vers de Prévert : « *Ce n'est pas moi qui chante / C'est les fleurs que j'ai vues / Ce n'est pas moi qui ris / C'est le vin que j'ai bu / Ce n'est pas moi qui pleure / C'est mon amour perdu*[2]. »

À l'automne, son troisième album porte le titre d'une chanson de Dabadie et Datin, « Et puis » : « *Et puis / Et j'allais dire déjà / L'enfance se fait lointaine*[3]... »

---

1. Claude Sarraute, *Le Monde*, 9 février 1968.
2. *in* Jacques Prévert, *Fatras* © Éditions Gallimard.
3. *Et puis* (Jean-Loup Dabadie - Jacques Datin - Éditions Bagatelle).

1969 est pour Reggiani une année à marquer d'une pierre blanche. Nouvelle halte à Bobino, du 7 février au 17 mars, tournage de *L'Armée des ombres*, une tournée au Québec. Le 19 janvier 1970, à la télévision, dans « La Joie de vivre » de Serge Reggiani, celui-ci invite Cora Vaucaire, Raymond Bussières, Jean Carmet et Mouloudji, qui ont débuté avec lui chez Agnès Capri, du temps où la jeune Jacqueline Bouvier n'avait pas encore épousé Marcel Pagnol. Cerise sur le gâteau, Jean-Loup, accompagné au piano par Jacques Datin, assouvit son rêve d'être un jour « un artiste qui chante », avec un pot-pourri de quelques-unes des chansons écrites pour Serge, « La Vieille », « L'Enfant et l'avion » et « Le Petit Garçon ».

D'autres chansons lui viendront (Reggiani en chantera une trentaine). Certaines, assez rares, n'atteindront pas le cœur du public. Ainsi « De quelles Amériques ? » que Jean-Loup tenait pourtant pour une jolie réussite, à propos de laquelle Raoul Bellaïche s'interroge : « Cette chanson un peu énigmatique fait-elle allusion aux retrouvailles de Serge avec Noëlle Adam, sa future compagne et troisième épouse, entrevue pour la première fois en 1957, alors qu'elle est danseuse à la Comédie des Champs-Élysées dans *Le Rendez-vous manqué*, un ballet écrit par Françoise Sagan et mis en scène par Roger Vadim[1] ? »

Dans le cinquième album, paru en octobre 1971, figurent trois chansons de Jean-Loup. D'abord « L'Absence » qui rejoint le ciel d'une enfance parfois ivre de solitude, l'absence qui dit si bien les déserts de

1. *Je chante*, nº 20, décembre 2022.

chacun de nous quand un amour s'est défait, quand un enfant a détaché son amarre, quand ont roulé à terre les perles d'un collier cassé. Ensuite « La Putain », et enfin « L'Italien », bientôt sa chanson d'entrée en scène, dont Noëlle Adam racontait la genèse : « Lors d'un déjeuner au Redon, où Sergio avait suggéré à Dabadie de lui écrire quelque chose qui ressemblerait à la vie d'un Italien qui émigre. » À Jean-Dominique Brierre, Jean-Loup raconte : « La seule indication que m'ait donnée Serge en trente-cinq ans, c'est à propos de cette chanson. C'était au Redon, nous mangions des pâtes. Et il m'a dit une chose très courte : "Toi qui connais ma maman, et je sais que ta mère à toi est à moitié napolitaine, il faudrait que tu m'écrives une chanson sur l'Italie, sur mes origines, qui raconte ma vie sans que j'aie l'air de le faire." » Et c'est devenu[1] « L'Italien » :

« *C'est moi, c'est l'Italien* [...]
Je rentre un peu tard je sais
Dix-huit ans de retard c'est vrai
Mais j'ai trouvé mes allumettes
Dans une rue du Massachusetts[2]... »

Quand Jean-Loup écrit « L'Italien » pour Reggiani, songe-t-il à l'adolescent de l'école mixte de l'avenue de Friedland, « école réservée aux Ritals qui n'étaient pas encore intégrés », qui rêvait de reconnaissance ? « L'Italien », tel un scénario dont les images défilent

---

1. *Serge Reggiani. C'est moi, c'est l'Italien*, Hors collection, 2005.
2. *L'Italien* (Jean-Loup Dabadie – Jacques Datin – Éditions Bagatelle).

sous nos yeux comme sur un écran de cinéma, aura sa version italienne, incluse dans *Serge Reggiani, Il Francese*, enregistré en 1972, où figurent deux autres textes de Jean-Loup, « Et Puis » devenu « E Poi » et « Le Petit Garçon » sous le titre « Amore mio, figlio mio ». Les mots de sa langue natale ressuscitent l'enfant né quelque part, sous le ciel de l'Émilie-Romagne.

Que glisse-t-on de soi dans une chanson ? C'est une question que j'ai souvent posée à Jean-Loup. Les mots que l'on brode pour l'autre ne sont-ils pas le reflet d'un peu de ce que l'on est ? Avec « Et Puis » se dessinent la mélancolie, la vie qui glisse entre nos doigts comme le sable, le temps qui emporte les amours, et le mot « Fin » qui s'inscrit en filigrane, comme une invisible menace, sur les plus beaux de nos jours :

« *Il faudra que le soir vienne*
Je m'en irai sur le chemin
Où nous attend la chienne [...]
Quand je serai dans les nuages
C'est autre part, c'est autre chose, encore
Mais sans toi, tu sais
Je serai seul[1]... »

Un parfum d'enfance inonde « Le Déjeuner de soleil » qui figure, avec « T'as l'air d'une chanson » et « Un menuisier dansait », fin 1973, dans *Bon à tirer*, album dédié à Jacques Datin, qui vient de disparaître, le 14 août, à l'âge de cinquante-trois ans. Avec la valse

---

1. *Et puis* (Jean-Loup Dabadie – Jacques Datin – Éditions Bagatelle).

composée par Joss Baselli, nous revient la silhouette de Casque d'or qui tourbillonne dans les bras de Manda, tandis que plane l'ombre de la guillotine, le Paris de Jacques Becker un instant ravivé, « *un voyou qui trépasse dans le fond d'une impasse* », le regard apeuré de qui sait désormais « *comment meurt en noir et blanc / un homme qui n'a jamais vu la mer* ».

« *Il s'appelait Manda / C'est l'amour qu'on assassine*[1]… » Quand Jean-Loup ferme les yeux, la vision de Simone s'inscrit en filigrane sur les images en noir et blanc, Simone en demi-teintes dans le jardin d'Autheuil, comme un cliché surgi d'un album de famille, Signoret qui passe et repasse à la fin du jour sur la terrasse de La Colombe d'or, dans l'été de Saint-Paul-de-Vence. La Colombe d'or, un lieu mythique : Reggiani, qui y rencontra Jacques Prévert, disait qu'il avait partagé avec lui des déjeuners interminables à refaire le monde, des parties de pétanque et beaucoup de rires. Il se souvenait des photographes locaux qui tiraient des portraits d'Oona et de Chaplin et d'un gars qui essayait d'entrer dans le champ, au grand désespoir des photographes : c'était Montand ! La Colombe d'or, célébrée aussi par le sculpteur César qui disait que la Provence avait un trésor, cette Colombe-là, avec son parfum précieux de thym et de nostalgie, et la couleur dorée de son huile d'olive et de ses jours heureux.

Quand Jean-Loup rendait visite à Sergio, dans les anciens bains-douches qu'il avait achetés rue de

1. « Un menuisier dansait » (Jean-Loup Dabadie – Joss Baselli – Éditions Beuscher Arpège,1973).

Sévigné, il n'y allait pas pour parler chanson, mais pour déguster ses fameuses pâtes à l'italienne dont il gardait jalousement la recette. Même scénario à Mougins, dans son havre de paix où, entre cuisine et jardinage, il regardait passer le temps. Sergio était, comme toujours, en équilibre instable dans la vie comme au théâtre, mi-Arlequin, mi-Antiochus, puzzle de ces deux personnages, l'un de comédie, l'autre de tragédie, qui s'étaient entrecroisés pour lui ouvrir les portes du Conservatoire. Ils évoquaient leur enfance en commun, une mère italienne qui chantait l'opéra (celle de Reggiani se prénommait Letizia) et la découverte de la mer. Sergio avait alors dix ans et n'oubliera jamais son éblouissement devant Belle-Île, la houle des côtes bretonnes, les bateaux de pêche dans le port, les sardines grillées, les oursins sur la plage.

Dans les chansons de Jean-Loup écrites pour Sergio, il y a les amours qui meurent, « Hôtel des voyageurs », chambre 113, à l'heure blême où, dans le rétroviseur, déjà s'effacent une robe rouge, l'automne que le vent emporte, une femme endormie, un quai de gare où l'on se quitte, et « *les adieux qui ressemblent à des saluts d'artiste* ». Il y a l'amitié majuscule, partagée jusqu'au bout avec son copain de toujours, Roger Pigaut. Il avait « fait l'acteur » comme il disait : *Antoine et Antoinette* pour Jacques Becker, *Bagarres* au côté de Maria Casarès, et même *La Lumière d'en face* avec une jeune débutante, une certaine Brigitte Bardot. Et puis il écrivit et réalisa pour Sergio deux très beaux films, *Comptes à rebours* et *Trois Milliards sans ascenseur*, et lui offrit des partenaires prestigieux, Simone Signoret,

Michel Bouquet, Charles Vanel, Jeanne Moreau, Jean Desailly. Un soir, sur la terrasse de Mougins, Reggiani avait raconté à Jean-Loup ce chemin fabuleux, celui d'une amitié avec Roger, malmenée, chahutée, mais toujours recommencée, et Jean-Loup en avait fait une chanson, « Le Vieux Couple » :

« *Tu connais bien mes habitudes*
Je connais bien ta solitude
Nous sommes en somme un vieux couple [...]
Mon ami mon valet de cœur
Je ne voudrais pas que tu meures[1]. »

Pourtant, Roger Pigaut était mort, la veille de Noël 1989...

Avec « Mensonges d'un père à son fils » s'est amorcé un dialogue entre Serge, quarante ans, et Simon, douze ans, un des enfants que lui donna Annie Noël :

« *Tu verras, petit Simon,*
Les femmes infidèles on les voit dans les aquarelles
Elles vous querellent sous les ombrelles dans la vie
Ce n'sont pas les mêmes
Elles nous aiment, elles nous aiment [...] »

Et cette promesse à fleur d'âme :

« *Tu verras*
Les maisons ne meurent pas
Les idées ne nous quittent pas

1. (Jean-Loup Dabadie – Jacques Datin –Editions Beuscher Arpège).

Le cœur ne s'en va pas[1]*…* »

Il y a les chansons états d'âme, cachées dans le double fond d'une boîte à outils imaginaire. Il y a les chansons qui disent « je » :

« *Longtemps j'ai eu de l'insolence*
Et puis je vieillis en silence »

« *J'ai connu des femmes mais*
Je joue bien mal aux dames tu sais »

« *Je bois*
Au temps passé à te maudire
Au temps passé à te chérir
Au temps passé à te vieillir[2]*…* »

L'une des dernières chansons, « Les Objets perdus », renvoie encore à l'enfance de Jean-Loup, puisqu'elle s'ouvre sur ces mots :

« *Qui a trouvé*
Une carte postale de l'île de Ré ? »

Et quand l'heure est venue où l'on ne chante plus, où trop de chagrins ont eu raison d'une voix qui perd son timbre, alors on dit les mots qui vous brisent l'âme, sur les notes d'Alain Goraguer, qui s'égarent sur un clavier et une guitare de fortune :

---

1. « Mensonges d'un père à son fils » (Jean-Loup Dabadie – Jacques Datin –Editions Beuscher Arpège).
2. « La chanson de Paul » (Jean-Loup Dabadie – Alain Goraguer – Éditions Beuscher Arpège).

« Combien de temps…
Combien de temps encore
Des années, des jours, des heures, combien ?
Quand j'y pense, mon cœur bat si fort
Mon pays c'est la vie
Combien de temps encore
Combien[1] *?»*

Cette chanson me met le cœur dans la gorge, elle reflète si bien l'angoisse de Jean-Loup devant le temps qui passe… Et maintenant qu'il n'est plus là, elle revêt un autre sens. Que faire de ce temps qui me reste ? Je n'arrive pas à vivre sans lui chaque instant de ma vie.

Quand Sergio écrivait à Jean-Loup, il dessinait toujours une rose à côté de sa signature, quelques lignes dorment entre les pages de son livre si émouvant, *Dernier Courrier avant la nuit*[2].

Les années Reggiani, je ne les ai pas vécues. C'est Jean-Loup qui me les a racontées. Il m'a confié aussi le jour, douloureux entre tous, du suicide de Stephan Reggiani, le fils que lui avait donné Janine Darcey[3] : « Serge était à Paris. Je l'ai appelé. C'est lui qui a

---

1. « Le Temps qui reste » (Jean-Loup Dabadie – Alain et Patrick Goraguer – Éditions Art Music France).
2. Serge Reggiani, *Dernier Courrier avant la nuit*, L'Archipel, 1995.
3. Janine Darcey (1917-1993), comédienne révélée par Marc Allégret dans *Entrée des artistes* (1938). Elle épouse Reggiani le 5 juin 1945. Ils auront deux enfants, Stephan (1945-1980), et Carine (1951-2017), membre du Big Bazar, puis divorceront en 1955.

décroché : “C’était hier soir, dans la maison du Midi… Ils ont dîné avec sa compagne et ma mère, sa grand-mère… Rien de particulier… pas une dispute… Une soirée calme… Et puis Stephan a dit qu’il était fatigué, qu’il allait se coucher… Les femmes ont commencé à débarrasser la table… Et un peu après… elles ont entendu un coup de feu…” Il n’a rien ajouté. Ce sont les autres, les gens, les journaux, et c’est naturel, qui ont mis le malheur en scène. »

Les chansons de Serge étaient mon univers. Étais-je déjà amoureuse de Jean-Loup à travers ses mots ? Cette idée l’amusait. Aujourd’hui, je me désole de ces années perdues où nous vivions loin l’un de l’autre, et il m’arrive souvent de regretter les confidences que je n’ai pas suscitées, tous ces moments de vie que je ne lui ai pas demandé de me raconter. Parce qu’il était là, bienveillant et tendre, qu’il me suffisait de poser ma tête sur son épaule pour savoir que le bonheur existe, parce que notre amour me suffisait et me semblait éternel.

Sautet, Romy, Piccoli, Montand
et les autres

« Je me souviens de Jean-Loup Dabadie parlant du visage de Romy et disant qu'il ressemblait à un paysage, toujours changeant…

« Je le revois dans un documentaire sur Claude Sautet, cherchant le mot juste.

« Ça y est, je suis fan. Je suis une fan.

« Cet homme me plaît. J'aime ce qu'il dit, le choix de ses mots, qui n'appartient qu'à lui.

« Et puis Guy Bedos me présente Jean-Loup. Quel honneur ! Quel bonheur ! Quelle chance ! Merci, Guy chéri.

« Jean-Loup vient me voir jouer. Je suis seule en scène. Dans ma loge, il me dit : "Je suis essoré d'émotions." Il n'y a que lui pour parler de cette façon.

« On se connaît un peu mieux. On rit beaucoup. Je crois que je lui plais. Et moi, ça me plaît tellement de lui plaire.

« Et puis, je dîne chez lui. Moi, je suis allée chez Jean-Loup Dabadie comme d'autres vont dans la maison de Victor Hugo ou d'un autre auteur de génie. Dans sa bibliothèque, une étagère est réservée à ses scénarios. Chacun est relié dans une couverture en cuir couleur prune. Et je lis les tranches de ces livres rares : *Une histoire simple*, *Max et les Ferrailleurs*, *Les Choses de la vie*, *César et Rosalie*, etc. Et je pleure car je suis bouleversée. Bouleversée par tant de talent et d'élégance dans ses dialogues qui me reviennent et que je connais par cœur pour certains, comme on connaît une chanson, et qu'on aime se passer de temps en temps. Je pense à la lettre de Rosalie qui est une merveille parmi d'autres. Cet homme peut écrire ceci : "J'ai acheté deux petites robes, une petite bleue et une petite blanche au marché du matin…" Ou encore : "David, César sera toujours César, et toi, tu seras toujours David, qui m'emmène sans m'emporter, qui me tient sans me prendre et qui m'aime sans me vouloir…"

« Il faut absolument écouter ce texte avec la voix de Romy.

« Je te remercie Jean-Loup chéri de m'avoir considérée. Ça me flattait terriblement. Personne n'écrira comme toi. Tu es unique et merveilleux. Des larmes coulent sur mes joues en tapant ces quelques mots car tu me manques. Tu nous manques. Beaucoup.

« Je te serre sur mon cœur fort comme je t'aime[1]. »

Muriel Robin

1. Texte envoyé aux autrices, 11 décembre 2023.

« Les voix des acteurs, c'est comme les paysages à colorier dans les dessins d'enfant, et c'est à nous de les colorier[1]. »

François Truffaut

« Il est temps de rappeler que l'œuvre de Sautet était âpre et violente, et que Dabadie lui a apporté une grâce, un charme, une élégance qui l'a fait surgir de sa noirceur et a donné à sa dimension tragique un parfum de comédie sociale qui l'a rendue si universelle[2]. »

Laurent Heynemann

Les producteurs de cinéma, qui ont vu naître sous la plume de Jean-Loup des articles parfois divertissants, lui ont très vite proposé de participer à l'écriture de films à sketches, très en vogue à l'époque. C'est ainsi qu'il a commencé une carrière de scénariste-dialoguiste avec un sketch du film de Jacques Poitrenaud, *Les Parisiennes*, où Ella (Dany Saval), jeune chanteuse d'un groupe de rock (Les Chaussettes noires, avec Eddy Mitchell), fait la connaissance d'un jeune bégayeur (Darry Cowl) qu'elle présente comme son cousin, alors qu'il est un magnat de Hollywood. Pour le même réalisateur, il écrit les dialogues de *Conduite à gauche* (avec Dany Robin et Marcel Amont, en 1962) et *La Tête du client* (avec Jean Poiret

1. Les Amis de François Truffaut.
2. Discours à la remise du prix Henri Jeanson à Jean-Loup Dabadie pour l'ensemble de son œuvre.

et Michel Serrault, en 1965). En 1963, il collabore avec François Dupont-Midy pour l'écriture de « Un monsieur de passage », un des sketches du *Lit à deux places*, scénarisé par Alfredo Giannetti, avec Sylva Koscina et Michel Serrault. Suivront le scénario et les dialogues de *À belles dents* de Pierre Gaspard-Huit, avec Mireille Darc et Jacques Charrier, *Les Sultans* de Jean Delannoy (1966), qu'il adapte avec lui du roman de Christine de Rivoyre, et deux autres films avec Poitrenaud, *Carré de dames pour un as* (1966), et *Le Canard en fer-blanc*[1] (1967).

Jean-Loup me le rappelait toujours, « le métier de scénariste doit se faire dans une ombre infinie ». Il m'a raconté la genèse des *Choses de la vie*, avec l'irruption dans sa vie d'un romancier nantais, Paul Guimard, et d'une chanteuse chère à Léo Ferré, la belle Catherine Sauvage.

Depuis la fin des années 1950, Paul Guimard habite avec sa compagne, l'écrivaine Benoîte Groult, une ancienne maison de douaniers sise sur la rive gauche de l'anse de Doëlan, petit port de pêche du Finistère. Volets vert céladon et, depuis le balcon, la mer à perte de vue. Amoureux de la Bretagne, l'auteur de *Rue du Havre*, prix Interallié 1957, et de *L'Ironie du sort*, adapté au cinéma par Édouard Molinaro avec Pierre Clémenti et Marie-Hélène Breillat (1974), aime se ressourcer dans ce coin de paradis. Jean-Loup disait que c'était une maison « habitée ». C'est là, sur la terrasse ouverte aux embruns, que Robert Badinter,

1. En 1968 débute la collaboration avec Yves Robert.

ami du couple, aurait rédigé, en 1981, son discours sur l'abolition de la peine de mort. Le thème d'une chanson-phare que Jean-Loup écrira plus tard pour Julien Clerc. Le hasard existe-t-il ? C'est un endroit calme pour rêver, pour penser, disait Élisabeth Badinter. Roses trémières, pins maritimes, massifs d'hortensias, et les bateaux qui vont et viennent sur la ria en un ballet silencieux. À l'intérieur, on se réchauffe autour d'une cheminée de pierre. La grande amie du couple, la comédienne et chanteuse Catherine Sauvage, y est souvent conviée.

Paul Guimard invite Jean-Loup à les rejoindre pour quelques semaines. Vingt ans les séparent, mais l'amour de la mer et le goût de l'écriture les réunissent. La journée, ils s'adonnent à la pêche. Catherine passe ses journées à lire et à nager. Les soirées de Jean-Loup, réfugié dans un petit hôtel, sont consacrées à l'élaboration d'un scénario, ébauché à partir du dernier roman de Paul, *Les Choses de la vie.* Après six semaines d'un travail passionnant, de retour à Paris, tous deux confient le texte au producteur Raymond Danon.

On connaît les grandes lignes de cette valse-hésitation d'un homme dans la force de l'âge, entre son épouse, Catherine, et Hélène, une jeune femme au regard d'océan rencontrée lors d'une vente aux enchères. C'est le temps des incertitudes, des intermittences du cœur. L'angoisse au cœur de l'homme, une route de campagne, la pluie qui s'en vient, une bétaillère en travers de la route, et c'est l'accident. Pierre, sans le pressentir, est au crépuscule de sa vie, le temps bascule. Paul Guimard valide le scénario signé Jean-Loup. À présent, il faut trouver le réalisateur !

« Chabrol et Alain Cavalier ont renoncé à cause de l'accident ! Trop compliqué à mettre en scène ! », me raconte Jean-Loup un soir où, soudain nostalgique, il a eu envie de revoir le film. « Quant à Volker Schlöndorff, n'en parlons pas, il a lu deux pages et jeté le scénario à la poubelle ! Alors j'ai pensé à Claude Sautet, que je connaissais bien. Après l'échec de ses deux premiers films, il ne voulait plus entendre parler de cinéma. Mais, vaille que vaille, j'ai déposé le scénario un vendredi soir sous le paillasson de Sautet, 4 avenue des Gobelins. Je savais bien que c'était Graziella qui le lirait, et ça n'a pas manqué ! Le lundi, il avait dit oui !... Mais l'histoire n'est pas finie. Montand et Ventura refusent le rôle de Pierre, Girardot ne veut pas jouer Hélène ! Un soir, au Mors aux dents, restaurant où nous avions nos habitudes, je vois mon Claude qui commande son éternelle côte de bœuf béarnaise et son "beaujolpif", vin que je hais mais qui le mettait très en forme. Il prend une grande respiration et me lance : "Nicole Garcia pour Hélène ?" Pourquoi pas ! Mais trois jours après, Granier-Deferre lui a parlé de Romy Schneider, qui tournait *La Piscine* avec Delon à Ramatuelle. Voilà, tu sais tout ! »

Et Piccoli ?

« Tu vas trop vite ! Sautet l'avait remarqué dans *Le Doulos* de Melville, et à la télévision dans le *Dom Juan* de Bluwal, tu l'as vu ? On a commencé à travailler ensemble pour la première fois.

« On travaillait partout, sur les quais de gare, dans les ports, sur les plages, dans nos appartements. Sautet devenait chacun de ses personnages, il inventait leurs gestes, imitait leurs voix. Il m'épuisait. J'étais lessivé. Les jours suivants, je m'isolais, j'écrivais... Deux jours plus tard, il revenait et ça recommençait ! »

On se souvient de la scène spectaculaire de l'accident. Une fraction de seconde, parmi les badauds qui entourent la voiture, on entrevoit Jean-Loup, figurant d'un jour, tenant dans ses bras une petite fille vêtue de rouge, natte nouée avec un ruban bleu. C'est Clémentine, six ans, son premier enfant, sa seule fille, née de son union avec la journaliste, globe-trotter et romancière au tempérament de feu Geneviève Dormann, dont la disparition, en février 2015, fera dire à la journaliste Irina de Chikoff : « Adieu Phénomène ! De l'autre côté de la vie, tu vas redevenir océan ! »

Philippe Sarde a vingt ans lorsqu'il compose « La Chanson d'Hélène », interprétée par Romy et Piccoli, une « chanson parlée » dont Claude Sautet ne voulait pas dans le film. (Il refusera quelque chanson que ce soit dans les films qui suivront.) Pourtant, cette mélodie, indissociable du film et de ses interprètes, est encore sur toutes les lèvres :

« *Ce soir nous sommes septembre*
Et j'ai fermé ma chambre
Le soleil n'y entrera plus
Tu ne m'aimes plus[1]... »

1. Musique Alain Goraguer. La chanson sera reprise par Liane Foly, sous le titre « Entre nous », en 2001.

Sur l'Aria n° 6 du *Magnificat en sol majeur* de Georg Philipp Telemann, Joseph Dominique a écrit pour Frida Boccara « L'Année où Piccoli[1] » :

« *On s'aimait tendrement*
Et c'était l'été
Qui mourait au moment
Où tu m'as quittée
Cette année où Piccoli
Jouait Les Choses de la vie. »

On est en 1966. Le film de Claude Sautet a hissé Piccoli au rang des comédiens les plus cotés. Ce comédien, dont j'aime le charisme, vient d'épouser, le 13 décembre, à Verderonne, village de l'Oise, la sublime Juliette Gréco. Comment oublier *Les Choses de la vie*, film mythique ? L'Alfa Romeo Giulietta Sprint, à la seconde où elle quitte la route pour se fracasser en contrebas ? Le foulard bleu d'Hélène qui s'étrangle dans le volant ? La course éperdue de la femme en blanc vers l'hôpital où son amour agonise ? Lea Massari, émouvante Catherine dont le voilier s'estompe au lointain, le long d'une plage de l'île de Ré, vision onirique à l'instant où l'homme rend son dernier souffle ? Ces flash-forward, à l'inverse des flash-back, projettent le héros dans ce qu'aurait pu être sa vie. En témoigne cette scène si inventive où Pierre revoit, le jour de son mariage avec Hélène, tous les témoins de sa vie passée, et même le visage

1. Chanson enregistrée en 1978 par Frida Boccara (1940-1996), lauréate du concours de l'Eurovision en 1966 avec « Un jour, un enfant ».

du conducteur de la bétaillère (Boby Lapointe) qui a transformé sa vie en destin.

J'étais impressionnée par la scène de l'accident, j'ai voulu en savoir tous les secrets, et Jean-Loup m'a parlé de sa première rencontre avec un cascadeur de génie, Gérard Streiff.

« Quand Sautet m'a proposé de cascader cette scène, explique Streiff, vingt-six ans au moment du tournage, j'ai demandé un temps de réflexion[1]. »

L'autre jour, j'ai revu *Les Choses de la vie* et je me suis souvenue des mots de Jean-Loup. Gérard Streiff est mort en 2018, mais il reste Catherine, son épouse tant chérie. Alors j'ai pris la petite Austin jaune cabriolet, cadeau de Jean-Loup, et je suis allée retrouver Cathy dans sa jolie ferme fortifiée de Seine-et-Marne, pour qu'elle me parle de ce cascadeur que Jean-Loup aimait. Voilà ce qu'elle m'a raconté…

Le père de Gérard, Raymond Streiff, chasseur au sein de l'escadrille des Cigognes SPA 103 durant la Seconde Guerre mondiale et pilote militaire sur Noralpha, lui a transmis le virus de l'aviation. Il a passé son brevet de pilote à l'âge de quatorze ans, sa licence de pilote privé à dix-sept ans, obtenu en trois ans sa qualification de voltige à Carcassonne. Quand est venu le temps du service militaire, grâce à un général ami de son père, il a été affecté comme pilote largueur de parachutistes à La Ferté-Gaucher. Il avait vingt ans. C'est là qu'il a fait la connaissance

1. Rencontre avec Catherine Streiff, épouse de Gérard Streiff (1944-2018).

de Gil Delamare, en ce temps *le* cascadeur du cinéma français (*Le Jour le plus long*, *L'Homme de Rio*, *Le Corniaud*, *Les Tribulations d'un Chinois en Chine*). Gérard a fait ses premières armes à ses côtés dans la scène mythique de l'évasion en planeurs dans *La Grande Vadrouille*, de Gérard Oury. Six mois avant la sortie du film, le 2 juin 1966, sur le tournage du film de Christian-Jaque *Le Saint prend l'affût*, Gil s'est tué sur l'autoroute du Nord, entre La Courneuve et Le Bourget, alors qu'il devait faire faire demi-tour à la voiture décapotable qu'il pilotait après avoir effectué un dérapage contrôlé. Gérard a continué sans lui, travaillant désormais en collaboration avec Rémy Julienne.

Jean-Loup était très impressionné par la virtuosité de ce cascadeur devenu l'un de ses amis. Sautet avait exigé un dérapage à 130 km/h sur plus de quatre-vingts mètres, ce qui se révéla extrêmement dangereux. Après avoir acheté cinq coupés Giulietta, les avoir repeints, et commandé les intérieurs en cuir noir comme le voulait le réalisateur, Streiff a étudié minutieusement la manière dont il allait cascader la scène de l'accident, qui demanderait sept plans, soixante-sept prises de vues et cinq jours de tournage. « Michel Piccoli a conduit sur quarante mètres, puis j'ai repris le volant. On a fait du trucage : on a découpé une des Alfa, n'en conservant que l'habitacle, qu'on a entouré de deux gros cerceaux, et on a tourné le tout à mains d'homme, pendant que Piccoli, sur qui on projetait de la boue, grimaçait à l'intérieur. »

Le film de Claude Sautet aura apporté à ce cascadeur de génie la plus belle des amitiés, celle de Michel

Piccoli, qui apprendra à voler avec lui, dans son aéro-club de Moselles, dans l'Oise. « Des ailes pour Don Juan », titre *Le Parisien* en date du 20 septembre 1971. Piccoli retrouve Gérard Streiff, venu de La Ferté-Alais jusqu'à Brighton, où se tient une exposition de vieux avions. Ils rentreront ensemble à bord d'un Caudron G.3, avion à hélice datant de 1914. « Michel m'a demandé de lui laisser le manche à balai. Avec son brevet 2e degré et ses deux cents heures de vol, je peux lui faire confiance. »

Jean-Loup éprouvait la plus vive admiration pour Streiff qui, dans son film suivant, allait devoir sauter dans la Seine au volant d'une Mustang cabriolet. Il le retrouvera sur le tournage de *La Poudre d'escampette*[1], où le cascadeur devait faire amerrir un avion. Si rien n'arrêtait Streiff, qui s'amusait d'avoir navigué sans autorisation sur la lagune de Venise[2], il raccrochera son costume de fou des airs en 1976, avec à son palmarès quinze mille heures de vol, cent cinquante-quatre films et plus de trois cents voitures fracassées. De ses blessures multiples, il ne dira rien. Il sera désormais pilote de ligne sur un Boeing 707. Et s'offrira un dernier luxe : battre en 1984 le record du tour du monde en avion, en quarante-neuf heures, vingt-sept minutes et dix secondes, avec seulement six escales.

Claude et Jean-Loup se retrouvent pour un second film, un diamant noir dans la filmographie de Sautet, *Max et les Ferrailleurs*, premier des romans de Claude

1. Film de Philippe de Broca, 1971.
2. *Slogan*, Pierre Grimblat, 1969.

Néron qu'il porte à l'écran, avec la complicité de son auteur et celle de Jean-Loup. « J'adore Claude Néron, me disait Jean-Loup, et j'ai dévoré tous ses romans ! » Au centre de ce polar implacable, Max, ancien juge d'instruction qui a démissionné pour avoir dû relâcher un coupable faute de preuves, est devenu inspecteur de police. Solitaire, énigmatique, intraitable, il rêve de réaliser un flagrant délit, et finit par en provoquer un : il tend un piège à un ancien camarade de régiment, Abel, perdu de vue depuis quinze ans, devenu ferrailleur, qui vole sur les chantiers des environs de Nanterre, avec une bande de voyous à la petite semaine. Pour incarner Max, les producteurs souhaitaient Montand ou Delon. Tous deux déclinent la proposition et Sautet s'en réjouit. « Claude tenait absolument à Piccoli, s'amuse Jean-Loup à l'idée de la tête qu'a dû faire Montand au triomphe de ce nouveau film. Pour Lily, la petite amie d'Abel, une jeune Allemande qui se prostitue, on pense à Marlène Jobert, qui refuse de jouer une prostituée. Romy n'a lu qu'une page de mon synopsis et a supplié Sautet de lui donner ce rôle, pour casser son image trop lisse ! Max, caché sous la fausse identité de Félix, banquier, devient un client attitré de Lily. Le drame couve et finira par tout emporter. »

La distribution est brillante, Bernard Fresson, Georges Wilson, François Perier et, dans des rôles secondaires, Boby Lapointe et Philippe Léotard.

Claude Sautet a confié à Jean-Loup le soin d'étoffer le personnage de Lily. Il s'en réjouit, lui qui n'évoquera jamais Romy sans une émotion intense, évoquant son exaltation et sa fragilité, son explosion incandescente :

« Romy a une façon de se taire, d'écouter, d'avoir un visage soudain bouleversé parce que quelqu'un a dit quelque chose, qui fait que ses silences sont aussi dangereux que ses mots. Il y a sur son visage une sorte de force douce, son visage est un paysage où le temps change en une fraction de seconde, et passe du calme à la tempête et de la tempête au calme, sans même le secours du texte ou du dialogue, par la grâce d'un mot qui ne se trouve pas forcément dans ce qu'elle dit, quelquefois un mot perdu dans le dialogue d'un partenaire[1]. »

Max et les Ferrailleurs sort le 17 février 1971, année bénie pour le cinéma (*Love Story* d'Arthur Hiller, *Little Big Man* d'Arthur Penn, *Le Chagrin et la Pitié* de Marcel Ophüls, *Le Messager* de Joseph Losey). Cette année-là, on retrouve Piccoli dans des univers aussi différents que *La Poudre d'escampette* de Philippe de Broca et *La Décade prodigieuse* de Chabrol. À l'automne, Romy Schneider tourne avec Richard Burton et Alain Delon *L'Assassinat de Trotski*, de Joseph Losey, avant de retrouver Claude Sautet.

Pour ce Stradivarius qu'est Romy, Jean-Loup écrira l'un des plus beaux personnages de femme, Rosalie, dont les atermoiements du cœur seront commentés par la voix off de Michel Piccoli.

César et Rosalie, c'est mon film préféré ! C'est l'indécision amoureuse d'une Romy dans la splendeur de ses trente ans, entre un Montand hâbleur, parti de

1. *Romy à l'aventure ou la Force douce*, TF1, 21 septembre 1981.

rien et fier de sa réussite sociale, et le plus réservé, le plus mystérieux, le plus ténébreux de nos comédiens, Sami Frey. Un grand coup de vent a soufflé sur la distribution d'origine : Catherine Deneuve, enceinte de sa fille Chiara, a dû renoncer au projet, et Dabadie a préféré Sami Frey à Philippe Léotard. Sautet avait pensé à Vittorio Gassman pour le rôle de César, mais le bel Italien a décliné son offre, ne se voyant pas dans la peau d'un homme trompé. À l'origine du scénario, une rencontre de hasard un jour où Sautet, alors assistant, cherchait chez un ferrailleur une voiture accidentée. Il nous raconta plus tard qu'il avait vu un type très bien « sapé », chaussures vernies impeccables, le cigare au bec, l'œil rusé, avec une façon de s'exprimer aussi grossière que pittoresque. Une superbe jeune femme blonde, élégante, distinguée, accompagnait le ferrailleur rouleur de mécaniques. Sait-on jamais comment naissent les idées de scénario ? Dans *Le Roman des Jardin*, Alexandre Jardin donne une tout autre genèse au trio amoureux César-Rosalie-David, inspiré selon lui à Claude Sautet par son lien très étroit avec son père, le scénariste Pascal Jardin, et sa mère, Stéphane Sauvage. Cette version est-elle crédible lorsque l'on sait que, dès 1963, Sautet écrit un premier scénario en pensant à Annie Girardot pour le rôle de Rosalie ?

En 1972, Sautet et Jean-Loup écrivent une nouvelle version de *César et Rosalie*. Rosalie, mère d'une petite Catherine née de son union avec un peintre célèbre, est en couple avec César lorsque David, son premier amour, créateur de bandes dessinées, revient en France après avoir passé cinq ans outre-Atlantique. Tout est dit en une phrase : « César aime Rosalie, David aime Rosalie, Rosalie aime David et César. »

« En écrivant *César et Rosalie*, j'étais autant dans le ventre, dans la gorge de Romy qu'à l'intérieur de Montand, confie Jean-Loup, car j'écris dans un état d'ébullition quasi instinctif, animal, un peu comme le compositeur qui devient le hautbois quand il écrit pour le hautbois. À un moment, tu es la flûte traversière, tu es le violon, et c'est cette démultiplication constante, cette explosion de toute la personne qui nous rend aussi invivables [...]. Ce sont là nos misères intimes dont on ne peut parler au mieux qu'à la personne qui vous aime, et encore s'aperçoit-on à ce moment-là qu'elle ne va vous aimer que provisoirement, parce qu'on se sent insupportable et en tout cas invivable ! La solitude est donc presque une obligation professionnelle dans mon cas[1]. »

Jean-Loup se décourage-t-il, par instants ? Jamais : « Je suis un chercheur d'or au milieu d'un torrent. Un chercheur d'or à la recherche perpétuelle d'une histoire, d'une image, d'un mot, voire parfois d'un son, et je suis absolument inlassable, in-dé-cou-ra-gea-ble[2] ! »

Le tournage se déroule au printemps 1972, en partie sur l'île de Noirmoutier, cadre aimé des cinéastes, lieu de prédilection d'Agnès Varda dès les années 1960. On y est retournés, Jean-Loup et moi, et on a retrouvé la maison aux volets bleus, face à la

1. *Notes*, journal de la Sacem, mai-juin 1994.
2. *Idem*.

plage du Mardi-Gras, à proximité du village de Viel. Jean-Loup avait aussi choisi la plage de Sète, puis le département de l'Isère, clin d'œil à ses jeunes années avec, en arrière-plan de la scène du dénouement, les contreforts du massif du Vercors.

Les répliques font mouche. Dans la bouche de Montand, elles prennent tout leur sel : « Mais franchement, qu'est-ce que tu lui trouves ? Il est beau, c'est ça ? Moi aussi je suis beau dans mon genre [...]. Intelligent ? Ce n'est pas Marcel Proust, excuse-moi ! » Et, à propos d'une brasserie parisienne, lieu incontournable des films de Sautet : « Je peux te l'acheter si tu veux, avec tout, le bar, la pharmacie, le petit fleuriste, toute la rue si ça te plaît ! Je ne fais pas des petits dessins dans les coins, je gagne de l'argent ! »

On touche là au secret de Jean-Loup : « Les acteurs sont les souffleurs des auteurs. » C'est en osmose avec les regards, les gestes, les inflexions de voix des comédiens que lui viennent les mots, que se nouent les dialogues. Du « sur-mesure ».

Le tournage connaît quelques turbulences, Romy et Sami ne supportant pas toujours le caractère volcanique de Montand, qui n'a accepté le rôle d'un homme trompé que sur l'insistance de Simone Signoret, éblouie par le personnage de César, un rôle en or qui offre à l'acteur une infinie palette de sentiments. Sautet n'est pas en reste, dont on connaît les colères homériques, heureusement calmées par les interventions de sa comédienne fétiche. Jean-Loup se tenait à distance des humeurs des uns et des autres. « Tu allais sur les tournages ? — Jamais. Ce n'était pas ma place ! »

Un dernier portrait de femme écrit par Jean-Loup verra le jour avec le personnage de Marie dans *Une histoire simple*. Ce rôle vaudra à Romy un César qu'elle recevra salle Pleyel, le 3 février 1979.

Marie a quarante ans. Divorcée de Georges (Bruno Cremer), mère d'un adolescent, enceinte de Serge (Claude Brasseur), son nouveau compagnon qu'elle n'aime plus et décide de quitter, elle a fait le choix d'avorter, dans une société où la loi Veil n'est en vigueur que depuis trois années. Jean-Loup a écrit pour Romy une partition tout en nuances, le portrait d'une femme qui s'émancipe d'un univers où les hommes, fragilisés, se fracassent : ils ne tiennent plus les rênes des histoires d'amour, qui se défont. Autour d'elles se croisent d'autres destins de femmes, portés par des actrices surdouées, Éva Darlan, Arlette Bonnard, Francine Bergé et Sophie Daumier, dont c'est la dernière apparition importante à l'écran.

L'écriture du film a connu quelques aléas : « J'ai enfanté dans la douleur. Romy tempêtait car le rôle ne lui semblait pas occuper tout l'espace qui lui était dû. On a dit qu'elle était capricieuse, je pense qu'elle était surtout fragile mais elle ne m'a pas rendu la vie facile ! Sais-tu que, le lendemain de la soirée des Césars, elle m'a envoyé un magnifique bouquet de roses ? Ces roses ne se faneront jamais de ma vie, ni les mots que Romy m'écrivait. Elle me disait merci de l'avoir écoutée ! Tout Romy était dans ce bouquet de roses, dans ce bouquet de mots. L'histoire était exactement celle qu'elle nous avait refusée avec fracas, après avoir lu mes premières pages[1]. »

---

1. *Conversations avec Jean-Loup*, *op. cit.*

Le film préféré de Sautet était *Une histoire simple*, celui de Jean-Loup *Vincent, François, Paul et les autres.* Trois Italiens tiennent le haut de l'affiche. Montand est Vincent, un chef d'entreprise fragilisé par une alerte cardiaque, des affaires qui tournent mal et une épouse qui l'a quitté. Piccoli campe François, un médecin qui a privilégié l'ascension sociale à l'idéal de sa jeunesse et qui, torturé, taciturne, s'emporte par instants dans des tourbillons d'extrême violence. Reggiani incarne Paul, écrivain un brin alcoolique, en mal d'inspiration, qui ouvre sa maison à ses amis, les fins de semaine. Le personnage incarné par Serge a été rajouté au projet initial par Jean-Loup : il n'était pas question qu'il n'y figure pas ! Ces hommes-là ont la cinquantaine, leurs illusions d'autrefois ont laissé place au doute, à l'incertitude. Ils rient et pleurent, entrechoquent leur vulnérabilité à l'heure où les femmes ont le beau rôle. Marie Dubois, Stéphane Audran, Ludmila Mikaël, Catherine Allégret apportent au récit une force insoupçonnée, en contrepoint à la faiblesse de leurs compagnons de route. L'avenir souriant se réfugie dans le personnage du jeune boxeur Jean Lavallée, incarné par Gérard Depardieu. La caméra effleure les destins croisés de personnages attachants et agaçants à la fois, en proie comme leur scénariste à l'angoisse du temps qui passe, à l'image d'un monde qui se défait. Entre deux amours, entre deux métiers, entre leur vie rêvée et le quotidien qui les ronge, leur seul refuge reste l'amitié. Les derniers mots de Vincent, « On ne sait pas avec la vie », me reviennent aujourd'hui comme un boomerang.

Garçon! ne connaîtra pas le même succès, et pourtant, quand je le revois, je trouve à ce film beaucoup de charme. On est en 1983, dans un restaurant de Clichy-la-Garenne. « Dès le matin, Montand nous accueillait avec son costume de serveur. Et il volait entre les tables, les plats à la main ! On aurait juré qu'il avait fait ce métier toute sa vie[1]. » Son personnage, Alex, ancien danseur de claquettes devenu chef de rang dans une brasserie, a été inspiré à Sautet par ses échanges avec un serveur infatigable, volubile et sympathique en diable, entrevu dans un endroit où il venait souvent déjeuner avec Jean-Loup et Philippe Sarde. C'est un personnage exubérant, charismatique, qui multiplie les conquêtes sans lendemain, mais cache sous une apparence désinvolte une certaine solitude. Montand s'imagine bien en séducteur qui fait tourner les têtes. Pourtant, à la lecture du premier scénario écrit par Jean-Loup, si l'idée lui plaît, il émet quelques réserves. « La servilité de l'emploi l'inquiétait. “Et pourquoi ne prenez-vous pas Yves Robert ? nous disait-il. Il serait parfait pour faire des courbettes !” On lui a inventé un passé, des rêves d'avenir, on lui a donné de l'épaisseur, on l'a humanisé. Et il avait cette élégance innée, une grâce de danseur aérien qui lui venait de son passé d'artiste de music-hall ! Et une manière inégalée de se mouvoir entre les tables de la brasserie. »

Autour de lui, Jacques Villeret qui crève l'écran, Marie Dubois, Nicole Garcia, Rosy Varte, Dominique

---

1. *Idem.*

Laffin et une toute jeune comédienne dont c'est la première apparition à l'écran : Clémentine Célarié.

Jean-Loup adorait les grands élans enfantins de Montand et Sautet adorait le filmer. Pourtant ce film, la dernière collaboration de Claude et de Jean-Loup, malmené par la critique, peu suivi par le public, vaudra à Sautet cinq années de purgatoire, dont il sortira avec *Quelques jours avec moi* (1988) et *Nelly et Monsieur Arnaud* (1995). Mais Jean-Loup ne sera d'aucune de ces aventures et en concevra une inguérissable blessure, même si Claude et lui continueront d'entretenir des liens d'amitié.

Le 30 septembre 1985, Simone Signoret s'est éteinte dans sa maison d'Autheuil, dans l'Eure. « Je l'aimais tant, j'écrivais pour Montand mais c'était elle mon amie. Si tu avais vu nos interminables parties de Scrabble, nos balades dans la campagne normande, nos éclats de rire, nos controverses quand il s'agissait de politique ! Simone, c'était la vie ! »

Pour Yves Montand, il écrira plus tard deux textes : « L'Addition » et « Valentin ». Jean-Loup était lycéen lorsqu'il vit pour la première fois Yves Montand. C'était au théâtre de l'Étoile. Et il y retourna souvent : « On voyait arriver sa grande silhouette vêtue de marron et son chapeau claque quand il entrait en scène en chantant : "*À Paris / Quand un amour fleurit / Ça fait pendant des s'main's / Deux cœurs qui se sourient*[1]...", avant d'enchaîner avec "*Dans les plaines du Far West / Quand vient la nuit...*" J'étais fasciné.

1. « À Paris », Francis Lemarque, 1946.

Comme je n'avais pas beaucoup de sous, je m'offrais ce qu'on appelait à l'époque un "promenoir", une sorte de rampe autour du parterre, on pouvait se déplacer, s'approcher[1]... »

Bien des refrains interprétés par son ami tournent dans sa tête, et notamment cette chanson-là : « *Quand on approchait la rivière / On déposait dans les fougères / Nos bicyclettes / Puis on se roulait dans les champs / Faisant naître un bouquet changeant*[2]... »

Ce n'est pas à bicyclette, mais à mobylette que Carole Amiel se promenait sur les chemins de Saint-Paul-de-Vence le jour où, pour la première fois, elle croisa Yves Montand. Elle avait quinze ans et s'émerveilla, d'une brève rencontre à l'autre, de découvrir un homme qui avait l'âge de son père, mais qui était tellement plus drôle et plus charmant. Lui qui avait quitté l'école à l'aube de l'adolescence s'intéressait à ce qu'elle étudiait, lui conseilla de lire Soljenitsyne, lui parla d'*Ondine* et de Giraudoux, et d'Isabelle Adjani, bien sûr. Un monde nouveau s'ouvrait devant elle, où elle allait éclore en toute liberté. Et les années passèrent. De leur fol amour naquit Valentin, une nuit de la Saint-Sylvestre. Carole avait vingt-huit ans et Montand en avait soixante-sept. C'était son enfant, un cadeau de la vie.

Vincent, César, Martin, Alex, nés des crayons de couleur de Jean-Loup, avaient depuis longtemps

1. « Dans les plaines du Far West » (Charles Humel – Maurice Vandair – Éditions Meridian, 1945).
2. « À bicyclette » (Pierre Barouh – Francis Lai – Éditions Saravah, 1968).

envahi les écrans de cinéma lorsque l'enfant de Montand et de Carole vint au monde. Et c'est à Saint-Paul-de-Vence, à La Colombe d'or, que pour lui, trois ans plus tard, Jean-Loup écrivit l'une de ses plus belles chansons.

La Colombe d'or… Il s'y niche, secrets, certains de mes plus beaux souvenirs. Chaque année, Jean-Loup m'y emmenait pour fêter mon anniversaire. Il m'en a raconté mille fois l'histoire, lui qui aimait tant ces lieux qu'une famille préserve en héritage, de génération en génération. La guinguette provençale Chez Robinson, que Paul Roux ouvrit en 1920, n'avait alors qu'un étage et trois chambres. Des peintres y séjournaient en échange d'une toile, l'Écossais Leslie Hunter, le Polonais Maurice Mendjisky. Sous l'Occupation, Prévert y dormit pendant le tournage des *Visiteurs du soir*, avant de s'installer à La Miette, sa maison embaumée de jasmin. Tout ce passé me fait rêver, le *Pouce* géant de César qui flanque l'entrée, la *Femme au perroquet rouge* installée par Fernand Léger dans le patio, tant et tant de toiles et de photographies. Pour moi, La Colombe d'or, c'est le chant des cigales, le vin en pichet, les filtres à huile d'olive transformés en lampes et surtout le bonheur de Jean-Loup, si gourmand, qui savoure l'aïoli, les rougets « meunière », le carré d'agneau grillé. De ces années douces, il me reste aujourd'hui la tendresse toujours intacte de François et Danièle Roux…

Montand donc avait réservé pour Jean-Loup, à La Colombe d'or où il aimait à retrouver ses amis, cette « suite Clouzot » où le réalisateur écrivait ses scénarios, un endroit de rêve, en contrebas de la terrasse où déjeunaient Michel Auclair, Signoret, Montand, Picasso. Clouzot s'y adonnait aussi à sa seconde passion, la peinture, dans le parfum des mandariniers. « Tu restes là tout le temps que tu veux », avait dit Montand à Jean-Loup. « Un jour que je descendais l'escalier de pierre qui mène à la chambre, dont j'avais laissé la porte entrouverte, j'ai entendu dans mon dos : "Fais comme si je n'étais pas là..." Il se penche sur mon travail, sur ces lignes esquissées avec mes feutres de toutes les couleurs : "*Tu es le petit jour, mon amour / Je suis le soir qui vient, Valentin...*" Oh que c'est beau ! Je veux la chanter[1] ! »

La suite, c'est Carole Amiel qui me la raconte, un soir de printemps. Montand répète à l'Olympia le récital qu'il doit donner à Bercy. Il y chantera notamment la chanson de Jean-Loup pour ce petit garçon qui a changé sa vie et demande à sa compagne de le filmer au caméscope, « pour voir sa silhouette ». Ces images un peu floues restent le seul document qui atteste de l'existence de cette chanson. Montand ne reviendra pas sur scène. Il s'éteint quelques semaines plus tard, à Senlis, le 9 novembre 1991.

Carole est et restera inconsolable. « La plaie ne s'est jamais refermée[2]. » Au fil des années, dans l'or du soir, inlassablement Carole parlera à Valentin de ce père qui l'aimait tant, et l'enfant grandira dans le sillage

1. Propos échangés avec les autrices, 28 avril 2023.
2. *Idem.*

d'un père absent, allant, d'un film à l'autre, reconstituer le puzzle d'une vie trop tôt brisée.

« Accepterais-tu de parler de Montand à Valentin ? », demanda un jour Carole à Dabadie. Et Jean-Loup parla longtemps à un Valentin de vingt ans de l'artiste qui avait illuminé sa jeunesse, de l'ami qu'il était devenu pour lui, des journées dans les jardins d'Autheuil, des soirs dans « la roulotte » de la place Dauphine, de ce vide que l'absence avait creusé en lui, des images entrecroisées qu'il devait garder d'un père qui l'avait adoré.

« Dans ma chambre aujourd'hui, me dit encore Carole, il y a une photo de Jean-Loup en habit d'académicien. Ils ne sont jamais bien loin, celles et ceux que Montand et moi avons tant aimés[1]. »

Romy Schneider meurt dans la nuit du 28 au 29 mai 1982. Jean-Loup se rend rue Barbet-de-Jouy : « La chambre était plutôt sombre, juste un filtre de lumière passait à travers les rideaux. Sur le seuil je n'osais pas entrer, je voyais ma Romy étendue sur le lit, sans vie. Je me suis approché d'elle pour l'embrasser. Ses lèvres étaient glacées, j'ai dit une prière. Ce soir-là, je voyais un mort pour la première fois, et c'était elle. [...] Romy et moi avions le même âge, à quatre jours près... Nous avions quarante-trois ans. C'était une jeune femme dont les yeux avaient tant pleuré après le décès de son fils qu'ils se sont fermés à jamais[2]. »

---

1. *Idem.*
2. *Conversations avec Jean-Loup*, *op. cit.*

J'ai le cœur serré lorsque je repense à Claude Sautet, à l'unique soir où je l'ai rencontré. Il était venu dîner chez nous avec Graziella. Je revois Yves Robert et Claude, assis à la table basse du salon. Jean-Loup n'est pas loin. Tous les trois rient aux éclats.

Moment heureux à marquer d'une pierre blanche. C'était au printemps 2000. Le lendemain, Jean-Loup appelle Claude : « Vivement qu'on se retrouve ! Trouve-moi une date ! » Quand il a raccroché, Jean-Loup pleurait comme un enfant. Les mots de Claude étaient tombés comme un couperet : « J'ai peur que ce soit difficile. J'ai un cancer du foie. Je suis perdu. » Ils ne se sont jamais revus.

Claude est mort le 22 juillet de la même année. Il avait soixante-seize ans.

Michel Polnareff, une voix d'ange

Quand Jean-Loup parlait de Michel Polnareff, il disait : « Le vrai domicile de cet ange infernal, c'est le ciel. C'est là qu'il habite. Et dans le ciel il y a des soleils, des nuages, des tempêtes, des étoiles, des dépressions, toutes les couleurs, tous les sons, tous les bateaux, tous les oiseaux. Michel Polnareff est chez lui. Il a la clef du ciel. »

La jeunesse de Michel, sa personnalité, son parcours le fascinaient. Polnareff, enfant de la balle, avait grandi entre un père musicien originaire d'Odessa, compositeur de chansons pour Édith Piaf, Mouloudji et Yves Montand, sous le nom de « Léo Poll », et une mère danseuse venue au monde dans le Finistère. Dans l'appartement familial du 24 rue d'Oberkampf, à Paris, il passait des heures au piano avec, à la moindre fausse note, gifles et coups de ceinturon assenés par un père qui le rêvait pianiste classique. Adolescent fou de rock'n'roll, fasciné par les États-Unis, Michel avait fui le cocon familial et s'était retrouvé sur les marches du Sacré-Cœur, où il faisait la manche en s'accompagnant à la guitare. De rencontre en rencontre, il a croisé la route de Lucien Morisse, alors directeur d'Europe 1, qui lui a ouvert la voie royale[1]. L'homme de radio, qui présente le dimanche matin « Salvadorissimo », sur les ondes de la station, connaît bien Jean-Loup et lui suggère d'écrire pour Polnareff, même s'il est à des années-lumière de son univers. « J'allais voir Michel chez lui pour travailler, on commençait par faire des parties de billard, je le regardais tirer avec sa carabine à air comprimé, je l'écoutais me décrire passionnément ses nouveaux appareils… Sans parler de sa Harley-Davidson et de sa chérie, Georgia, qui traversait le décor en beauté. »

« Ce que vous écrivez n'a aucun rapport avec ce que j'écris, lui dit Polnareff, c'est bien ça qui m'intéresse. »

Avec la première chanson qu'il écrit en 1968 pour Polnareff, « Jour après jour », Jean-Loup brode sur les thèmes de prédilection de l'artiste, ses obsessions : l'enfance et l'abandon. Un an plus tard, avec « Pourquoi faut-il se dire adieu ? », se lisent les hantises de Jean-Loup face à la vieillesse, au temps qui passe, à l'amour qui casse. « J'ai du chagrin, Marie », confidence à moitié en français, à moitié en anglais, laisse la place à l'humour qui ne quitte jamais son épaule. Il imagine avec « L'Affreux Jojo » le parcours d'un ahurissant gamin d'une dizaine d'années au délire sans limites :

« *La nuit pour mon plaisir*
J'attends les vieilles dames dans les rues
Je leur dis des choses incongrues
Je ne sais pas pourquoi ça me fait rire[2]. »

1. La première chanson qu'il enregistre pour les disques AZ, en mai 1966, « La poupée qui fait non », est un triomphe.
2. « L'affreux Jojo » (Jean-Loup Dabadie – Michel Polnareff – BMG Rights Management).

Porté par un air d'accordéon, un vent de folie souffle sur la chanson.

« Tous les bateaux, tous les oiseaux » est un succès immédiat, foudroyant. Il y a tant et tant de refrains, et chaque fois c'est un univers différent, romantique ou décalé, atypique toujours, comme ce fameux « Né dans un Ice-Cream » qui bat tous les records de délire. En écoutant « Nos mots d'amour », enregistré par Polnareff deux ans plus tard, je m'étonne d'entendre :

« *Si nous vivons ensemble*
C'est que la vie nous ressemble
Tu es ma préférence
Et je t'aime en silence[1]. »

« Ma préférence », que chantera le beau Julien et qui reste celle de ses chansons que je préfère ! Et puis il y a « La Maison vide », écho douloureux de la solitude qui est la mienne désormais, le soir, à La Varangue. Jean-Loup disait : « J'adore l'intro, avec les violons qui s'accordent. L'auditeur a littéralement l'impression d'un rideau rouge imaginaire qui s'ouvre. Bill Shepherd, qui faisait les arrangements des Bee Gees, a dirigé les cordes[2]. »

Pour « Holidays », j'ai retrouvé cette coupure de presse, du journal *Notes*, où Jean-Loup répond aux questions du journaliste Pierre Achard à propos de leur collaboration. « Michel m'avait donné une cassette avec une musique ravissante sur laquelle il chantait,

---

1. « Nos mots d'amour » (Jean-Loup Dabadie – Michel Polnareff – BMG Rights Management).
2. *Polnareff par Polnareff*, Grasset, 2004.

dans une espèce de franglais, des bouts de sons, des morceaux de mots. Il ne voulait pas une histoire qui lui plaise avec des images, des mots dans son caractère, mais des sons qui soient issus de ce mâchefer de français et d'anglais. Il me disait "Fais en sorte que tes mots français aient la même sonorité", en me faisant écouter la cassette, où il répétait sans cesse "*Falling days*". Je me demandais quelle sonorité pouvait être aussi jolie en français. [...] Une fois de plus, je me retrouvais dans ce couloir des désespoirs où la lumière s'éteint et où l'on cherche sans arrêt la minuterie. Enfin j'ai trouvé "*holidays*", un mot anglais déjà adopté par les Français, et là-dessus j'ai écrit l'histoire assez lointaine, un peu comme un plan de cinéma, de quelqu'un qui prend l'avion, qui voit la Terre, la mer, les gens de là-haut, ce qui allait à Michel, parce qu'il avait à la fois très peur de l'avion et qu'il était très attiré par la profondeur du ciel.» (En face B du 45 tours figure «La Mouche».)

Mais le look androgyne de Michel scandalise et il devient malgré lui le symbole d'une jeunesse décadente, à l'heure où «Love Me, Please Love Me», Rose d'or d'Antibes, est numéro un au Brésil. Moqué pour sa chanson «Je suis un homme», agressé lors d'un concert à Périgueux, il quitte la scène et ne revient en pleine lumière qu'en 1971, année faste pour lui : il accompagne pour le plaisir Johnny Hallyday aux claviers lors de son spectacle au Palais des Sports, et écrit la musique du film de Nadine Trintignant *Ça n'arrive qu'aux autres*[1].

1. Film de Nadine Trintignant, avec Catherine Deneuve et Marcello Mastroianni, 1971.

La chanson préférée de Jean-Loup parmi celles qu'il a écrites pour Polnareff est justement celle-ci. Elle n'est pas la plus connue, mais c'est celle qui me bouleverse le plus.

« *Il n'y aura plus d'enfance au jardin*
Un oiseau de plus
Un oiseau de moins
Tu sais, la différence
C'est le chagrin[1]... »

Avec ce film autobiographique, Nadine Trintignant tente d'exorciser le chagrin ressenti à la mort de Pauline, sa seconde fille, survenue deux ans auparavant, un matin, dans son berceau, à Rome où Jean-Louis s'était installé avec sa famille le temps du tournage du film de Bertolucci *Le Conformiste*. Elle immortalise l'indicible souffrance dans un camaïeu de miel et de violine, mais elle filme aussi la renaissance, les feux de camp, les troupeaux de moutons qui passent, gris perle, dans l'or du soir, une petite fille en robe immaculée et son chat tout blanc dans les meules de foin, des roses qui s'effeuillent. L'hypersensibilité de Jean-Loup lui a inspiré ces mots tout en douceur, qui parlent de la douleur avec une infinie pudeur. Écrire sur la mort d'un enfant, pourtant, d'instinct, il en avait décliné l'offre, tant il pensait qu'il n'y parviendrait pas.

1. « Ça n'arrive qu'aux autres » (Jean-Loup Dabadie – Michel Polnareff – BMG Rights Management).

À l'automne 1971, Michel Polnareff enregistre le disque considéré comme son chef-d'œuvre, *Polnareff's*, dans le studio d'Abbey Road, rendu mythique par les Beatles – ils y gravaient leurs albums et se sont fait photographier en 1969 devant le studio, sur le passage piéton, pour la pochette de leur onzième album, image qui a fait le tour du monde.

En 1972, la France continue de fredonner ses refrains, « Âme câline », « L'Amour avec toi ». Polnareff s'abrite désormais derrière des lunettes blanches à verres fumés qui ne le quitteront plus. L'affiche de son nouveau spectacle à l'Olympia, *Polnarévolution*, où il montre ses fesses, placardée à six mille exemplaires dans les rues de Paris dès le 2 octobre, fait scandale. L'élaboration des costumes a été confiée à Paco Rabanne, qui a vêtu les musiciens, les Dynastie Crisis (Jacky Chalard, Philippe Lhommet, Geza Fenzl, Jacques Mercier), d'un pantalon noir et d'un haut en plastique. Polnareff est recouvert de paillettes et les instruments de musique ont été fabriqués en Plexiglas. Revoilà Jean-Loup, avec une chanson qui deviendra culte, « On ira tous au paradis ». En lui confiant sa musique, Michel avait donné une directive à Jean-Loup, alors son parolier privilégié : que la chanson évoque l'hymne d'une foule dans la rue, une sorte d'hymne fraternel que tous les gens puissent chanter ensemble. Une manière de manifeste à la John Lennon (« War Is Over », « Give Peace a Chance »). En découvrant le texte, il avait saisi sa guitare, son kazoo (sifflet avec membrane vibrante en cellophane), et trouvé trois accords du couplet-refrain (*do*, *fa*, *si* bémol), puis ceux du pont (*la* mineur, *sol* 7), et des chœurs (« Ne crois pas ce que les gens disent »).

Le jour de l'enregistrement, pour faire les chœurs, les musiciens, initiative inédite, ont invité les passants dans le studio et ce sont leurs voix que l'on entend, d'où le son *live* qui peut faire croire à la captation d'un spectacle. « On ira tous au paradis » atteint son but : partout, le refrain est repris en chœur, et sera, à deux mots près, le titre du film d'Yves Robert *Nous irons tous au paradis.*

Abusé par son homme d'affaires, poursuivi par le fisc, Michel Polnareff s'exile aux États-Unis en embarquant le 12 octobre 1973 sur le paquebot *France*, dont ce sera l'une des dernières traversées.

1977. Quatre années ont passé. En pleine nuit, Michel appelle Jean-Loup pour lui faire écouter « le bruit très personnel de la pluie sur les trottoirs de Malibu », à travers son téléphone, qu'il fait pendre par la fenêtre au bout de son fil. Et puis un soir, à New York, dans un restaurant de la 5e Avenue, la nostalgie de la France l'étreint. Il griffonne sur une nappe en papier les premières notes d'une musique qu'il envoie à Jean-Loup. En filigrane, derrière le premier jet de la chanson, « Lettre à France », Jean-Loup s'adresse à une femme aimée dont le prénom serait France et s'amuse du double sens de la missive, qui pourrait aussi être celle d'un exilé en mal de son pays natal. L'idée séduit Michel :

« Depuis que je suis loin de toi
Je suis comme loin de moi

Et je pense à toi tout bas
Tu es à six heures de moi
Je suis à des années de toi [...]
La différence
C'est ce silence parfois au fond de moi[1]. »

Quand Polnareff revient en France, en 1978, avec un nouvel enregistrement, on n'y trouve que deux textes griffés Dabadie : « Une histoire lamentable » et « J'ai tellement de choses à dire ». Deux chansons qui passeront inaperçues.

« Quoi qu'il en soit, Polnareff reste un génie, disait Jean-Loup. C'est l'archange qui a une harpe dans la voix. Il produit des sons inouïs, il invente des mélodies inouïes. Sa personnalité est un mélange d'enfant et d'adulte, d'enfant et de diable, forcément il n'est pas quelqu'un de simple : c'est une chance[2] ! » Et Jean-Louis de conclure, dans l'interview accordée à Sacha Reins : « On le décrit souvent comme un être déconcertant, mais on a une fausse image de lui, c'est quelqu'un avec qui je me suis beaucoup amusé, et il est très drôle [...]. Notre collaboration a toujours été extrêmement facile et agréable. Michel est quelqu'un de très courtois avec les autres. Il ne maltraite qu'une seule personne : lui-même. Il n'est jamais satisfait de ce qu'il a fait. Il fait partie de ces artistes qui font régner la terreur sur leur propre âme. Il est à l'opposé de l'autocomplaisance et du narcissisme. »

---

1. « Lettre à France » (Jean-Loup Dabadie – Michel Polnareff – BMG Rights Management).
2. *Le Point*, 22 février 2007.

Polnareff, en novembre 1986, au sujet de sa collaboration avec Jean-Loup, aux textes réputés exigeants, concluait malicieusement un entretien avec Marc Robine pour *Paroles et Musique*: « Je prétends que Dabadie a progressé de manière extraordinaire, lorsqu'il a travaillé avec moi; parce qu'il a dû refaire jusqu'à vingt ou trente fois certains de ses textes, à cause du son des mots. »

Jean-Loup ne disait-il pas que c'est l'artiste qui a toujours raison?

Il ne parviendra pas à percer le mystère Polnareff, mais restera séduit par le musicien magnifique, auquel il rendra hommage avec le texte, intitulé *Michel est une œuvre d'art*, dont je garde précieusement sur mon bureau le manuscrit original:

« Comme tous les objets d'art, il est unique, rare, inestimable et fragile. À peine a-t-on le droit de le toucher. On peut craindre les fêlures. Pour lui, se casser ne signifie pas seulement s'en aller, mais se briser. Les amateurs se le disputent: Michel est un objet d'art. Aucun n'a pu le garder. Il disparaît. On nous le vole. On le retrouve. Là-dessus on se dit qu'on ne le perdra jamais: et c'est lui qui nous perd, quand ça lui chante. Il est ainsi. C'est un scandale pour le cœur mais il est ainsi: en écrivant ces lignes, je me dis que peut-être il ne me rappellera plus. Pendant onze ans, ou plus jamais!

« Je pense souvent à ces meubles qui n'appartiennent pas au temps, vous savez, ces chefs-d'œuvre de marqueterie dont on ne peut ouvrir les tiroirs mystérieux sans disposer d'un secret: certains restent fermés précieusement, pendant des siècles. C'est le cas de Michel Polnareff. On n'ouvrira jamais tous ses tiroirs.

« Michel est un objet d'art, et l'artiste de génie qui l'a inventé, dessiné, façonné, sculpté, c'est lui. Je l'ai pensé avant même qu'il semble s'en apercevoir, ça va l'énerver que j'écrive ça (plus d'appels avant onze ans). J'ai tout de suite admiré qu'il soit à ma connaissance le seul tout à la fois Renaissance, classique, romantique, réaliste, naturaliste, impressionniste, moderne, cubiste, figuratif, abstrait… Futuriste.

« Comme un ange dont les ailes improvisent au fur et à mesure le vent qui les emporte. »

Les confidences de Julien

J'ai une tendresse particulière pour Julien Clerc.

Jean-Loup l'aimait beaucoup et dévorait les livres qui lui étaient consacrés. Il avait une préférence pour la biographie de Sophie Delassein[1] et pour le livre-album *Julien Clerc. À mon âge et à l'heure qu'il est*[2], de Bertrand Tessier, pour lequel il avait écrit une atypique introduction :

« Écrire une préface ? Certainement pas. Julien, l'accueillir dans ce livre en lui accrochant au cou des colliers de phrases en fleurs ? Lancer sur lui, comme des pétales, une pluie de mots parfumés, et devant tout le monde le descendre avec un pistolet à confiture ?

« Ou alors se déchirer : il ouvre l'ouvrage et il lit : "Julien, ne me quitte pas. Je sais tout de ton passé avec ce Roda-Gil et ce Maurice Vallet. Et Maxime et David et cette Carla maintenant je l'ai repérée, qu'est-ce que tu crois. Et je sais que tu les vois encore. Même Étienne, je sais que tu le vois toujours… Mais ne me quitte pas ou j'appuie mon stylo sur ma tempe et je vide la cartouche, ou je monte sur mon dictionnaire et je me jette." »

1. Sophie Delassein, *Julien*, Calmann-Lévy, 2013.
2. Albin Michel, 2005.

La musique depuis toujours coule dans les veines de Julien. Son père, Paul Leclerc, haut fonctionnaire à l'Unesco, est féru de musique classique. Sa mère écoute inlassablement Édith Piaf et Georges Brassens. Sa « seconde maman », Ghislaine, claveciniste, l'initie au piano dès l'âge de six ans et l'inscrit aux Musigrains, concerts interactifs donnés au Théâtre des Champs-Élysées. Une conférence, ponctuée d'extraits musicaux, raconte la vie et l'œuvre d'un musicien. Le chef d'orchestre, Robert Blot, cache les musiciens en coulisses et les enfants doivent deviner de quel instrument ils jouent, initiation ludique à ce qui sera très vite l'univers de prédilection de Julien.

En 1967, dans un bistrot d'étudiants de la place de la Sorbonne, L'Écritoire, le hasard veut qu'il croise Étienne Roda-Gil : « J'ai demandé à la cantonade s'il n'y avait pas quelqu'un qui voulait écrire des textes sur des musiques. J'ai entendu une voix qui a dit "Si, moi !". » De cette rencontre providentielle naît bientôt une première chanson, « La Cavalerie », qui tourne en boucle sur les radios dès Mai 68, à l'heure où s'enflamment les barricades. Ce succès foudroyant offre à son jeune interprète les portes d'une tournée avec Adamo. Au printemps suivant, il triomphe en lever du rideau de Gilbert Bécaud à L'Olympia, spectacle dont la vedette américaine est la jeune chanteuse britannique Melanie. Le destin est en route : Bertrand Castelli, un hippie milliardaire, et la productrice Annie Fargue lui offrent le premier rôle de la comédie musicale *Hair*, rôle qu'il refuse dans un premier temps, puis il change d'avis après l'avoir vue à Londres.

Créée à l'automne 1967 dans une cave de Greenwich Village avant d'être jouée à Broadway, cette comédie musicale, écrite par deux Américains, James Rado et Gerome Ragni, mise en musique par le Canadien Galt MacDermot, conte l'histoire de Claude Bukowski, jeune fermier de l'Oklahoma contraint de quitter son ranch quand éclate la guerre du Vietnam. Pendant les jours qui précèdent son départ, dans les rues de New York, il s'initie, avec un groupe de hippies, à la vie communautaire et aux substances hallucinogènes. L'adaptation française, confiée à Jacques Lanzmann, à l'affiche du théâtre de la Porte-Saint-Martin à partir du 30 mai 1969, est un triomphe.

Dans la foulée, les succès se succèdent pour Julien, qui met en musique les textes écrits par Roda-Gil : « Ce n'est rien », « Si on chantait », « Ça fait pleurer l'bon Dieu », « Elle voulait qu'on l'appelle Venise ». « Une chanson, disait Roda, c'est un très bon petit film qui ressemble à un rêve. Avec un commencement, une fin et au milieu une souffrance ou une joie, et si possible un refrain. » Roda continuera son chemin en écrivant « Le Lac Majeur » pour Mort Shuman, « Le Bourreau » pour Barbara et, pour la très jeune Vanessa Paradis, « Joe le taxi », « Marilyn et John », « Manolo Manalete ». Il aura du mal à accepter la place privilégiée que va prendre Jean-Loup auprès de Julien…

Julien va trouver avec Jean-Loup un parolier qui lui ouvre de nouveaux horizons, esquisse la silhouette d'un jeune homme au romantisme échevelé qui fera tourner les têtes. Son premier texte pour lui, « J'ai le cœur trop grand », s'inspire de la vie privée de son interprète, en déséquilibre alors entre deux amours :

« Ce soir comment te le dire
Bien sûr tu vas me maudire
J'ai le cœur trop grand pour moi
Elle s'appelle Jeanne, je crois... »

À l'origine de leur rencontre, il y a notre ami Bertrand de Labbey, alors éditeur des chansons de Julien. Après « Ce n'est rien », du tandem Maurice Vallet et Étienne Roda-Gil, il lui semble que la carrière de son poulain s'essouffle, qu'il est nécessaire de faire appel à d'autres plumes. Séduit par les scénarios écrits pour Claude Sautet et les paroles posées sur les musiques de Polnareff, il a demandé un rendez-vous à Jean-Loup qui, d'emblée, a accepté ce nouveau défi. « Cette première chanson a eu un modeste succès qui n'a pas fait oublier l'univers de Roda-Gil. »

Suit très vite une deuxième chanson, « À la fin je pleure » :

« Les roses thé
Que nous avions plantées
Ma belle
Ne fleuriront jamais... »

D'autres viendront souligner avec une discrète élégance les bonheurs qui jalonnent la vie du jeune artiste. Ainsi, « Angèle », en 1977, est dédiée à la fille de Miou-Miou et de Patrick Dewaere, que Julien adoptera à sa demande lorsqu'elle sera une jeune femme :

« *Ta mère est belle, si belle* [...]
Pas une goutte de sang dans le mien
Je m'en fous bien »

Julien raconte le clin d'œil de Jean-Loup à la naissance de la fille que lui a donnée sa compagne : « À la naissance de Jeanne, je vois Jean-Loup passer la tête dans la chambre de Miou et dire : "Elle s'appelle Jeanne, je crois". »

Miou-Miou et Julien se sont rencontrés sur le tournage du film de Jean-Pierre Blanc *D'amour et d'eau fraîche*, en 1976, où Julien Clerc, au sommet de sa popularité, a été choisi pour incarner Jip, un jeune professeur de piano qui tombe amoureux de la bohème Rita. Une idylle est née entre les jeunes acteurs et Miou-Miou a quitté son compagnon, Patrick Dewaere, pour partir vivre avec Julien, d'abord dans les Yvelines, puis au château des Gouttes, non loin de Saint-Sauveur-en-Puisaye, le village natal de Colette, où ils élèvent les deux petites filles.

Très vite, Jean-Loup et Julien vont devenirs amis, au point de passer leurs vacances ensemble en famille. Dans la maison d'Anglet, louée pour l'été, il y a un piano désaccordé. Julien, tôt levé pour s'occuper des enfants, cherche l'inspiration au fil de notes improvisées. Jean-Loup, conquis par la mélodie qui envahit le salon, demande à Julien de la lui garder. Reggiani s'ouvrant à lui quelque temps plus tard de son mal-être, Jean-Loup lui murmure « Tu es ma préférence ». Et le mot poursuit sa route, les chemins de la création étant atypiques et imprévisibles. Ainsi naît l'un des plus grands succès de ce duo inspiré, « Ma préférence », reflet de la relation amoureuse de Julien avec Miou-Miou. Dès l'automne 1978, depuis les coulisses du Palais des Congrès où se produit Julien, la jeune actrice s'émeut qu'une chanson qu'elle a inspirée soit déjà reprise en chœur par un public qui l'a découverte seulement quelques semaines auparavant :

« *Je le sais*
Sa façon d'être à moi parfois
Vous déplaît
Autour d'elle et moi le silence se fait
Mais elle est
Ma préférence à moi… »

« Une des plus belles chansons de Julien, me dit Bertrand de Labbey, en tout cas l'une de celles qui se sont inscrites dans la mémoire collective. »

Pour avoir partagé plus de vingt ans la vie de Jean-Loup, je sais qu'une idée de chanson lui venait soudainement d'un regard, d'une couleur, d'un coin de ciel entrevu, d'une impression fugitive. Il s'est d'ailleurs confié sur la genèse de « Quel jeu elle joue » : « Avant l'été, j'avais la tête dans l'encrier et Julien se disait que j'étais bien assez occupé comme ça. Je lui téléphone. Il me demande de passer le voir chez lui et me fait écouter ses chansons, certaines au piano, d'autres déjà mixées. L'une d'elles reste sans texte. Elle comporte une pirouette assez difficile. Je lui dis : "Garde-la-moi pour le prochain album." Et je repars avec la cassette dans la poche. Arrivé chez moi, je connaissais la musique par cœur. Je me mets au travail. Quelques vers me viennent pour le refrain. Avec Julien, on a partagé des milliers de balles de tennis, de bonheurs et de malheurs, mais nous sommes toujours très timides entre nous. Je lui téléphone pour lui lire ce que j'ai écrit. Dès lors, tout s'enchaîne. On s'échange des fax, on s'ajuste, et cette histoire se termine un jour, tôt le matin, dans sa voiture garée en double file en bas de chez moi. Il passait et repassait la cassette, et moi je lui trouvais les derniers mots. Il pleuvait ce jour-là et j'avais l'impression que les essuie-glaces de sa voiture étaient mes métronomes. »

En 1980 se déroule à Toulouse le procès de Norbert Garceau, qui comparaît aux assises pour le meurtre de Michelle Aussillous, le 9 janvier 1978. Le prévenu, condamné à la réclusion criminelle à perpétuité en 1953 après avoir tué une adolescente, a été relâché en 1972. L'avocat général, au terme de son réquisitoire, réclame la peine de mort contre Garceau, « parce qu'il est responsable de ses actes et récidivera, même s'il sort de prison au seuil de sa vieillesse ». Les débats se déroulent dans un climat houleux et les invectives fusent. L'avocat de la défense, Robert Badinter, sauve la tête de son client.

Un sondage cette année-là dit les Français favorables pour 64 % à la peine de mort. Julien Clerc, qui a assisté au procès, en est revenu bouleversé et s'en ouvre à Jean-Loup, qui trouve là un sujet de chanson. Mais Michel Sardou vient de remporter un franc succès avec « Je suis pour ». Pas question d'un affrontement en musique sur un sujet aussi sensible. Et Julien ne se sent pas l'âme d'un chanteur engagé. « Écris toujours », dit-il simplement.

Quelques jours plus tard, le texte est achevé. Chose rare, il est écrit avant la musique. Les deux amis sont presque voisins. L'un habite rue Scheffer, l'autre boulevard de Beauséjour , dans le XVIe arrondissement de Paris. Julien promène sa chienne au bois de Boulogne et glisse dans sa poche le papier plié en quatre. Deux jours plus tard, il se met au piano : « La musique était lyrique, envoûtante. J'en ai eu les larmes aux yeux. Pourtant il n'a pas voulu la chanter. » Reggiani s'y essaie, mais il éclate en sanglots au milieu de la chanson. La partition va rester sur une étagère jusqu'au jour où Jean-Loup, convié sur FR3 à l'émission « L'Invité du dimanche », propose à Julien de chanter « L'Assassin assassiné ». « Une fois ! Une seule fois ! » Julien, qui connaît bien Badinter, l'appelle et lui lit le texte : « Il faut absolument que vous la chantiez. »

« *On lui parle, on l'attache, on le cache*
Dans la cour un grand dais noir
Protège sa mort des regards
Et puis ensuite, ça va très vite
Le temps que l'on vous décapite »

Le standard explose. Le lendemain, dans le cadre de sa nouvelle tournée, Julien Clerc chante à Nice, où les abolitionnistes ne sont pas en majorité. La salle, debout, ovationne l'artiste, qui fait écouter à Jean-Loup, au téléphone, les bravos qui montent de la salle : « Écoute ! C'est le triomphe de ta chanson que tu entends ! »

Il faudra attendre 1982 pour qu'une autre chanson écrite par Jean-Loup pour Julien, « Femmes, je vous aime », remporte le même succès :

« Femmes, je vous aime
Femmes, je vous aime
Je n'en connais pas de faciles
Je n'en connais que de fragiles
Et difficiles
Oui
Difficiles… »

« Cette chanson pourtant faillit bien ne pas voir le jour. "Femmes, je vous aime", c'est la chanson qui m'a pris le plus de temps, j'ai séché longtemps. Julien m'avait joué la mélodie juste avant les vacances d'été, dans un studio de Bagnolet. J'emporte la cassette, je pars en vacances avec ma petite famille, et là, je sèche. Je sentais qu'il fallait que je trouve l'accroche sur une syllabe du refrain, et j'ai fini par entendre dans l'arrière-fond de ma tête le mot "femmes". J'ai cherché ensuite autour de ce mot, je voulais que la chanson soit un cri d'amour pour les femmes, pas seulement les belles brunes et les belles blondes, mais toutes les femmes, même celles qui ont un certain âge, parce que ce sont nos mères, ou parce que ce sont nos filles. Mais en finissant la chanson, je me suis dit que jamais il ne l'accepterait parce qu'il redouterait de passer pour un don juan de bazar. En effet, pendant longtemps, il n'a pas voulu la chanter, et c'est notre ami et éditeur, Bertrand de Labbey, qui lui a dit : "Enregistrez-la[1]." »

---

1. *Paris Match*, 24 mai 2020.

« Miou-Miou n'a pas aimé le titre ! Elle se voulait la seule femme dans l'univers de Julien, ça m'amusait beaucoup ! » « Femmes, je vous aime » revient comme une déferlante en 1990, lorsque Anne-Marie Duroc, une collaboratrice de Bertrand de Labbey, lui montre un clip où la chanson de Jean-Loup et Julien est utilisée, dans le cadre d'une opération publicitaire. L'agent de Julien découvre, fasciné, les sobres et esthétiques images en noir et blanc tournées par le grand photographe Peter Lindbergh : « Comment dire non ? C'est un travail magnifique, d'une classe folle. » Deux silhouettes longilignes courent, éperdues, sur une plage. En bas d'une passerelle une femme serre contre elle un bel enfant blond. Un peu plus loin sur la piste, une autre femme, pilote sans doute, retire d'un geste bref son casque et libère ses longs cheveux. Il a suffi d'une vingtaine de secondes pour que la publicité s'inscrive dans les mémoires, ponctuée par la voix de Julien sur le refrain de la chanson. Consulté, Jean-Loup approuve sans la moindre réserve l'utilisation décalée de sa chanson. C'est un joli souvenir pour Bertrand de Labbey, heureux et fier aujourd'hui encore d'avoir permis à ces quelques flashs, pudiques et empreints d'une telle classe, d'avoir vu le jour.

Les chansons que Jean-Loup a écrites pour Julien sont des chansons d'amour.

« *Là je t'imagine / Quand le soleil dessine / Ton âme comme une sanguine* », évoque l'instant de la rupture, « *Elle m'a tout pris / Mêm' les oiseaux dans les arbres* », « *Un jour le cœur se casse / Et c'est en un instant* », et la peur de la mort : « *J'ai toujours peur qu'elle meure…* »

Jean-Loup aime beaucoup Miou-Miou, l'artiste et la femme.

En 1982, la comédienne dit son bonheur d'apprendre que Jean-Loup va écrire un rôle pour elle : « On dit merci déjà, c'est un beau cadeau, et je sais qu'il va travailler seul pendant un an. Et je sais que le scénario sera superbe. » Un an plus tard, Georges Lautner tourne *Attention, une femme peut en cacher une autre*, et revient sur la genèse de son film : « Nous nous sommes enfermés, nous avons discuté pendant trois mois. Jean-Loup inventait et je lui renvoyais la balle, on se séparait. Jean-Loup écrivait dans la journée, on se voyait le soir, il travaillait avec des crayons de toutes les couleurs, c'était très gai. » Ses partenaires sont Eddy Mitchell et Roger Hanin, qui avoue sans ambages : « Je dois me tenir très exactement à ce qui a été écrit. Ce sont des contraintes bénéfiques. Il n'est pas possible d'arriver le matin et d'apprendre son texte sur le plateau. Une discipline qui m'a fait le plus grand bien. »

Si Jean-Loup est d'une exigence absolue quant au respect du texte qu'il a écrit, c'est qu'en amont il est revenu dessus à de nombreuses reprises avec les comédiens pour établir le texte définitif : « Il y a la lecture autour de la table, comme au théâtre. On échange des notes. Le temps est très long avant que le texte s'élabore. Chacun donne son avis. Après, quand tout est arrêté, on ne fait pas de claquettes dans la marge[1] ! »

En revanche, il ne vient que très rarement sur le tournage d'un film, estimant que ce n'est pas sa

1. *Ornicar*, 26 juin 1993.

place, à l'instant où ses personnages prennent vie, Jean-Loup est déjà ailleurs, il a pris un ticket pour un autre voyage.

Deux souvenirs me reviennent en mémoire.

Celui de ce récital à Bercy auquel nous avons assisté, Jean-Loup et moi. Julien, au piano, joue les deux premières mesures de « Ma préférence », s'arrête, tourne son beau visage vers la salle : « Jean-Loup Dabadie est là ce soir. Il est content. » Un frémissement a parcouru l'assistance et une salve d'applaudissements a éclaté.

Un soir d'été, nous allons l'applaudir à La Rochelle et il vient dormir à la maison. Jean-Loup a préparé un homard. En guise de dessert, je vais chercher des framboises. Quelle n'est pas ma surprise quand je vois Julien, notre Julien tant aimé, revenir avec une balance et peser ses framboises… pour ne pas compromettre la réussite d'un régime qu'il s'était mis en tête de suivre ! Et puis il y a, dans notre album de famille, une photo prise le jour du mariage de Julien avec l'écuyère Virginie Coupérie-Eiffel, à Pino, en Haute-Corse, le 14 septembre 1985. Pour le buffet qui suit la cérémonie, Julien a choisi un t-shirt estival orné du simple écusson des Seychelles. Jean-Loup, costume blanc, pochette noire, cravate blanche à pois noirs et crinière de neige, semble sorti tout droit d'une comédie musicale américaine. Le contraste est saisissant, mais la complicité entre Julien et Jean-Loup éclate au soleil de ce jardin, où des tentes immaculées ont été dressées pour la fête.

« Ce qui me revient d'emblée lorsque je pense à Jean-Loup, me répond Julien Clerc, c'est son sourire ! Et je songe aussi à mon père, dont il partageait la culture et l'amour des mots, une vraie culture, sans esbroufe, dont l'éventail paraissait sans limites ! J'étais venu vers Dabadie dans l'espoir d'ajouter de nouvelles couleurs à ma palette et il m'a offert toutes les nuances de l'arc-en-ciel, le violet, le bleu, le jaune, avec des textes calligraphiés, écrits au stylo comme dans des cahiers d'écolier. Plus poétiques il est vrai que les chansons de Roda, tapées à la machine, avec juste ses initiales ER tout en bas des pages, Roda qui me tendait des écrits en me disant : "Tiens ! Fais-en ce que tu veux !" Avec Jean-Loup, c'était différent. Jean-Loup était un poète, il avait ce don, si rare, de mettre une musique en paroles, de faire jaillir de sa baguette de sourcier une déchirure fulgurante, une émotion à fleur de cœur. Étienne et moi étions frères de travail, mais Jean-Loup m'a offert son amitié. Il était comme mon grand frère, nous avions les mêmes goûts, les mêmes envies, il était né sous le signe de la Balance. D'ailleurs, une fois par an, j'organisais des dîners de Balances. J'y invitais entre autres Catherine Deneuve, que je n'ai pas revue depuis longtemps. C'était très gai !

« On travaillait bien ensemble, Jean-Loup et moi, on déplaçait les mots comme les pions sur un échiquier, jusqu'au mot juste, qu'on ne changerait plus. Jean-Loup était toujours inquiet, jamais sûr de lui et pourtant, c'est paradoxal, il pouvait batailler des heures au téléphone… Il est allé jusqu'à me dire, un jour : "Si maintenant tu ne respectes plus la poésie !"

J'en souris aujourd'hui, son souvenir m'attendrit et me revient souvent. Quand nous n'avons plus travaillé ensemble, il m'a gardé intacte cette belle amitié nouée au fil des années, même si je pressens que, forcément, il en a quelque peu souffert. Il m'est arrivé de faire preuve de cruauté parfois, en lui demandant ce qu'il pensait d'une chanson écrite par quelqu'un d'autre que lui, mais c'est drôle, j'avais besoin de son regard.

« J'ai retrouvé récemment, entre les pages d'un livre, une lettre qu'il m'avait envoyée au moment de mon album avec Calogero. Il me disait sans ambages ce qu'il aimait, et ce qu'il aimait moins. Relire cette lettre m'a bouleversé. Elle distillait un parfum de regret, exprimé d'une manière littéraire et jolie, mais perceptible pour qui sait lire entre les lignes. Il savait bien qu'avec cet éloignement, c'était inévitable, quelque chose entre nous s'était cassé.

« La dernière fois que j'ai parlé à Jean-Loup, c'était un jour de printemps. Dans un jardin près de Poitiers où je m'étais réfugié avec ma famille pour fuir le Covid, une envie instinctive m'a pris de lui téléphoner. Quand j'ai raccroché, j'ai dit à Hélène, ma femme : "Je viens d'avoir un vieux monsieur au téléphone." Sa voix avait perdu sa couleur juvénile et j'en ai eu le cœur serré. Il est mort quelques jours plus tard. Sans doute se savait-il malade, mais il ne m'en a rien dit.

« Je veux me souvenir avant tout de nos rires, de son humour incroyable, de son voisin de table, Giscard, qu'il imitait si bien pendant les séances de l'Académie ! »

Pour la messe organisée par l'Académie française en l'honneur de Jean-Loup Dabadie, en l'église Saint-Germain-des-Prés, on a fait savoir à Julien qu'il ne pourrait pas chanter, comme il le souhaitait « Ma préférence », en hommage à son ami : « Pas de place pour le show-biz ici, et d'ailleurs il n'y a pas de piano. » Sa lettre à la secrétaire perpétuelle de l'Académie n'obtiendra qu'une réponse sèche et sans âme. Cette brillante immortelle a-t-elle seulement perçu la vraie personnalité de Jean-Loup et, à travers lui, l'âme des poètes ?

Soudain, le visage de Julien s'éclaire d'un lumineux sourire : « Je m'étais glissé au fond de l'église, avec Hélène. La messe n'en finissait pas. C'est tout juste si Philippe Labro a pu dire quelques mots. Alors, Nicolas Bedos a pris le micro du curé, parfaitement sonorisé, et il a parlé longtemps et avec émotion de son parrain. Personne n'a osé l'interrompre. Puis il a approché son iPhone du micro et les notes de "Ma préférence" ont résonné comme un ultime défi sous les voûtes séculaires. C'était la vie qui revenait, les têtes des gens se balançaient de gauche à droite et rythmaient la chanson, c'est tout juste si elle n'a pas été reprise en chœur !

« Alors j'ai glissé ma main dans celle d'Hélène et, entre fou rire et larmes, j'ai pensé que Jean-Loup regardait tout cela en souriant… Je pense souvent à lui encore aujourd'hui et à cet insolite instant, chaque fois que mes yeux se posent sur sa photo, qui n'a pas quitté mon piano. »

Jean-Loup, pygmalion d'Isabelle

« Jean-Loup Dabadie fut ma première rencontre avec la profession de scénariste, lui qui la représentait de façon magistrale dans le cinéma français, lui le scénariste incontournable dont tout metteur en scène, dans la maîtrise et la force de son art, rêvait.

« L'observer dans son processus d'écriture de *La Gifle*, à la fois si concentré, si passionné, si exigeant, m'a fait découvrir cette singularité qu'est l'écriture d'un scénario.

« Je l'ai vu, dans son chez-lui du XVIe arrondissement de Paris, transformer les murs en tableaux de feuilles, utiliser toutes les couleurs pour décrire ses personnages et développer leurs scènes. L'orange était sa couleur préférée. Je l'ai vu porter des pulls roses, je l'ai vu ouvrir la porte de son appartement cossu, quand je venais lui rendre visite avec Claude Pinoteau, le réalisateur de *La Gifle*, le visage éclairé par le plus beau sourire de bienveillance sur la petite jeune fille apeurée à l'idée du premier grand film dont elle allait tenir le rôle principal.

« Même si j'étais déjà engagée à la Comédie-Française, je n'en revenais pas d'avoir reçu ce courrier à Gennevilliers, dans cette HLM, chez mes parents où j'habitais encore, me proposant de rencontrer le producteur de la Gaumont, Alain Poiré à l'époque, pour un projet qui raconterait l'histoire d'un conflit générationnel opposant un père et une fille. Le père, joué par Lino Ventura, était l'une des idoles de mon père à moi. L'effervescence battait son plein au sein de la famille.

« Grâce à Jean-Loup, unique parmi les siens, j'ai appris qu'on pouvait ne pas finir ses phrases dans un dialogue et que ça n'en voulait pas moins dire quelque chose, j'ai appris qu'une virgule et un point n'ont pas la même intonation dans la bouche d'un acteur ou d'une actrice. À travers la façon dont il avait construit mon rôle, je me suis sentie prédirigée avant que Claude Pinoteau, son ami et complice, ne prenne merveilleusement la relève avec moi, en m'offrant de réussir l'interprétation que j'ai donnée du personnage de cette autre Isabelle[1]. »

Isabelle Adjani

« Je raffole d'Isabelle. Je suis son ami et sa groupie. »

Printemps 1973. C'est une belle saison pour le cinéma. Romy Schneider incarne l'impératrice d'Autriche dans *Ludwig ou le Crépuscule des dieux* de Luchino Visconti. À Cannes, Michel Piccoli, aux côtés de Noiret, Tognazzi et Mastroianni, fait scandale avec *La Grande Bouffe* de Marco Ferreri. De son côté, Lino Ventura achève le tournage de *L'Emmerdeur*

1. Texte envoyé aux autrices, 19 décembre 2023.

avec Jacques Brel pour Édouard Molinaro. Guy Bedos et Sophie Daumier triomphent avec *La Drague*. Les amis de Jean-Loup sont là, comme les pièces d'un échiquier.

Le 22 mai, il est en vacances du côté de Biarritz lorsqu'il découvre par hasard, à la télévision, une jeune inconnue qui donne la réplique à Bernard Blier dans *L'École des femmes*. Il n'y a pas de téléphone dans la maison d'Anglet. De la cabine la plus proche, il appelle son ami, le producteur Alain Poiré, convaincu d'avoir découvert, avec Isabelle Adjani, dix-huit ans, une future très grande actrice. Il n'a plus qu'un désir : être le premier à écrire un premier rôle pour elle au cinéma.

Découverte à quinze ans par Bernard Toublanc-Michel, qui lui a offert le rôle de Rose dans *Le Petit Bougnat*, Isabelle a rejoint l'équipe de Nina Companeez pour *Faustine et le Bel Été*, avec pour partenaires Jacques Spiesser, Francis Huster et Jacques Weber. Mais c'est le théâtre qui l'a révélée au grand public, grâce à une bouleversante interprétation du personnage d'Adela, dans le chef-d'œuvre de García Lorca, *La Maison de Bernarda Alba*, monté par Robert Hossein avec sa compagnie au Grand Théâtre de Reims. Sa partenaire, Annie Ducaux, l'a recommandée à Jean-Paul Roussillon qui cherche l'Agnès idéale qui donnera la réplique à Michel Aumont dans *L'École des femmes*, qu'il met en scène à la Comédie-Française. La première, le 7 mai 1973, a été un triomphe. Raymond Rouleau a adapté la comédie de Molière pour le petit écran et c'est un Bernard Blier époustouflant qui a repris le rôle d'Arnolphe.

Séduit, Jean-Loup me raconte s'être lancé à corps perdu dans l'écriture d'un scénario qui ferait date dans l'histoire du cinéma, *La Gifle* (1974), dont il rédige aussi les dialogues. Le film est réalisé par Claude Pinoteau, assistant de Jean Cocteau (*Orphée*, en 1950), pour Ophüls (*Lola Montès*, 1955), pour Henri Verneuil (*Un singe en hiver*, 1962). « Pinoteau est la star des assistants de cinéma, répétait Jean-Loup, le plus grand, un phénomène ! Tellement prisé, tellement performant ! Un metteur en scène en plein tournage pouvait lui demander un zèbre d'1,50 m de long, Claude revenait une heure après avec le zèbre ! »

Pinoteau a voulu Lino Ventura pour incarner Jean Douélan, cinquante ans, professeur de géographie au lycée Louis-le-Grand, dont la femme, Hélène (Annie Girardot), vit désormais en Angleterre. Son idylle avec Madeleine (Nicole Courcel) touche à sa fin. Il élève seul sa fille Isabelle (Isabelle Adjani), étudiante en médecine, qui vient d'échouer à son premier examen et veut prendre son envol pour aller vivre avec Marc (Francis Perrin). C'est finalement avec l'un de ses amis, Rémy (Jacques Spiesser), qu'elle rejoindra sa mère à Londres. La scène de l'affrontement entre le père et la fille et de la gifle assenée par Ventura à Isabelle est restée dans les mémoires. Il confie à Jean-Loup le soin de construire un personnage de professeur crédible, évoluant dans un milieu professionnel qu'il ne connaît pas.

Jean-Loup, il me l'a souvent répété, n'a jamais rien laissé au hasard. Pour composer le personnage de Jean Douélan, il est remonté aux sources, rencontrant le recteur Gautier, de l'Éducation nationale. Il lui a expliqué quel personnage il voulait mettre en scène. Ils ont passé plusieurs heures ensemble et ont établi le profil du personnage proposé à Lino. « Il n'y a pas un seul de mes héros dont on ne sache quelle est sa voiture, quels sont ses revenus, quelle marque de cigarette il fume, quel est son passé amoureux. »

En toile de fond, quelques jeunes comédiens qui feront leur chemin. Il y a là Nathalie Baye, dont c'est le troisième film, après *La Nuit américaine* de François Truffaut et *La Gueule ouverte* de Maurice Pialat. Jean-Loup aimait beaucoup Nathalie, ils ont même eu ensemble un projet qui n'a pas abouti. On entrevoit Richard Berry et André Dussolier dans ce film qualifié de « comédie passionnelle » par son réalisateur, portrait de cette toute nouvelle génération, qui se regarde aussi comme un document sociologique sur le milieu des années 1970. Le monde des adultes est dépeint avec beaucoup de justesse. On y entend la petite musique douce-amère de Jean-Loup, tendre et mélancolique, traversée d'angoisses soudaines et d'éclats de rire, une musique bien à lui, reconnaissable dès ses premiers accents.

En janvier 1974, *La Gifle* reçoit le prestigieux prix Louis-Delluc, attribué au fil des années à des œuvres cinématographiques devenues cultes (*La Belle et la Bête*, de Jean Cocteau, en 1946 ; *Ascenseur pour l'échafaud*, de Louis Malle, en 1957, *Les Parapluies de Cherbourg*, de Jacques Demy, en 1963 ; *Baisers volés*, de François Truffaut, en 1968 ; *Les Choses de la vie*, de Claude Sautet, en 1969). Jean-Loup était très fier d'avoir donné à Isabelle son vrai premier rôle au cinéma, après des personnages plus en retrait dans

Le Petit Bougnat et *Faustine et le Bel Été*. « J'ai tout de suite deviné les atouts de cette très jeune fille », me disait-il chaque fois qu'Isabelle s'illustrait dans un nouveau film. Quand j'ai rencontré Jean-Loup, Isabelle avait déjà tourné *L'Été meurtrier*, *Subway*, *Camille Claudel*, *La Reine Margot*, autant de films que j'avais vus de mon côté. Jean-Loup et moi avons partagé à deux reprises notre émotion de la voir sur les planches, au Théâtre Marigny, en 2000, pour *La Dame aux camélias*, et en 2006 pour *La Dernière Nuit de Marie Stuart*.

Après avoir vu *L'École des femmes* et *La Gifle*, François Truffaut écrit à Isabelle : « Vous êtes une actrice fabuleuse et, à l'exception de Jeanne Moreau, je n'ai jamais senti un désir aussi impérieux de fixer un visage sur la pellicule. » Dans la foulée, il lui offre le rôle d'Adèle Hugo dans *L'Histoire d'Adèle H.* Elle hésite : si elle accepte, elle devra rompre son contrat avec la Comédie-Française et avec Pierre Dux, qui lui a ouvert les portes de la maison de Molière. Or, elle vient de confirmer son talent et son aura, dans son interprétation d'*Ondine* de Giraudoux, en mars 1974, affiche qu'elle partage avec Jean-Luc Boutté, Geneviève Casile, François Chaumette, Francis Huster et Claude Winter. Jean-Loup, en découvrant Isabelle-Ondine, sut qu'il ne s'était pas trompé.

Adjani finit par accepter le projet de François Truffaut, une décision qui se révèlera gagnante : elle sera nommée à la première cérémonie des Césars, le 3 avril 1976, au Palais des Congrès, face à Delphine Seyrig (*India Song*), Catherine Deneuve (*Le Sauvage*, scénario de Jean-Loup Dabadie) et Romy Schneider, qui l'emporte pour son interprétation de Nadine Chevalier dans *L'important c'est d'aimer*, de Zulawski. Elle est aussi nommée aux Oscars et, même si la statuette va à Louise Fletcher pour son interprétation de l'infirmière en chef Mildred Ratched dans *Vol au-dessus d'un nid de coucou*, la critique américaine lui promet un avenir de légende et n'hésite pas à la comparer à Marlène Dietrich, Ingrid Bergman ou encore Greta Garbo.

Dans les années qui suivent, Jean-Loup, qui suit la carrière d'Isabelle avec passion, écrit à deux reprises un rôle pour elle, dans *Violette et François* (de Jacques Rouffio, en 1977), avec Jacques Dutronc, Serge Reggiani et Lea Massari, et *Clara et les Chics Types* (de Jacques Monnet, en 1981). Les deux scénarios sont dans la bibliothèque de La Varangue, parmi les textes reliés par Netty.

Avec son premier film, *L'Horizon*, en 1967, Rouffio, assistant de Jean Delannoy, Georges Franju et Jean-Pierre Mocky, avait signé une œuvre dont la qualité ne serait reconnue que bien des années après sa sortie. Il y narrait l'histoire d'une jeunesse perdue à travers les émois amoureux qui lient Antonin (Jacques Perrin), jeune combattant de vingt ans, blessé sur le front, Élisa (Macha Méril), veuve de son cousin, une femme libérée, en avance sur son temps, et qui tente en vain de le pousser à la désertion. Jean-Loup avait beaucoup aimé ce film et attendait l'occasion de travailler avec Rouffio. Dix ans plus tard le réalisateur tourne *Sept Morts sur ordonnance*, écrit avec le même scénariste, Georges Conchon, et où figure une pléiade d'acteurs éblouissants : Vanel, Piccoli, Depardieu, Jane Birkin, Michel Auclair et Marina Vlady. La réussite spectaculaire de ce drame né d'un fait divers sanglant qui opposa deux chirurgiens de renom dans une ville de province lui permet alors de tourner, d'octobre 1976 à janvier 1977, *Violette et François*, œuvre au ton bien différent, qui réunit Isabelle Adjani et Jacques Dutronc.

Dans le Paris des années 1970, Violette a rompu avec sa famille bourgeoise pour vivre avec François, un doux rêveur marginal que les difficultés quotidiennes ne semblent pas atteindre. Pour nourrir le bébé né de leur amour, elle s'est mise à voler dans les supermarchés et se prend au jeu. Jean-Loup, avec la délicatesse qu'on lui connaît, esquisse le portrait d'infantiles rebelles que leur naïveté confondante parvient à rendre sympathiques, des jeunes gens perdus en butte au monde d'adultes qui se bornent à les juger, faute de vouloir leur venir en aide. Sans doute y est-il pour quelque chose si l'on retrouve à l'affiche Lea Massari (Catherine dans *Les Choses de la vie*) et Serge Reggiani, lui qui se plaît à écrire pour des comédiens qu'il connaît et qu'il aime, trouvant toujours pour eux l'inflexion juste, le mot qui fera mouche.

Le film est une charmante chronique de la vie de bohème, sur fond musical de Philippe Sarde, où l'on croise aussi Françoise Arnoul et Catherine Lachens. *Violette et François* reste une des innombrables jolies réussites que le public ne boude pas et qui marque la fin des années 1970.

Un petit peu du cœur de Jean-Loup est resté jusqu'au dernier instant au fond des yeux de la belle Isabelle.

Pour l'écriture de *Clara et les Chics Types*, premier film de Jacques Monnet, Jean-Loup est de retour dans l'Isère et le XVIe arrondissement de Paris, hauts lieux de sa jeunesse. Clara, c'est une Isabelle d'un autre genre, une jeune mariée qui s'enfuit de l'église Saint-François-de-Sales d'Annecy, où l'on célèbre son mariage avec un riche promoteur immobilier. Ce qu'elle veut, c'est rester libre, vivre l'instant présent. Les Chics Types, ce sont six musiciens : Mickey (Daniel Auteuil), Bertrand (Thierry Lhermitte), Frédéric (Christophe Bourseiller), Charles (Christian Clavier), Louise (Josiane Balasko) et Aimée (Marianne Sergent), qui se produisent sous le nom de Why Notes. Bertrand, le chanteur du groupe, flanqué d'une épouse allemande austère et d'enfants qu'il voit à peine, tombe sous le charme de la fugueuse, qui lui en fera voir de toutes les couleurs.

La musique et les chansons du film sont signées Michel Jonasz. Fidèle à sa petite musique, Jean-Loup a composé une chronique de mœurs douce-amère, tendre et mélancolique, construite autour de l'une de ses égéries, la belle Isabelle. Les autres rôles sont tenus par des comédiens soigneusement choisis, Anouk Ferjac, Roland Giraud, Monique Chaumette, et le metteur en scène Jacques Rosny, qui apparaît sous les traits de Michel, le promoteur immobilier abandonné sur les marches de l'église. « Autour d'Isabelle, il n'y avait que de jeunes acteurs, tellement inconnus qu'une charmante consœur de la télévision avait refusé de les recevoir sur le plateau. Tous de grands acteurs que l'on s'arrache aujourd'hui[1]. »

Jean-Loup était déjà venu sur le plateau du « Grand Échiquier », le 12 décembre 1973, et il n'avait d'yeux ce soir-là que pour Joan Baez, venue exposer son combat avec Amnesty International pour l'abolition de la torture. À la demande de Jacques Chancel, il avait chanté pour la première fois « Le Vieux Couple ». Le 20 décembre 1983, c'est à lui qu'est consacré « Le Grand Échiquier ».

« Jacques Chancel avait un charme de travail qui fait son charme de vie, me racontait Jean-Loup. C'est la première personne que je connaisse qui, portant sur son dos une telle maison (télévision, radio, littérature), garde ce que j'appelle "une sérénité amusée", ça me rassure. »

Ce soir-là, il parle de tout ce qui le passionne, de celles et ceux qui le font vibrer, de sa passion pour le football. Il demande à revoir une de ses idoles, Robert Hirsch, dans *Les Adieux de la comédienne du Théâtre-Français*, il chante en basque avec les enfants de la maîtrise de la Sainte-Chapelle. Montand offre une version *a cappella* de « L'Addition », et chante, accompagné au piano par Bob Castelli, « Les Mirettes », « Roses de Picardie » et « Que reste-t-il de nos amours ? ». Julien Clerc, depuis sa tournée, chante pour lui en duplex « Douce France », la chanson avec laquelle il a appris à lire. Irrésistible, Jacques Villeret offre à la caméra *Sport à la maison*, ce sketch de folie

1. *Quotidien Pluriel*, 3 janvier 1987.

où une scène de ménage est débitée à cent à l'heure comme un reportage sportif. Au fil de la soirée, Jean-Loup retrouve Guy Bedos, qui dit *Si j'étais une femme*, *Le Fils à papa* et *Berceuse*, horrible histoire pour endormir les enfants !

Marie Dabadie a filmé une partie de campagne au moulin de la Guéville, chez Yves Robert et Danièle Delorme, et le plateau du « Grand Échiquier » ressemble soudain au cadre des plus belles scènes des films de Sautet. Le réalisateur est là, qui parle de sa passion pour Bach et de son enfance timide, sauvée par son amour de la musique. Daniel Wayenberg interprète au piano le finale du *Concerto en* fa *majeur* de Gershwin et transforme en symphonie quelques-unes des plus belles chansons de Jean-Loup.

Jean-Loup est fou de musique classique et Chancel le sait bien, qui lui offre quelques moments inoubliables. Le grand orchestre des Concerts Lamoureux, qui fête son centenaire, joue pour lui le finale de l'ouverture d'*Egmont* de Beethoven, la *Suite n° 3 en* ré *majeur* de Bach, le finale de la *Symphonie n° 3 en* ré *mineur* de Gustav Mahler et le finale de la *Symphonie Haffner* de Mozart. Le même orchestre accompagne, émotion ultime, le piano de François-René Duchâble dans la fin du *Concerto pour la main gauche* de Ravel. Netty et la mère du virtuose étaient amies, Jean-Loup m'a raconté l'admiration que chacune d'elles éprouvait pour « son trésor de fils » !

Mais le clou de la soirée reste une scène de *L'École des femmes* que Jean-Loup et Isabelle improvisent. Pour un soir, Jean-Loup est devenu Arnolphe, et Isabelle Adjani fait revivre la petite Agnès d'autrefois.

Ni l'un ni l'autre n'ont souhaité répéter, afin de laisser libre cours à une spontanéité que vient perturber, dans un éclat de rire, l'inénarrable Guy Bedos, au zénith de sa forme. Leur dialogue sonne comme l'un des moments les plus gais et les plus chaleureux de cette belle soirée de décembre.

LINO ET PINOTEAU, DU *SILENCIEUX* À *LA SEPTIÈME CIBLE*

Lino Ventura est resté jusqu'à son dernier jour un des amis les plus proches de Jean-Loup. Il s'appelait Angiolino Giuseppe Pasquale Ventura et il était né à Parme, le 14 juillet 1919. Il se revoyait à six ans, marchant à travers la ville jusqu'à Maronello, le fief des automobiles Ferrari, où il rêvait devant ces bolides au rouge rutilant, puis à huit ans, petit immigré perdu dans la grisaille d'un quartier populaire de la banlieue parisienne, avec sa mère pour seul port d'attache. Faute de présence paternelle, il en idéalise l'image sous les traits de Spencer Tracy, dont il découvre les films à l'Apollo ou aux Ursulines. « Je suis un enfant de la rue », disait-il sans la moindre amertume. Avant sa rencontre avec Jacques Becker, il avait d'abord été groom, vendeur de journaux et champion de lutte gréco-romaine.

Sur le tournage de *L'aventure c'est l'aventure* (1972), Pinoteau, assistant de Lelouch, s'est lié d'amitié avec Ventura, qui l'impose à la Gaumont pour son premier film, *Le Silencieux* (1973)[1].

1. Adaptation du thriller de Francis Ryck, *Drôle de pistolet*, Gallimard, coll. « Série noire », 1969.

Dans l'automne doré des Alpes-de-Haute-Provence, Claude Pinoteau tourne les extérieurs de cette première œuvre aux accents hitchcockiens dont il a co-écrit le scénario avec Jean-Loup. Pour tout le monde, le physicien français Clément Tibère (Lino Ventura) est mort en 1954. Sa femme s'est remariée, ignorant qu'il a été enlevé par des espions russes et contraint de travailler pour eux. Vingt ans plus tard, kidnappé par le contre-espionnage anglais, il est de nouveau manipulé et doit révéler l'identité de deux agents russes. Libéré, il fuit la vengeance des Soviétiques, qui vont le traquer méticuleusement, jusque dans les montagnes de France. Ce rôle d'homme traqué convient à merveille à Ventura et Pinoteau s'appuie sur le savoir-faire de Jean-Loup, qui partage avec lui l'essentiel : au-delà du film d'espionnage, l'un et l'autre s'intéressent davantage à peindre la solitude, thème qui leur est cher, même s'ils veulent aussi un film attractif et spectaculaire. Deux figures féminines, Lea Massari et Suzanne Flon, illuminent ce film qui emporte l'adhésion générale à sa sortie sur les écrans, le 21 février 1973.

Pinoteau, Lino et Jean-Loup se retrouvent onze ans plus tard pour *La Septième Cible*.

Entre-temps, il y a eu la réussite inégalée de *La Gifle*, le triomphe de *La Boum* (1980) et *La Boum 2* (1982), et le sacre de Sophie Marceau, dont Jean-Loup me disait que son attitude à l'égard de Claude Pinoteau aura été loin de celle à laquelle il s'attendait.

Jean-Loup aimait beaucoup *La Septième Cible*, qu'il considérait comme une vraie réussite. Ventura y incarne Bastien Grimaldi, ancien grand reporter devenu écrivain, agressé après un rendez-vous avec Catherine (Béatrice Agenin), sa maîtresse, une employée de sa maison d'édition. Il garde le silence en raison de son divorce imminent d'avec Nelly (Lea Massari). Les menaces se multiplient sans qu'il en comprenne l'origine. Lorsque sa voiture explose, devant l'indifférence polie des policiers, il décide de mener lui-même l'enquête. Il apprend de l'un de ses vieux amis, Michelis (Jean Poiret), qu'un compositeur autrichien a été victime de trois attentats identiques en Écosse où il séjournait. Sur l'article qui relate les faits, il reconnaît un voyageur dont l'attitude à Roissy lui avait paru suspecte. C'est le début d'une course-poursuite qui aboutira à la mort de Sylvain Haguer, un escroc d'envergure internationale. Le visage d'une très jeune femme vient adoucir cet univers sans pitié : la fille adoptive de Grimaldi, Laura (Elizabeth Bourgine), violoniste, est la maîtresse de l'escroc dont elle est tombée amoureuse sans percevoir sa vraie personnalité.

Pinoteau a élaboré le scénario avec Jean-Loup, à qui il a confié les dialogues. Vladimir Cosma en signe la musique avec, au générique de fin, un concerto dirigé par Ivry Gitlis. Elizabeth Bourgine remplace Sophie Marceau, sollicitée par Gaumont qui souhaite reconstituer l'équipe de *La Boum*. Après avoir donné son accord, l'actrice de *La Boum* a fait faux bond à celui qui l'a révélée au grand public, pour rejoindre l'équipe d'Andrzej Zulawski sur *L'Amour braque*, aventure qu'elle partagera avec Francis Huster et Tchéky Karyo. Le rôle de la fille adoptive de Lino vaudra à Elizabeth une nomination pour le César de la Meilleure Actrice dans un second rôle. Elle obtiendra en 1985 le prix Romy-Schneider, qui récompense le meilleur espoir du cinéma français.

Du tournage de *La Septième Cible*, Elizabeth garde un joli souvenir. Elle y côtoie Ventura, et Jean-Loup dont elle se souvient de l'extrême attention qu'il lui porta. Quand Jean-Loup est parti, elle m'a envoyé une photo, accompagnée de ces quelques mots : « Je retrouve une photo de moi avec Jean-Loup, prise le 6 décembre 2011. C'était lors de l'avant-première du film *Hugo Cabret* de Martin Scorsese. La projection du film avait lieu à l'UGC Normandie et la soirée et début de nuit au Petit Palais, ensuite, avec toute l'équipe du film. Une merveille de film sur le cinéma, sur la transmission du cinéma de père en fille, comme me l'avait confié Scorsese et, pour moi, de père en fille également, grâce à mon père. Ce jour était un jour anniversaire bouleversant pour moi, les trente ans du décès de mon père, jour pour jour. Mon père, homme passionné de cinéma, sa caméra toujours en bandoulière et me filmant depuis ma naissance. Martin Scorsese, dédiant ce film d'amour du cinéma à sa fille.

« Et j'ai eu un quart d'heure magique d'échange, les yeux dans les yeux, nos mains et bras serrés, en parlant sans s'arrêter, Martin Scorsese et moi, sous l'œil bienveillant de Jean-Loup Dabadie.

« Ce film qui parle de cinéma, de la famille, de la vie, d'amour, et au-delà de la mort, de la transmission de l'amour, et de l'amour du cinéma. Elizabeth[1]. »

---

1. Texte envoyé aux autrices, 15 juin 2023.

Bastien Grimaldi sera le dernier rôle de Lino Ventura.

De simples anecdotes en disent long sur le caractère de Lino Ventura. Jean-Loup raconte cette soirée où le téléphone sonna dans la grande maison de l'acteur, à Saint-Cloud, alors que les pâtes *al dente* venaient d'être servies. C'est l'attaché de presse, qui appelle du Fouquet's. Contre toute attente, le prix Louis-Delluc vient d'être attribué à *La Gifle*. « Pinoteau est déjà debout et rajuste sa cravate. Les femmes nous félicitent. Lino reste assis. Statue de marbre représentant un homme assis devant ses pâtes [...]. Il est resté sur place et nous sommes partis sur cette phrase historique : "Je suis content pour vous. Allez-y, moi, je vais manger chaud[1]." »

Jean-Loup sera moins heureux lors de la sortie en 1986 de *Descente aux enfers*[2], film de Francis Girod avec Claude Brasseur et Sophie Marceau.

L'univers sombre et désespéré du film est aux antipodes de la comédie romantique, et très loin de l'univers de Jean-Loup. Si le projet l'a séduit, c'est en partie parce qu'il a sympathisé avec Francis Girod, et avec la jeune actrice, lors du Festival du film policier de Cognac, où tous trois étaient jurés, et qu'ils ont souhaité travailler ensemble. Initialement située en Jamaïque en 1950, l'action est délocalisée à Port-au-Prince dans les années 1980. Jean-Loup s'envole avec

1. *Conversations avec Jean-Loup*, *op. cit.*
2. Adaptation de *The Wounded and the Slain*, roman de l'Américain David Goodis.

le jeune producteur Ariel Zeitoun pour des repérages aux Antilles, et rapporte dans ses valises les couleurs et les odeurs locales, sources de son inspiration pour l'atmosphère du film. On a rajeuni l'héroïne du roman. Elle entre dans sa vingtième année et partage un quotidien difficile avec un écrivain de cinquante ans qui sombre dans l'alcoolisme. Lors d'une sortie nocturne, Alan est agressé par un marginal local, il se défend et le tue, crime qui enclenche une spirale infernale.

Réalisateur et scénariste s'accordent pour dire que Lola, l'héroïne de Goodis, c'est elle. « Comme Romy avait eu sa chance avec *Sissi*, Sophie l'a eue avec *La Boum*, commente Francis Girod, et, comme Romy, elle veut être digne de cette chance, reçue très jeune. Mais, heureusement, Sophie n'a pas en elle cette angoisse qui a conduit Romy à l'autodestruction. Sophie possède un grand équilibre, une rigueur et une lucidité qui la dirigent vers des choix intelligents[1]. » La jeune actrice est quelque peu déstabilisée, dans un pays à peine sorti de la dictature de Duvalier : « Nous sommes restés sept semaines à Haïti. Et ce fut dur, parce que là-bas les choses sont brutales. La mort, la faim nous entouraient et généraient un malaise permanent. Mais ces gens sont si généreux, si dignes malgré leur misère, que nous en étions bouleversés. Et puis il y a le charme des tropiques. On parle plus lentement, on marche plus mollement. On est plus conscient de son corps[2]. »

---

1. *Télé 7 jours*, 8 novembre 1986.
2. *Elle*, n° 2131, 10 novembre 1986, cité par Frédéric Quinonero, *Sophie Marceau en toute liberté*, Mareuil, 2019).

Sa beauté incandescente remporte tous les suffrages. « La chrysalide est devenue papillon », écrit Monique Pantel dans *France-Soir*. Envoyé au café de Flore à la rencontre de l'artiste, François Cérésa la trouve craquante et applaudit à sa performance : « Sophie Marceau, femme dure, femme douce, atteint la perfection. Après une demi-heure de flash-back un peu fastidieux, elle éclate. Tout le film bascule et repose alors sur ses épaules[1]. » *Le Figaro Madame* résume l'impression générale d'une critique scindée en deux : « On reproche souvent à Francis Girod son travail bien fait, trop propre, parce qu'il n'est pas de ceux qui sortent leurs entrailles devant une caméra. C'est juste, mais lorsqu'il arrive comme ici à l'obtenir de ses acteurs dans un pays qui vit lui-même dans un état de bouleversement permanent, son style académique s'encanaille et se double d'émotions fortes. »

« À douze jours près, la sortie en salle de *Descente aux enfers*, qui n'attire que deux cent cinquante mille spectateurs en région parisienne au terme de six semaines d'exclusivité, coïncide avec les vingt ans de Sophie Marceau. L'âge de la maturité encore teintée de fraîcheur et de légèreté. Une période unique où la beauté des actrices attise plus que jamais le désir des metteurs en scène[2]. »

La critique n'est pas tendre, le public n'adhère pas à cette nouvelle image de la petite fiancée de *La Boum*, sans doute en raison d'une erreur de casting : le

1. *Le Figaro Madame*, 31 octobre 1986.
2. Frédéric Quinonero, *Sophie Marceau. En toute liberté*, Mareuil éditions, 2019.

souvenir de ce film est trop récent dans l'esprit du public, qui confond réalité et fiction, voyant d'un mauvais œil le couple « incestueux » que forment ici Claude Brasseur et Sophie Marceau.

Jean-Loup et Claude se retrouveront à la fin des années 1990 pour coécrire l'adaptation du best-seller de Régine Desforges *La Bicyclette bleue*, histoire d'une famille française du Bordelais que la déclaration de guerre jette dans le chaos. La romancière tenait à évoquer cette période de l'Histoire, elle qui a vécu la guerre à hauteur d'enfant. Quand elle avait huit ans, à Limoges, la guerre était très présente, même si ses parents ne lui expliquaient rien. Elle lisait déjà les journaux. Des photographies de femmes tondues, elle en avait vu à la Libération. Elle retrouve en écrivant ses peurs et ses révoltes d'enfant, qu'elle convoque dans son roman.

Le film aurait dû être tourné pour le cinéma quinze ans auparavant. Pour le rôle de Léa Delmas, dix-huit ans, jeune amoureuse rebelle qui s'engage dans la Résistance, on a songé à Isabelle Adjani, puis à Sophie Marceau. C'est finalement Laetitia Casta, une jeune mannequin dont c'est le premier rôle, qui porte la série sur ses épaules. La rencontre entre Jean-Loup et Régine Desforges n'aura pas lieu. Ils passeront soigneusement l'un à côté de l'autre. Question de caractère sans doute, ou plutôt indifférence de la romancière à l'égard du travail de Jean-Loup.

Bien plus exaltante est la rencontre avec Raphaël Mezrahi pour *Gérald K. Gérald*, téléfilm d'Élisabeth

Rappeneau, dont Jean-Loup a écrit le scénario et les dialogues. Le héros, un commissaire de police peu doué, incarné par François Morel, arrête par un heureux hasard Moreno, un criminel particulièrement dangereux. Son assistant, le lieutenant Rézouss, est Raphaël Mezrahi, connu du grand public pour avoir piégé, sous le pseudonyme de « Hughes Delatte », nombre de célébrités avec des questions balbutiantes et hors de propos – 136 « victimes », certaines amusées par ce procédé hilarant digne de Pierre Desproges, d'autres agacées, voire presque violentes avec celui qu'elles prennent pour un jeune journaliste niais et dénué de talent.

La finesse de Mezrahi ne pouvait que séduire Jean-Loup. Ils s'aimaient infiniment. À l'automne 2023, Raphaël abolit l'espace et le temps avec une missive confiée à quelque pigeon voyageur :

> « Coucou Jean-Loup, j'espère que tu vas bien, tu étais un auteur de génie ! Tu nous faisais passer des rires aux larmes ! Tu choisissais très bien tes interprètes. Tu adorais te promener pas loin de l'avenue Montaigne, à Paris VIIIe arrondissement ! Quand tu étais invité à la télé, c'était toujours un bonheur de te regarder et de t'écouter car tu n'étais pas le dernier pour la rigolade ! Un jour…
>
> « Oups ! Désolé Jean-Loup, je reprends la main, je suis le vrai Raphaël Mezrahi, le problème c'est qu'à cause de cette technologie qui envahit notre quotidien, tout est n'importe quoi ! Je venais de recevoir un message de Véronique (ta femme) que j'ai dû écouter trop fort, et le logiciel d'intelligence

artificielle s'est mis en marche et a commencé à parler de toi ! C'est un enfer, c'est de pis en pis ! Qu'est-ce qu'un logiciel peut savoir de nos vies à part ce qui n'a aucun intérêt ? On se regardait et on savait ! C'était tellement que du bonheur. Je crois que je n'ai que des jolis souvenirs avec toi ! Je me souviens d'un jour… nous étions invités par Laurent Gerra et le président Thierry Frémeaux au Festival Lumière de Lyon, et nous avions pris la pose pour une photo invisible avec Guy Bedos, uniquement pour nous et pour ce temps suspendu ! Personne ne nous photographiait mais on faisait comme si ! Et on reprenait notre conversation comme si de rien n'était ! La simplicité, le détail et l'élégance… c'était toi ! Au fait ! T'avais combien de foulards ? C'est une question que j'ai toujours voulu te poser ! Oui… t'aimais bien que je te pose des questions, surtout insolubles, du genre "Si l'homme n'avait pas d'oreilles est-ce qu'il porterait des lunettes ? Et s'il n'avait pas de nez…" n'en parlons pas ! On pouvait rire des heures avec rien !

« Bref… tellement de souvenirs ! On s'aimait, simplement ! Tu me disais : "Toi, t'es Columbo ! Je vais t'écrire une série !" Et c'est ce que tu as fait, *Bill Smoke*, pas l'histoire d'un inspecteur mais celle d'un détective privé ! Et… tu es parti. Cette série ne verra jamais le jour. L'expression la plus indigeste et insupportable de la langue française, "Nul n'est irremplaçable", n'importe quoi ! Tout me manque chez toi. Tu pouvais passer dans tes textes du désespoir à la franche rigolade ou des rires aux larmes, comme le disait plus haut "l'écrivain artificiel". Ton

Les parents de Jean-Loup, Maddalena, dite « Netty », et Marcel, en 1937.

Jean-Loup dans les bras de sa mère, à La Tronche, en 1939.

Jean-Loup à 8 ans.

Au lycée Janson de Sailly, à Paris, en 1951. Jean-Loup est le premier à gauche, au 3e rang.

Guy Bedos et Jean-Loup : une amitié indéfectible, née au début des années 1960.

Jean Poiret, Michel Piccoli, Serge Reggiani, Guy Bedos, Michel Serrault, Michel Polnareff, réunis pour l'anniversaire de Jean-Loup en 1970. (ph.© Studio Lipnitzki / Roger-Viollet)

Jean-Loup, Yves Robert, son épouse Danièle Delorme, Anny Duperey et Jean Rochefort : des amis inséparables.

« On avait tous rendez-vous au parc de Saint-Cloud, où Lino avait sa maison. J'avais joué la veille au Français, j'étais très fatiguée mais mon coeur battait la chamade au cours de cette séance photo réalisée pour annoncer le tournage », se souvient Isabelle Adjani. Claude Pinoteau, Jacques Spiesser, Annie Girardot, Lino Ventura, Isabelle Adjani, Francis Perrin et Jean-Loup Dabadie : l'équipe du film *La Gifle* de Claude Pinoteau, en 1974.

« *Le Sauvage*, un scénario formidable dialogué par Jean-Loup, brillant et drôle », écrira plus tard Catherine Deneuve (ici avec Montand et Dabadie pour la sortie du film, en 1975).
(ph. Picot / Gamma-Rapho via Getty Images)

Avec Romy, lors de la sortie du film de Claude Sautet, *Les Choses de la vie*.

Avec Claude Sautet et Yves Montand, lors du tournage de *Vincent, François, Paul et les autres*, en 1974.

En 1984, avec Claude Pinoteau et Lino Ventura sur le tournage du film *La Septième Cible*.

En répétition avec Pierre Dux et Jane Birkin pour la création de *Quelque part dans cette vie*, en 1990, au théâtre des Bouffes Parisiens.

Jacques Dufilho
et Sonia Vollereaux reprennent
la pièce au théâtre Marigny,
en 1994.

Ludmila Mikaël
et Christophe Malavoy
dans *Deux sur la balançoire*,
en 1998, au théâtre
Montparnasse.

Avec Annie Girardot, inoubliable interprète de *Madame Marguerite*.

Julien Clerc remet à Jean-Loup, son grand ami et parolier, une Victoire d'honneur, le 28 février 2009.
(Stephane Cardinale / Corbis via Getty Images)

Avec Muriel Robin, venue voir *Bedos fait son cirque*, en novembre 2006.

« Jean-Marc Roberts et moi, quand nous avions 15 ans, on le pistait de l'avenue Montaigne jusqu'aux Champs-Elysées… », se souvient Didier Barbelivien.

Le 5 octobre 2006, Sylvie Vartan est fait officier de l'Ordre national du Mérite. Jean-Loup est toujours là pour elle.

Jean-Loup fête l'anniversaire de Jean-Paul Belmondo avec le Père Claude dans son restaurant, avenue de la Motte-Picquet.

Avec le réalisateur Jean Becker, sur l'île de Ré.

« Le Bois de Trousse-chemise », peinture d' Olivier Suire-Verley.

Avec son épouse, Véronique.

Mariage de Jean-Loup et Véronique, le 19 décembre 1997, à l'église Notre-Dame de Passy.

Jean-Loup dans son costume d'académicien. (aquarelle d'Ariane Grimpel).

Aquarelle de Véronique, cadeau d'anniversaire à Jean-Loup.

Jean-Loup à son bureau de l'île de Ré.

Sauf mention contraire, les photos proviennent de la collection particulière de Véronique Dabadie.

regard décodait tout instantanément. Bref… merci d'avoir sublimé et immortalisé tous ces artistes du septième art et de la chanson avec tes mots et… Guy Bedos ! Tu me disais souvent : "Il faut soigner sa chute…" Ben tu vois… j'en ai pas ! Je vais laisser des… de suspension en te disant "À bientôt[1] !". »

Raphaël

1. Lettre adressée aux autrices, 30 avril 2023.

Du désert tunisien à la mer des Caraïbes

Jean-Loup avait beaucoup aimé le premier film populaire de Philippe de Broca, *Cartouche*, qui lança sa carrière cinématographique en 1961. *Le Roi de cœur*, *Le Diable par la queue*, *Les Caprices de Marie*, scénarisés par Daniel Boulanger, l'avaient également séduit. Il n'a pas hésité un instant lorsque le réalisateur lui propose d'adapter le roman de Robert Beylen, *La Route au soleil* (1970), plébiscité par *Le Monde* : « Il faut saluer comme une rare et heureuse surprise ce livre. Certes, on retrouve là les lois du suspense dans ce qu'elles ont de plus classique, et la course éperdue des trois héros que l'on poursuit ne manquera pas de faire penser à quelques grandes réussites du genre au cinéma. Mais l'intérêt majeur du récit est ailleurs : dans cette rencontre, voulue par les nécessités étranges de la guerre, des trois fugitifs liés par une solidarité de circonstance, car tout les destinait à ne rien partager[1]. »

Jean-Loup aime les films d'aventures et il va beaucoup s'amuser, heureux de retrouver son ami Michel Piccoli, dans le rôle de Valentin, paisible horticulteur

1. *Le Monde*, 4 avril 1970.

qui s'exile dès 1942 en Afrique du Nord, où il devient trafiquant d'armes.

Une nuit, au large de la Lybie, il sauve Basil (Michael York), jeune officier anglais, dessinateur dans le civil, dont l'avion a été abattu. De retour sur la côte, traqués par l'armée italienne, les deux fugitifs sont sauvés par Lorène (Marlène Jobert), l'épouse du consul de Suisse. Tous deux vont tomber amoureux de cette jeune femme qui s'ennuie à périr et prend la fuite avec eux pour de mémorables aventures.

Michel Piccoli, qui a achevé *Max et les Ferrailleurs*, en une de ces volte-face dont il a le secret, passe avec jubilation d'un univers à l'autre. Michael York a débuté sous la direction de Zeffirelli dans *La Mégère apprivoisée* (1967) et *Roméo et Juliette* (1968), où son interprétation de Tybalt a été très remarquée. Marlène Jobert vient de tourner *Les Mariés de l'an II* de Jean-Paul Rappeneau aux côtés de Belmondo et de Sami Frey. Tous trois s'amusent comme des fous aux répliques d'un tempo d'enfer, écrites par un Jean-Loup que séduit cette incursion dans un univers inédit pour lui.

« De Broca et son scénariste Jean-Loup Dabadie se moquent tendrement des clichés de l'héroïsme et des travers de chaque nationalité. Michel Piccoli, très à l'aise dans le registre de la comédie d'aventure, passe des charentaises au chapeau melon et du système D à la mitraillette lourde, sans cesser de râler. L'œil, tout de même, de plus en plus attendri sur ses deux compagnons de jeep : Michael York, flegmatique et fleur bleue, et Marlène Jobert, adorable renarde du désert, très nue sous sa veste militaire. Entre Valentin,

Lorène et Basil, c'est à l'amitié, à la mort... Un peu à l'amour, aussi, le temps de quelques jours, quelques dunes, d'une gauloise fumée à trois sous la mitraille[1]. »

Mickael Lanoye s'enthousiasme : « La représentation de la guerre 1939-45, et en particulier des soldats italiens, tient de la farce la plus échevelée. Le passage prenant place dans le fort militaire tenu par trois soldats pour le moins désinvoltes s'impose ainsi comme l'un des grands moments du film, hilarant, irrésistible, maniant l'absurde avec le plus grand talent. La mécanique du trio composé de deux hommes et une femme fonctionne parfaitement bien, passant de l'humour à la romance – forcément contrariée – et portée par les prestations de trois acteurs en état de grâce[2]. »

Lors de leur collaboration au scénario de *La Poudre d'escampette*, Jean-Loup Dabadie a fait lire au réalisateur « L'Éphèbe de Subiaco », une des quatre nouvelles du recueil *Le Thé sous les cyprès* de Jean-Louis Curtis (1969). Dans le récit, l'héroïne, Marthe, enseigne l'allemand à Rome quand elle rencontre Luigi, un jeune garçon fermier qui rêve d'avoir une voiture. Marthe lui offre une Fiat 500 et ils prennent la route pour Subiaco. C'est à Jean-Loup que de Broca confie la responsabilité d'adapter un texte auquel il ne pourrait sans doute éviter d'ajouter une touche de légèreté, sa marque de fabrique. Marthe devient Louise, une institutrice, et Luigi un jeune homme

1. *Idem.*
2. Mickaël Lanoye, sur critique-film.fr, septembre 1971.

sans le sou qu'elle va héberger avant de l'aimer. Si Jean-Loup prend des distances avec le texte de Jean-Louis Curtis, il en respecte le climat. Il faudra sept mois au réalisateur pour trouver le comédien idéal pour incarner Luigi. Après l'avoir cherché en Italie, en Espagne, en Angleterre, c'est finalement un jeune comédien roumain, Julian Negulesco, qui est choisi au terme d'une audition passée dans la bibliothèque de Jeanne Moreau. « Nous avons enfin retenu hier matin, après des dizaines d'auditions, le partenaire de Jeanne. Ce sera Julian Negulesco, que le public a découvert dans *Bof.* Luigi dans le film et dans la nouvelle est un émigré sans travail comme un chien perdu[1]. »

Le premier tour de manivelle est donné fin septembre, sur les bords du lac d'Annecy. Louise, la quarantaine, qui vient de perdre sa mère, y mène une vie morose, entre les cours de dessin qu'elle dispense et une solitude qu'elle n'essaie même pas d'atténuer. Le hasard place sur sa route un jeune immigré italien de vingt ans, fougueux et désinvolte, Luigi. La mélancolie et la désillusion vont tisser leur toile quand une tendre idylle les unit. Louise a brûlé les photos d'un mariage voué à l'échec et a fait le deuil de son passé. Lucide, elle n'attend de l'existence que des instants volés. Luigi, homme-enfant, frivole et volage, vit au gré du vent, dans un espace-temps qui n'est pas celui de sa compagne. L'un et l'autre le savent, un jour Luigi s'en ira, il en est ainsi de ces amours incestueuses que chantait Barbara et qui, un temps, vous font la peau si douce.

---

1. *Le Figaro*, 17 septembre 1971.

Pour Jean-Loup, c'est la réalisation d'un vieux rêve : il avait écrit ce rôle pour Jeanne Moreau sans oser le lui dire. Plus dure sera la chute.

Chère Louise est sélectionné pour le Festival de Cannes 1972. Dans le jury, présidé par Joseph Losey, on trouve Bibi Andersson, Alain Tanner, Milos Forman, le compositeur Georges Auric et le romancier américain Erskine Caldwell. Vingt-cinq films sont en compétition. Pas de Palme d'or, puisqu'elle n'est pas décernée de 1962 à 1974, remplacée par le Grand Prix international du Festival, remporté à l'unanimité, *ex aequo*, par deux films italiens, *L'Affaire Mattei* de Francesco Rosi et *La classe ouvrière va au paradis* d'Elio Petri. C'est la consécration d'une génération de cinéastes militants. Susannah York reçoit le Prix d'interprétation féminine pour *Images* de Robert Altman. Jean Yanne se distingue en refusant le Prix d'interprétation masculine qui lui est attribué pour *Nous ne vieillirons pas ensemble* de Maurice Pialat.

Chère Louise devait marquer le grand retour de Jeanne Moreau, à qui on n'avait confié aucun premier rôle depuis *La mariée était en noir* de François Truffaut, en 1968. Fraîchement accueillie en séance de presse, l'œuvre fut qualifiée de mièvre.

Philippe de Broca dira à l'issue du palmarès qu'il est étrange que son film ait fait un triomphe à la soirée en smoking, qu'il ait été plus applaudi que le *Fellini Roma* présenté la veille hors compétition. Que de ce fait, optimiste, il avait invité des amis à boire un verre, avant de découvrir le lendemain que la presse l'avait éreinté. En toute logique, les journalistes ne retrouvent pas, dans cette chronique en demi-teinte d'un amour condamné par la société, le climat des films qui ont fait le succès du réalisateur, *L'Homme de Rio*, *Les Tribulations d'un Chinois en Chine* ou encore *Cartouche.* Ce changement de registre désarçonne la critique cannoise et le public boude ce joli film. Mais la présence au générique de Jeanne Moreau console Jean-Loup. Pour lui, le personnage de Louise, qui vit son amour en plein jour, anticipe celui de la très libre Marie, incarnée par Romy Schneider dans *Une histoire simple.* Et il se souvient avec émotion de sa première rencontre avec Jeanne il y a longtemps déjà.

Le film, restauré par TF1 Studio et la Warner, est présenté dans la section Cannes Classics en 2021. On aime désormais beaucoup ce film singulier, intimiste et grave, tellement à part dans l'œuvre du cinéaste. Ni Philippe de Broca, ni Jeanne Moreau, ni Jean-Loup ne sont plus là, mais Julian Negulesco, convié à la projection de ce film qui a marqué le début de sa carrière, murmure : « J'ai le cœur serré. Il ne reste de ce film que le premier assistant, Denis Amar, le directeur de la photo, et moi. Dans mon pays, j'avais vu *Cartouche.* Étudiant à Bucarest, j'avais été ébloui par Jeanne dans le sublime film d'Orson Welles, *Falstaff.* Si j'avais pu deviner que je tournerais un jour avec elle sous la direction de Philippe de Broca ! Je suis très attaché à ce film pour lequel j'ai une grande tendresse. La rencontre de Jeanne est l'une des plus importantes de ma vie. Je me souviens de ces déjeuners dans sa maison de La Garde-Freinet, en attente du palmarès, de ce dîner dans son appartement de la rue du Cirque, plus tard, où j'ai fait la connaissance de Gérard Depardieu et de son épouse, Élisabeth, alors enceinte de Guillaume. C'était peu après *Nathalie Granger*, que Jeanne et Gérard avaient tourné pour Marguerite Duras.

« Sur le tournage de *Chère Louise*, j'ai eu un accident de moto avec la doublure de Jeanne et le film a dû s'arrêter quelques jours. L'assureur, dépêché sur place et parce que c'était au début des prises de vues, a demandé qu'on me remplace. Jeanne a répondu que si c'était le cas, elle quittait le film. Je ne peux pas oublier ça ! Et j'ai appris sur ce tournage qu'avec une telle partenaire, jouer devient un jeu d'enfant, qu'il suffit d'écouter, de regarder et de répondre[1]. »

De *La Poudre d'escampette* de Philippe de Broca au *Sauvage* de Jean-Paul Rappeneau, il n'y a qu'un pas ou presque. Sur une charmante photo, toujours sur le bureau de La Varangue, Jean-Loup et Rappeneau sont surpris en pleine séance de travail et… d'éclats de rire ! Jean-Loup rejoint avec délices le climat d'un film d'aventures échevelé, écrit pour Montand et Deneuve. Le scénario, farfelu, séduit les deux acteurs, qui ont l'occasion d'ajouter d'autres couleurs à leur palette. Lui, c'est Martin, elle, c'est Nelly.

Martin Coutances a fui une situation aisée de créateur de parfum dans une multinationale et délaissé la gloire et l'argent pour trouver refuge sur une île perdue dans la mer des Caraïbes. Nelly a quitté un fiancé mafioso, et d'avion en bateau elle court le monde, ivre de liberté. Le hasard les met en présence dans une chambre d'hôtel de Caracas, prémices à des

1. Au cinéma Champollion, à Paris, le 20 octobre 2021.

amours tumultueuses. Un ours et une poupée, aux yeux d'une critique séduite par une mécanique de précision, où le charme et la fantaisie se conjuguent en un mouvement perpétuel.

En voyage au Brésil pour la présentation de son deuxième film, *Les Mariés de l'an II*, Jean-Paul Rappeneau a découvert, fasciné, non loin de la tentaculaire métropole de São Paulo, une île à la végétation luxuriante, comme surgie d'un tableau du Douanier Rousseau. Il parle à sa sœur d'une histoire construite autour d'un homme qui a choisi une vie de Robinson. Pour le héros, à l'origine américain, il songe à Elliott Gould, qui vient de tourner *Mash* pour Robert Altman et *Le Lien* sous la direction d'Ingmar Bergman. Mais Jean-Loup, qui travaille au scénario, et le producteur Raymond Danon veulent un acteur français. Jack Nicholson, Paul Newman, Marlon Brando, envisagés à l'origine, sont donc écartés. « Vous me voyez grimper aux arbres ? », s'est exclamé Alain Delon. Ventura, fidèle à son vœu de ne jamais jouer les amoureux, décline l'offre. Belmondo veut imposer sa nouvelle compagne, Laura Antonelli, mais Rappeneau veut absolument l'actrice de son premier film, *La Vie de château*, dont il garde un lumineux souvenir. C'est ainsi que Catherine Deneuve va échanger son look de jeune bourgeoise sophistiquée contre une image de sauvageonne sublime, cheveux mouillés, jambes bronzées, courant à perdre haleine derrière un homme solitaire qui se dérobe à ses feux.

« Si tu avais vu Jean-Paul ! me raconte Jean-Loup. Il rit, il saute sur sa chaise, il tape du plat de la main sur la table, c'est un personnage étincelant. Quel acteur !

À la lecture des scènes, il prend tous les rôles, il joue à fond dans le tempo, je vois mon écriture danser entre ses doigts ! »

Par chance, le scénario enchante Montand. Les deux stars se rencontrent le temps d'un déjeuner chez Pinoteau au comble du bonheur : « Je les mitraillais de photos. J'étais fou de joie. Le couple du *Sauvage* était né. »

Deneuve se réjouit de trouver avec Nelly un personnage dont la désinvolture cache une détresse qui lui est proche ; elle aime que les situations comiques mettent en scène des personnages désespérés. Elle défend son personnage, mettant en avant son désir de se libérer, au-delà de réactions qui pourraient être interprétées comme des caprices. De son côté, Montand confie : « Je voyais la formidable Catherine Deneuve se pomponner le soir, aller au restaurant, en boîte. Et moi pas du tout. Je n'avais pas envie de sortir de l'univers du film. Dans ce film, je la rejette. Je suis assez dur avec cette nana qui vient troubler ma tranquillité et ma solitude. Mon personnage n'a qu'une idée : se débarrasser de cette emmerdeuse jouée par Catherine. Ce n'est qu'au retour à Paris que je me suis rendu compte que mon personnage avait déteint sur moi. J'avais passé deux mois avec elle sur une île et je l'avais à peine vue. »

Et si cette rencontre ratée n'était que le fruit du sentiment de frustration de l'acteur, qui savait bien qu'il n'était pas le premier choix du réalisateur, et avait craint de n'être, le temps d'un film, que le faire-valoir de la belle Catherine ?

Quelle ne fut pas la surprise de Jean-Loup Dabadie, qui découvre Yves Montand venu présenter le film le jour de sa sortie, à la fin du journal télévisé d'Yves Mourousi, s'exclamant : « Non, *Le Sauvage*, c'est gentillet, c'est un bon petit film pour les familles. On ne va pas en faire un fromage ! »

« J'étais furieux. J'ai téléphoné à Montand. Je lui ai demandé ce qui lui avait pris. Savez-vous ce qu'il m'a répondu ? Qu'ils avaient exagéré, "au montage" ! Dommage car… c'était en direct ! »

Des années plus tard, Jean-Loup me dira : « Tu sais, finalement, je lui pardonnais tout. Je l'aimais tant quand il avait des mots d'enfant ! On les évoque et on en rit, oui, peut-être pour mieux apprivoiser son ombre. »

Au bord de la Guéville

« Yves aimait le velours dans le regard des femmes, le velours des mains qui caressent. Il débarquait à la maison avec un panier surprise rempli de légumes, des œufs de son jardin, et des cadeaux pour les enfants. Ce n'était pas un jardinier du dimanche. Il connaissait l'histoire de chaque arbre, de chaque plan… Une des dernières fois que je l'ai vu, c'était hélas au cimetière Montparnasse, à l'enterrement de Claude Sautet. Il était déjà très malade. Il marchait avec une canne. Elle pesait lourd, sa main sur mon épaule[1]. »

Lorsque Yves Robert disparaît, le 10 mai 2002, victime d'une hémorragie cérébrale, Jean-Loup reste sans voix. Je regarde couler ses larmes, impuissante devant ce chagrin d'enfant. De celui qu'il s'efforçait de croire immortel lui reviennent des images brouillées par les pleurs, une casquette de marlou, une moustache, des yeux rieurs, un pantalon de velours côtelé retenu par des bretelles, une chemise de jardinier 1900, un immense éclat de rire, un sourcil froncé pour chasser les importuns. Yves lui a raconté un soir les grandes lignes de sa vie, son enfance pauvre dans la campagne angevine, son métier de typographe exercé

1. Note de Jean-Loup retrouvée sur son bureau.

à l'adolescence, au temps du plomb, le mime qu'il devint par hasard dans Lyon libéré. Et bien sûr le bonheur à Saint-Germain-des-Prés à l'heure où il fut, entre Juliette Gréco et Les Frères Jacques, l'un des animateurs les plus poétiques du cabaret de La Rose rouge, créé par Nikos Papatakis. Jean-Loup connaît par cœur les répliques du *Grand Blond avec une chaussure noire* (1972). Il refait le chemin à l'envers et se souvient de leur première rencontre, en 1969, pour l'adaptation d'une pièce de Marcel Aymé.

À la mort de l'écrivain, le 14 octobre 1967, dans son appartement montmartrois de la rue Norvins, nombreux sont ceux qui ont tenu à lui rendre hommage. Son ami et voisin Jean Marais a conçu une statue en bronze où Dutilleul, le héros du *Passe-Muraille*, a pris les traits de son créateur, et qui semble surgir d'un mur. Yves Robert choisit d'adapter pour le cinéma la seconde pièce de l'auteur, *Clérambard*, créée en 1950 à la Comédie des Champs-Élysées dans une scénographie et des costumes de Jean-Denis Malclès. Le comte de Clérambard, châtelain ruiné qui tyrannise sa famille, avait les traits de Jacques Dumesnil. C'est Philippe Noiret qui l'incarne sur le grand écran, entouré de Dany Carrel, Claude Piéplu, Gérard Lartigau, Martine Sarcey et Roger Carel. Yves Robert a choisi Jean-Loup pour coécrire avec lui cette adaptation. Le film a bien failli ne jamais voir le jour : les producteurs faillirent renoncer au projet en raison des événements de Mai 68, quand ils apprirent que le réalisateur militait à gauche. Jean-Loup les appela dans la foulée : « Si vous sanctionnez Yves pour ce simple motif, c'est bien simple, je ne ferai pas le film ! »

Quatre ans plus tard, le 6 décembre 1973, sort sur les écrans *Salut l'artiste*, auquel ont collaboré les deux amis, devenus inséparables.

Le scénario est une ode somptueuse aux artistes de l'ombre, à ceux qui ne seront jamais en haut de l'affiche, mais auront consacré leur vie à cet art majuscule. Le rôle de Nicolas, quarante ans, qui court le cachet et perd sa vie en la gagnant, a été proposé à Yves Montand que l'idée a séduit au départ. Mais après mûre réflexion, il se désiste : il ne sera pas légitime aux yeux du public en artiste raté ! Ce manque de modestie servira le film. Marcello Mastroianni reprend au pied levé le rôle de cet acteur de second plan, tour à tour figurant, magicien ou engagé pour doubler un personnage de dessin animé. Il y est magnifique, dévoilant une palette d'émotions qui serre le cœur. S'il n'est aux yeux de la société et au regard de la femme qu'il aime qu'une ombre sans réel visage, il se réchauffe auprès de camarades qui vivent les mêmes doutes, les mêmes espérances, les mêmes désarrois.

Jean-Loup avoue un penchant pour *Salut l'artiste*, sans doute en raison du charisme de l'acteur : « Qui ne rêverait d'avoir tout ensemble le génie de son art, la drôlerie, la beauté, la culture et la dérision ? Marcello est à mes yeux, à mon cœur, la grâce masculine. L'homme que j'aimerais être dans une autre vie. »

En 1986, pour commémorer les cinquante ans du Front populaire, Yves Robert adapte *L'Été 36*, roman d'un ami de Jean-Loup, Bertrand Poirot-Delpech, écrit deux ans auparavant. Pour cette unique aventure à la télévision, il s'est entouré de Christian Clavier,

Marie-Christine Barrault, Jean Carmet, Jean-Pierre Cassel, Fernando Rey, l'acteur fétiche de Buñuel, et un jeune débutant, Jacques Gamblin. Au bord de la Guéville, petite rivière qui prend sa source dans le parc du château où il vit avec Danièle Delorme et où ils ont fondé leur maison de production, le réalisateur a convié Jean-Loup pour lui proposer de conjuguer avec lui ses émois et ses délires. Le résultat, époustouflant, sera la naissance de deux comédies qui deviendront cultes: *Un éléphant ça trompe énormément* (1976) et *Nous irons tous au paradis* (1977).

« *Un éléphant, ça trompe, ça trompe*
Un éléphant, ça trompe énormément
La peinture à l'huile c'est plus difficile
Mais c'est bien plus beau que la peinture à l'eau »

C'est dans une comptine d'enfance que Jean-Loup, violon virtuose lorsqu'il s'agit d'imaginer un titre pour un film, trouve celui de ce long-métrage qui met en scène un inoubliable quatuor de quadragénaires. Tous deux, las de certains caprices de stars, veulent « un film de copains ». L'un suggère Guy Bedos et Claude Brasseur, l'autre pense à Jean Rochefort. On leur adjoindra Victor Lanoux. Au cœur de l'histoire, Étienne Dorsay (Jean Rochefort), petit fonctionnaire rangé, fidèle à son épouse Marthe, jusqu'à l'apparition dans un parking d'une mystérieuse et belle jeune femme en rouge, Charlotte (Anny Duperey), dont la jupe s'envole pour les besoins d'une publicité, dévoilant des jambes de rêve. Dès la première scène, Jean-Loup use de la voix off (celle de Rochefort), procédé qu'il affectionne pour révéler au public le débat intérieur des personnages : « Six semaines plus tôt, je n'étais qu'un homme sans aventure, calmement épris de sa famille et de sa patrie, et dont le regard ne faisait aucune embardée au passage des femmes. » Un peu plus tard, il commente sa mésaventure avec cette autodérision qui est une des marques de fabrique du scénariste : « En chemin je ne pouvais m'empêcher de penser à la compagne admirable que je laissais derrière moi auprès de l'âtre, fidèle et heureuse, simple exemplaire de femme française telle que peuvent nous l'envier les touristes du monde entier. »

Autour de l'acteur-phare du film, un trio d'inséparables : Simon (Guy Bedos), médecin hypocondriaque en proie au harcèlement quotidien d'une mère abusive, Mouchy (Marthe Villalonga), Bouly (Victor Lanoux), un macho que sa femme vient de quitter et Daniel (Claude Brasseur), un vendeur de voitures qui a bien du mal à faire son coming-out devant ses amis. Le César du Meilleur Second rôle consacre l'interprétation de Brasseur, qui a insisté pour se glisser dans la peau d'un homosexuel, musclé tout de même, alors que son imprésario lui déconseillait d'accepter ce rôle. Jean-Loup confie à Robert Belleret : « Il fallait que je réunisse quatre hommes plutôt immatures. La partie de cartes étant prise, j'ai eu l'idée du tennis : il suffisait de les mettre en culottes courtes pour qu'ils redeviennent des mômes. » Pierre Bouteiller, ex-directeur de France Musique, précise : « Jean-Loup s'est inspiré des parties que nous disputions tous les jeudis avec Alain Sarde, Gilles Jacob et Bertrand Poirot-Delpech. On jouait mal et on déconnait beaucoup, j'ai retrouvé dans le film un peu de l'ambiance de notre petit clan, dont Jean-Loup était l'amuseur en chef[1]. »

Anny Duperey, pour qui Jean-Loup a écrit sur mesure le rôle de Charlotte en rêvant qu'elle l'accepte, raconte avec brio l'aventure *Un éléphant*:

« Je ne connaissais pas encore Jean-Loup, mais Yves Robert avait été, quelques années auparavant, le producteur du second film de Pierre Richard, dans lequel je tenais le rôle féminin principal, *Les Malheurs d'Alfred*. Nous avions notamment tourné dans sa propriété, La Guéville, la scène inaugurale du film, le suicide raté, dans les bassins situés dans son jardin, dont les bords ressemblaient à ceux du canal Saint-Martin où Pierre et moi étions censés nous jeter : au moins quatre heures dans l'eau de source à 12 °C de la Guéville...

« Quelques années après, je jouais au théâtre Montparnasse quand j'eus la surprise, après le spectacle, de voir arriver dans ma loge Yves Robert, qui avait assisté au spectacle en compagnie de Jean-Loup, qu'il me présenta comme le coauteur d'un scénario dans lequel il me proposait un rôle. Me connaissant assez bien, puisque nous avions sympathisé lors du précédent tournage, il me prévint délicatement que je risquais d'être déçue car, en comédienne de théâtre qui a à cœur de pouvoir "tout jouer", je cherchais à élargir et varier mon emploi de belle jeune femme... à qui l'on demandait surtout d'être belle !

1. *Le Monde*, 16 octobre 2004.

« Je sais que tu cherches des rôles différents, Anny, surprenants, des "contre-emplois", comme on dit. Nous sommes désolés, on te propose tout le contraire !

« Et je rentrai chez moi avec le script sous le bras, que je commençai à lire la nuit même. À peu près au quart du scénario, je me souviens fort m'être dit : "Je suis en train de lire un petit chef-d'œuvre, ce film deviendra un classique, et quand bien même il n'y aurait qu'une seule scène, je veux en faire partie !" Tous les comédiens pressentis étant des amis, Jean-Loup avait écrit ses dialogues pour eux, respectant leur manière de parler, leur personnalité. Pas un "oh", pas un "ah" en trop, pas une phrase à adapter à un rythme de phrasé, un somptueux sur-mesure pour chacun, travail d'orfèvre des mots à incarner ! Quel cadeau !

« Et ce film est non seulement devenu un classique, mais à mon avis une sorte de "doudou" des Français... Quand on a quelque chose de très désagréable à annoncer – par exemple un confinement – on passe à la télévision le soir même *Un éléphant ça trompe énormément*, en espérant que le bonheur qui émane de cette œuvre fasse glisser la pilule !

« Plus tard, beaucoup plus tard, rencontrant Jean-Loup, lors d'un voyage, il me confia que, cherchant la scène du début du film, quelque chose qui surprenne tant Jean Rochefort que celui-ci tombe amoureux fou de cette Charlotte que j'allais jouer, Yves lui avait dit tout à coup : "Tu sais, lorsqu'on a tourné chez moi avec Anny cette scène de noyade dans mes bassins, on ne savait que faire pour réchauffer nos pauvres acteurs frigorifiés. Elle a tout à coup rejeté la couverture dont on l'avait enveloppée pour partir danser comme une folle tout autour de la pièce, levant la jambe par-dessus la tête, et tous les mecs en étaient restés bouche bée… On pourrait peut-être s'en servir !"

« La référence à Marilyn les a sans doute convaincus que cette idée était bonne. Mais merci, Jean-Loup, de m'avoir fait savoir que mon envie de me réchauffer en dansant, un soir, était à l'origine d'un plan mythique du cinéma français[1] ! »

« Quand on me rappelle les quarante ans d'*Un éléphant*, disait Jean-Loup à ses amis, ça me touche, ça m'attendrit et ça me fait de la peine. Exactement comme l'anniversaire de mes enfants. Lorsque nous écrivions le scénario, Yves Robert venait chez moi vers dix heures le matin, il arrivait de sa campagne avec un grand panier plein d'œufs et de légumes de son jardin. Mes enfants, Clémentine, Clément et Florent, sautaient partout d'excitation. Aujourd'hui, mes enfants ont l'âge du film. »

Le style Dabadie fait mouche, avec des phrases qui se cachent dans un coin de notre mémoire : « Vous qui pénétrez dans mon cœur, ne faites pas attention au désordre. » Le film que son scénariste présente comme « une chronique très agitée des démêlés de certains hommes avec des femmes qui ne sont pas nécessairement les leurs » sera un tel succès que Gene Wilder en réalisera un remake en 1984, *The Woman in Red* (*La Femme en rouge*), dont le principal mérite réside dans les chansons interprétées par Dionne Warwick,

1. Au cinéma Champollion, à Paris, le 20 octobre 2021.

et Stevie Wonder, qui en a composé la musique. Invité à Los Angeles en compagnie d'Yves Robert, il rencontre le Tout-Hollywood branché. Trois cents invités qui ont envahi à Beverley Hills la villa du jeune producteur Victor Dray. Senteurs de haschich et vins français à profusion. « Une main se pose sur mon épaule, je me retourne, c'est Columbo ! Je l'ai fait parler de ses amis, Cassavetes et Gena Rowlands. Cassavetes, idole parmi mes idoles [...] Mais quand il s'éloigne sur le perron de la villa, avec son col relevé, ce n'est plus Peter Falk pour moi, c'est Columbo qui part reprendre son enquête[1]. »

C'est sur le tournage d'*Un éléphant* que le producteur Maurice Illouz rencontre Jean-Loup :

> « La vie, même si elle nous bouscule, sait aussi nous faire des cadeaux et le bonheur de belles rencontres. Merci la vie... Jean-Loup... t'évoquer m'émeut : nous avons partagé tant de moments joyeux et magnifiques, travail, déjeuners, dîners, voyages, vacances ! Ces instants studieux, mais légers et traversés de fous rires m'ont enrichi et resteront gravés en moi.
>
> « Jean-Loup, tu as toujours été disponible et généreux de conseils que j'ai toujours suivis et qui m'ont évité bien des déboires. Je me souviens d'un dîner mémorable que j'avais organisé chez toi avec Véronique et Philippe de Broca, pour un grand projet de cinéma qui hélas n'a pas vu le jour. Nous avons ri pendant tout ce dîner, qui s'est terminé en

1. *Conversations avec Jean-Loup*, *op. cit.*

vrille, à notre grande surprise, à cause de Philippe, qui avait déraillé !

« Jean-Loup, dans ton éternité, quand viendra le moment de te retrouver, j'aimerais continuer ce qui nous a liés ici-bas, avec tous nos amis de la bande d'Yves Robert…

« Alors, si tu me vois et m'entends, sache que tous ces éclats de vie font partie de moi. Je t'envoie un immense je t'aime[1]. »

Maurice

En 1977, Yves Robert tourne *Nous irons tous au paradis*. Cette fois, Jean-Loup signe seul le scénario.

Mêmes personnages ou presque, pour un autre moment de vie. « Qu'y a-t-il de mieux pour retrouver l'enfance telle qu'on l'aime chez les hommes que d'avoir les quatre garçons en culottes courtes ? » Étienne, que tout Paris a vu en robe de chambre sur un balcon, a été contraint de donner sa démission au ministre ; il appartient désormais au monde de l'édition. Les quatre amis ont fait l'acquisition, pour un prix défiant toute concurrence, d'une maison à la campagne. Quand ils s'aperçoivent que le court de tennis dont ils rêvaient n'est en réalité que l'extrémité de la piste d'un aéroport très fréquenté, ils s'affrontent et se fâchent. Mais la mère de Simon meurt et sa disparition les réconcilie. Même si la gravité l'assombrit par instants, la comédie remporte le même succès qu'*Un éléphant ça trompe énormément*, avec deux millions de spectateurs. De la

1. Maurice Illouz, « Lettre à Jean-Loup », 14 décembre 2023.

réalité des choses simples, le scénariste fait une réalité buissonnière, et la dérision demeure au cœur de cette délirante chronique de l'amour et de l'amitié.

Le projet d'un troisième volet, un moment envisagé, sera abandonné, Jean Rochefort ne souhaitant pas s'investir de nouveau dans le personnage d'Étienne, une vraie déception pour Jean-Loup.

Dans la distribution des films d'Yves Robert, un nom revient souvent, celui de Christophe Bourseiller : « Je suis un enfant de la balle. Petit, j'avais comme "parrain" et "marraine" officieux, Jean-Luc Godard d'un côté et de l'autre Danièle Delorme, l'épouse d'Yves Robert. C'est dans la propriété d'Yves et Danièle, le moulin de la Guéville, située près de Rambouillet, que j'ai connu Jean-Loup, à la fin des années 1960. Les circonstances de ma rencontre sont donc, avant tout, familiales et amicales [...]. Il s'intéressait à tout le monde. Sa culture était immense, il avait toujours un mot sur un auteur inconnu des profanes... Pour moi, il formait un triangle avec Yves et Bertrand Poirot-Delpech. Ces trois-là partageaient le même humour et les mêmes goûts. J'ai été impressionné par la méticulosité avec laquelle travaillaient Yves et Jean-Loup, on aurait dit des *profilers* qui affichaient leurs réflexions à propos des personnages sur un grand tableau punaisé de partout... Yves et Jean-Loup incarnaient sur ce point un peu l'envers de la Nouvelle Vague que j'avais bien connue avec Godard. Un dialogue de Jean-Loup, il fallait le dire à la virgule près. Pas question d'improviser[1]. »

1. Propos recueillis à l'occasion de la sortie de son ouvrage *Mémoires d'un inclassable*, Albin Michel, 2017.

On retrouve Christophe Bourseiller en 1979 dans l'avant-dernier opus signé du tandem Dabadie-Robert, *Courage fuyons*, une comédie délirante écrite sur mesure pour Jean Rochefort, qui étincelle dans le personnage de Martin Belhomme, marionnette entre les mains de son épouse, Mathilda (Dominique Lavanant). Pour lui complaire et par lâcheté – il est avant tout un faible –, il a abandonné ses rêves de devenir musicien et dépérit dans une pharmacie de quartier. Jusqu'au jour où les événements de Mai 68 lui ouvrent toutes grandes les portes de la liberté. Sa rencontre avec Éva (Catherine Deneuve), une chanteuse de cabaret, va changer la donne. Quand il file avec elle à moto sur la route d'Amsterdam, où elle doit se produire dans un cabaret, les oripeaux de son personnage tombent en cendres. S'il devient un autre homme par la grâce d'Éva, c'est qu'elle n'exige ni n'attend rien de lui. Cet amour dénué de toute contrainte, fantaisiste en diable, lui renvoie l'image de quelqu'un de libre, charismatique, un amoureux romantique capable de toutes les démesures.

L'avenir lui donnera raison, les deux amants partiront ensemble, lui, homme-enfant qui fuit à toutes jambes les contraintes du quotidien et elle, objet fantasmatique d'une chavirante beauté. La « reine Catherine » trouve là un de ses plus jolis rôles. Pour la première fois, avec « Lady From Amsterdam », chanson mise en musique par Vladimir Cosma sur des paroles de Boris Bergman et Jean-Loup Dabadie, on entend au cinéma sa vraie voix chantée.

En 1992, avec *Le Bal des casse-pieds*, Yves Robert et Jean-Loup font de Jean Rochefort un vétérinaire qui fustige, à dater de la naissance de son fils, tous les importuns qui empoisonnent sa vie quotidienne. Dans ce film choral alerte, où les rires fusent, où les portes claquent, on retrouve autour de Miou-Miou et de Jacques Villeret leurs comédiens favoris, Guy Bedos, Claude Brasseur, Victor Lanoux. On y croise Jean Yanne, Michel Piccoli en irrésistible homosexuel, Patrick Timsit, Jean-Pierre Bacri, Hélène Vincent et une Valérie Lemercier au meilleur de sa forme. Véronique Sanson, dans un piano-bar, joue la musique d'*Un éléphant ça trompe énormément.* Ce sera la dernière collaboration d'Yves et de Jean-Loup.

Un dimanche à Saint-Hilarion

Olivier Barrot se souvient aujourd'hui avec nostalgie de l'époque bénie de La Guéville :

« Il n'est pas avéré que chaque lecteur connaisse le nom ni même l'existence de ce bourg des Yvelines qui compte moins d'un millier d'habitants. Si j'ajoute qu'il est proche de Rambouillet et surtout qu'il est arrosé par ce modeste cours d'eau qu'est la Guéville, alors un lien mémoriel s'établit sans doute. La Guéville, mais oui, le nom de la société de production de Danièle Delorme et d'Yves Robert. C'était hier, avant-hier peut-être, mais le sourire, un peu nostalgique, s'installe. Yves, Danièle, leurs amis, cette bande de copains (Jules Romains !) et compagnes, cette compagnie justement, que j'ai connu le bonheur de fréquenter un peu depuis certain dimanche d'un printemps de soleil. Mon ami le plus proche, Pierre Bouteiller, journaliste de radio fort réputé pour sa liberté de ton, sa culture musicale et son esprit, m'emmène un très beau jour déjeuner à l'improviste au Moulin, la propriété du couple légendaire. Venait d'arriver et de s'installer près de la roseraie et du potager du maître de maison – car Yves Robert, entre autres qualités, avait la main forte et assurément verte – une véritable distribution artistique, les habitués de ces agapes dominicales. C'est ainsi qu'on me présenta à ces visages rendus si familiers par l'écran et la scène, qu'unissait d'évidence une camaraderie de longue date enrichie de collaborations professionnelles jubilatoires. Et voici que je rencontre Claude Brasseur et Jean Carmet, Bertrand Poirot-Delpech et Claude Sautet, Jean Rochefort et Jean-Loup Dabadie : ce dernier conte, raconte, imite, invente avec le brio le plus étourdissant qui soit, provoquant une hilarité générale et inextinguible. Jean-Loup n'est pas comédien de formation, il est davantage. C'est un *entertainer* prodigieux, un improvisateur, un maître des mots (comme il sera à sa place sous la Coupole !), ses échanges, comme on dit au tennis (leur passion commune, avec Bouteiller) relèvent des grands arts, l'art de l'expression orale et de la mimique expressive. Un spectacle ? Exactement. J'entendrai toujours Jean-Loup et Pierre pasticher gentiment Yves Montand, leur ami, et Lino Ventura, si précisément que c'étaient bel et bien Yves et Lino que l'on avait l'impression d'entendre et d'avoir devant soi. Jean-Loup n'excellait pas seulement dans l'évocation drolatique : qui l'a vu interpréter une scène de *L'École des femmes* avec Isabelle Adjani dans un "Grand Échiquier" a pu mesurer combien il pouvait également s'approprier le répertoire classique. Jean-Loup Dabadie, notre ami, écrivain, artiste[1]. »

1. Texte envoyé aux autrices, 27 septembre 2023.

Ils ont chanté Jean-Loup

Ce sont les chansons pour Reggiani, Julien Clerc ou Polnareff qui sont restées dans toutes les mémoires, mais Jean-Loup en a écrit près de quatre cents, même s'il ne me les a pas toutes montrées.

À Régine, la reine de la nuit, dont la rue fredonnait « Les P'tits Papiers » et « La Grande Zoa », bijoux, boa et chinchilla, qui fait appel à lui à la fin des années 1960 pour renouveler son répertoire, il propose deux chansons, un texte de rupture, « Il m'a laissé deux cigarettes » et « Accident », scénario d'un film en accéléré avec, par un dimanche de pluie, une automobile rouge qui file, une ambulance qui troue la nuit, un piano qui joue tout seul et le passé qui s'abolit. Un petit air des *Choses de la vie*. Dans l'un des cahiers gris de Jean-Loup, j'ai retrouvé deux autres chansons pour elle, « Les Filles de la rue d'Amérique » et « Moi, mes histoires ». Jean-Loup et Régine n'étaient pas amis, mais ils avaient l'un pour l'autre du respect et de la sympathie. En écrivant ces lignes, je repense aux dernières années de cette femme qui avait tant souffert pendant la guerre et dont le père, juif polonais, avait ouvert un petit café, À la lumière de Belleville. Deux ans après Jean-Loup, au premier jour de mai, elle est partie elle aussi, mais dans une calèche recouverte de fleurs blanches et tirées par deux chevaux noirs, mise en scène spectaculaire à l'image de sa vie flamboyante.

Beaucoup de ses interprètes ne sont plus là et, quand l'un d'eux disparaît, il m'arrive de recevoir un petit signe, un coup de fil, plus rarement une lettre, parfois d'un inconnu, comme celle que j'ai reçue d'un jeune étudiant, le 12 mars 2023, et qui m'a bouleversée :

> « Madame,
>
> « Je vous envoie un petit texte que j'ai écrit hier soir, pour la revue mensuelle de mon université, un texte avec lequel j'ai voulu rendre hommage à Jean-Loup Dabadie, découvert très jeune en écoutant... mais oui... Marcel Amont !
>
> « Lorsque le rideau s'est refermé à son tour sur la vie de Marcel Amont, à Saint-Cloud, le 8 mars 2023, les amoureux de la chanson française y ont vu la fin d'une époque. Le saltimbanque Miramon, ayant quitté sa vallée d'Aspe natale pour monter à Paris en 1950, semblait être le dernier témoin de l'âge d'or du music-hall. Compagnon de route de Georges Brassens, vedette américaine d'Édith Piaf en 1956, il a durant soixante-dix ans de carrière, à l'instar de ses amis Charles Aznavour et Annie Cordy, offert à un public varié des récitals taillés sur mesure, donnant l'impression d'un travail facile et d'une vocation innée. Connu pour ses chansons fantaisistes, légères, théâtrales et appelant l'intervention de spectateurs avertis, Marcel compte dans

son répertoire des textes plus profonds et ciselés. Parmi ces derniers, deux offerts par Jean-Loup Dabadie au milieu des années 1970.

« Dans "Dagobert, c'est moi", Dabadie fait du chanteur un homme seul ressassant un passé illusoire au fond d'un café-bar. La voix sûre de Marcel Amont donne à ce poème chanté, au refrain simple, l'idée d'un protagoniste rongé par le remords et trouvant dans le fantasme un faux réconfort. C'est la même voix de Marcel qui se fait source d'une nostalgie tendre lorsqu'il chante "Mon école", également signée Jean-Loup Dabadie sur une musique de Roland Vincent. Les chansons évoquant les souvenirs de blouses d'écoliers sont nombreuses dans le corpus français. Celle-ci est émouvante à différents égards. Elle est un *unicum* dans le répertoire de Marcel et a permis – accompagnée d'un "Chapeau de Mireille", contemporain – de redonner un élan à la carrière de l'artiste. Il y est question de cahiers tachés d'encre, d'un tableau noir et de camaraderie. De fantômes d'autrefois sur une enfance qui ne veut pas s'achever.

« Les chansons de Jean-Loup Dabadie chantées par Marcel Amont ne sont pas sans évoquer la définition que l'artiste donnait de son métier : "Nous sommes des semeurs de refrains, et les chansons jalonnent la vie des gens." Poète du quotidien, dans la parole et dans le geste, doté d'un regard d'enfant, Marcel Amont a semé le bonheur et récolté les applaudissements. Les mots de Dabadie, servis par les interprétations élégantes et le regard attendrissant du chanteur, poussent en tout cas l'auditeur à murmurer des phrases d'une sincère banalité, aussi mélancoliques que "*En ce temps-là...*", "*Où sont passés les fleurs ? Les marronniers ?*".

« Le mois prochain, dans ma rubrique "chanson", je parlerai encore de Dabadie. Mon texte est déjà sous presse. Il faut dire que j'ai la chance d'être ami avec Line !

« Line Renaud, à l'aube d'un siècle de vie, ne cesse d'être une artiste tournée vers l'avenir. Ses yeux d'un bleu de perle sont devenus le symbole d'un optimisme vainqueur contre toute épreuve. Femme de tempérament, en parallèle avec sa carrière de comédienne, elle poursuit ses combats visant à servir la science et le bien commun. En guerre depuis bientôt quarante ans contre le virus du sida, elle défend aujourd'hui le droit honorable à mourir dans la dignité.

« En novembre 2010, Line sort son quinzième et dernier album studio, *Rue Washington,* dont le titre est un manifeste pour cette artiste dont le rêve américain s'est concrétisé quand elle est devenue meneuse de revue à Las Vegas, au milieu des années 1950. Véritable ode à la vie, cet album rassemble des paroliers et des compositeurs de talent dont Jean-Loup Dabadie qui, sur une musique de Julien Clerc, y signe "La Mémoire dévêtue". Aux couplets parlés et aux refrains chantés, cette chanson s'inscrit dans le sillage d'un "Maintenant je sais" adapté par le même Dabadie pour Jean Gabin en 1974. La voix mûre et sûre de Line donne à son interprétation une vérité des plus émouvantes. Ballade sur le temps qui passe, sur les souvenirs qui remontent à la surface, on devine dans cet enregistrement les destinataires de la chanteuse. "Si l'on peut saisir une allusion à son amitié avec Thierry Le Luron, c'est avant tout à Annie Girardot que me fait penser cette chanson. À ce titre, elle me touche énormément", rappelle Line Renaud.

« En mai 2011, lors du premier Olympia de Line, c'est avec Julien Clerc qu'elle chante en duo "La Mémoire dévêtue". À son écoute, sans doute le souvenir d'Annie Girardot, alors disparue quelques semaines plus tôt des suites de la maladie d'Alzheimer, planait-il au sein de l'assistance. Mémoire mise à nu. »

Thomas Patey

J'ai appris depuis qu'un groupe d'étudiants, autour de Thomas et de Carla Scalisi, une jeune Italienne passionnée de la chanson française, allait, dans les semaines à venir, créer « le Panthéon de la chanson française » ! Comme Jean-Loup aurait été heureux de les aider, de leur ouvrir des portes !

Jean-Loup évoquait rarement le passé, mais il remontait parfois le temps quand je lui demandais de me parler de « sa vie d'avant » : « J'aimais beaucoup Catherine Sauvage, je lui ai d'ailleurs écrit une chanson, "Je n'ai pas souvenance", une histoire de poupée cassée, de femme brisée par une rupture amoureuse, qui perd la mémoire, la retrouve par instants et finit par sombrer dans la folie. Avec Catherine, on partageait l'amour de l'Italie ; elle me parlait de Vittorio Gassman, d'Anna Magnani et surtout de ses amours de jeunesse avec son bel acteur italien, Fausto Tozzi. Elle adorait Sautet, collectionnait les disques de Montand depuis son coup de foudre pour l'artiste au théâtre de l'Étoile. Et j'ai su plus tard, trop tard, qu'elle rêvait de se lier d'amitié avec Guy Bedos. Elle n'avait jamais osé faire le premier pas ! Si seulement elle me l'avait demandé, c'était si simple ! »

Catherine et Guy ne se sont vraiment parlé longtemps qu'un dimanche, dans la loge de Guy, à Villeparisis. C'était en mars 1997, un an avant la mort de Catherine. Une de mes amies avait écrit à Guy en ce triste mois d'avril pour lui dire à quel point Catherine l'aimait. J'ai sous les yeux la réponse de Guy à Françoise : « Comme tous ceux qui ont connu Catherine, j'avais été bouleversé par la triste nouvelle, mais n'étant pas à Paris à ce moment-là, je ne savais comment et auprès de qui me manifester. On dit que les gens sont vraiment morts lorsqu'on les a oubliés ! Catherine est donc pour longtemps avec nous. La sympathie qu'elle me portait ne m'avait pas échappé, depuis tant d'années que nous nous croisions de loin en loin, mais n'étant pas aussi sûr de moi ni des sentiments que j'inspire, votre lettre me trouble profondément.

« Moi aussi je l'aimais beaucoup et l'admirais profondément.

« Merci de m'avoir écrit. G. B.[1] »

---

1. Lettre de Guy Bedos, 6 avril 1998.

Guy et Jean-Loup et cette peur obsessionnelle du ciel qui s'ouvre, de la mort, du néant.

Les vinyles de ses interprètes féminines sont classés à un endroit particulier de sa bibliothèque. Difficile de leur trouver un autre point commun que Jean-Loup ! Et pourtant, il a brodé pour chacune d'elles les mots qui leur convenaient. Il fait de Mireille Mathieu une jeune fille qui pleure, dans l'automne doré et sous un ciel indifférent, son bel amour perdu. Pour la petite Avignonnaise, ce sont des textes en forme de romans-photos, les rêves d'une petite fille qui attend le prince charmant. La dernière des quatre chansons écrites pour elle par Jean-Loup, « C'était dimanche », prend les allures d'une scène de cinéma. Une main invisible filme une robe blanche qui tourbillonne dans les bras d'un homme, des pas qui s'effacent sous la pluie et, boulevard des illusions perdues, une jeune fille évanouie, dans une rue qui ressemble à toutes les rues du monde. Une histoire en trois minutes, comme il les affectionne avec un début, un milieu et une fin. En collaboration avec Pierre Delanoë, il a écrit pour Mireille une dernière chanson, « Amour », mise en musique par Jean-Pierre Bourtayre.

Pas grand-chose à voir avec l'immense Juliette Gréco, dont l'humour et la férocité n'avaient pas échappé à Jean-Loup. Il avait joué sur le double sens du mot « jalousie », anxiété possessive qui détruit mais aussi abat-jour qui voile une trop vive lumière :

« *Baisse un peu ta jalousie*
Elle me fait de l'ombre

Imagine-toi
Je n'y vois plus dans notre vie
Il y fait bien sombre
Imagine-moi
Que reste-t-il de notre humour
Et est-ce ainsi que meurt l'amour[1] *?*»

Il y a peu de temps, j'ai découvert une autre chanson de Jean-Loup pour Juliette, sur une musique de Jacques Datin, « Ma fille, bonjour », adressée peut-être à sa fille Laurence-Marie, ou à une enfant imaginaire, un texte empreint de tendresse :

« *Cette légère barque*
Attachée sans qu'on la remarque
Elle a connu tous mes orages
Elle suivait dans mon sillage
Et sans faire d'écume
Elle vivait dans ma coutume
Et puis voilà sans tintamarre
Qu'elle détache son amarre
Quel âge as-tu, mon tendre amour ?
Ma fille, bonjour… »

Autres visages féminins passés comme un éclair, toutes époques confondues : « Le Clan des Siciliens » pour Dalida, sur une musique d'Ennio Morricone inspirée d'un prélude de Bach, « Dans la ville » pour Petula Clark, « La Femme et l'Enfant », « Au revoir et merci » et « David » pour Nicole Croisille, « Mon homme » pour Nicoletta.

---

1. Ta jalousie (Jean-Loup Dabadie – Gérard Jouannest – éd. Beuscher).

Emily Loizeau appelle Jean-Loup un jour de 2009 : « Si vous m'écriviez une chanson ? » Lorsqu'elle reçoit le texte qu'elle lui a inspiré, sa réponse, sans appel, tombe sur sa boîte mail : « Je ne chanterai jamais ne serait-ce qu'une syllabe de cette chanson. » Et elle envoie à son auteur une lettre de six pages où elle parle de tout, de sa vie, de son enfance, de ses désirs, de ses désarrois, de ses désespérances. Nous sommes dans notre maison de l'île de Ré. Sans un mot, Jean-Loup part à bicyclette à travers les marais. Quand il revient, il monte à son bureau et écrit pour elle « La Photographie ». Ce sont les mystères de la création : rien ne transparaît dans le texte des confidences de la jeune femme. Emily n'a pas prévenu Jean-Loup de la sortie de cette chanson, que nous avons découverte sur *Pays sauvage*, le nouveau disque de cette jeune interprète, pianiste, flûtiste.

Pas un jour ou presque où je ne découvre une autre chanson de Jean-Loup, et de nouveaux visages. Mon ami Laurent m'a envoyé un clip délicieux, tourné au début des années 1960 par deux comédiens qui chantent, Élisabeth Wiener, fille de Jean Wiener, et Claude Mann, partenaire de Jeanne Moreau dans *La Baie des Anges*. Ils dansent entre les tables blanches d'une terrasse déserte et se livrent, sur une musique d'Antoine Duhamel, à un délicieux marivaudage signé Jean-Loup : « *Ma jouvencelle, j'ai des yeux couleur d'océan — Polichinelle, j'adore vos propos malséants* ». Mini-comédie musicale dont le dénouement heureux est symbolisé par les danseurs en foule qui les rejoignent.

Bien plus inhabituel est l'autre document reçu hier de Laurent : je découvre une artiste que je ne connaissais pas : Betty Mars. Avec « La Chanteuse du dancing », il aborde un sujet audacieux pour l'époque, celui de l'amour lesbien.

Les interprètes masculins ne sont pas en reste, qui font appel à un auteur virtuose qui saura écrire pour chacun d'eux du « sur-mesure ». Là encore, l'éventail est large, d'Henri Salvador (« J'ai envie de Lucie » et « Chanson facile ») à Sacha Distel et Claude François, avec des chansons sur lesquelles on danse. Les deux textes écrits pour Jacques Dutronc « Surtout sentimentale » et « J'comprends pas » passeront inaperçus, au même titre que « Les Années 70 » et « L'Enfant dans la montagne », enregistrés par Dominique Walter.

Je trouve plus insolite, plus inattendue, son incursion dans l'univers de Patrick Juvet, dont la carrière bat de l'aile au déclin du disco. Sensible aux chansons écrites pour Julien Clerc et Michel Polnareff, il fait parvenir à Jean-Loup une ballade au piano qui lui inspire un texte célébrant la beauté de Romy. Mais Juvet a déjà rendu hommage à Jessica Lange et il s'ouvre de son souhait d'évoquer sa bisexualité. Ce sera « Rêves immoraux » où se conjuguent la nuit, le rêve et l'interdit, où le mot « délices » rime avec « supplices ». Enregistrés à Montreux à l'automne 1981, ces « Rêves », portés aux nues par les uns, vilipendés par les autres, ne sont pas encore dans l'air du temps, l'ambiguïté n'étant pas davantage tolérée, encore moins revendiquée.

Il me tient particulièrement à cœur de parler ici de Gérard Berliner. Jean-Loup, qui a bien connu cet enfant de Belleville qui rêvait d'être clown pour amuser les enfants, lui a offert deux textes, « Heureux » et « L'Homme essoufflé[1] ». C'était juste avant le succès foudroyant de « Louise ». Nous sommes allés voir son récital à La Pyramide, le 14 mai 2009. C'est un joli souvenir : il y reprenait six chansons de Jean-Loup, toutes écrites pour Reggiani, « L'Italien », « La Vieille », « La Chanson de Paul », « Hôtel des voyageurs », « Le temps qui reste » et « Le Petit Garçon ». Ils devaient se revoir et travailler ensemble quand Gérard Berliner a été terrassé par une crise cardiaque, le 13 octobre 2010, alors qu'il devait partir en tournée avec les chansons de Serge.

Petit détour avec Johnny, qui enregistre, sur une musique de Philippe Sarde, la chanson de la bande originale du film de Robin Davis adapté d'un roman de William Irish, *J'ai épousé une ombre*, dans lequel joue sa nouvelle compagne, Nathalie Baye. Jean-Loup s'est beaucoup amusé de cette parenthèse du début des années 1980, où la grande rencontre reste celle de Michel Sardou.

Entre 1981 et 1998, ils ont écrit ensemble seize chansons, pour la plupart mises en musique par Jacques Revaux, avec la participation ponctuelle de Jean-Pierre Bourtayre. La première d'entre elles, « Le Mauvais Homme », fait l'effet d'une bombe, avec un thème rarement évoqué, la révolte de ceux dont la paternité est incertaine ou non reconnue. Les premiers vers choquent en raison de leur extrême violence :

« *Tout a commencé dans l'amour et le sang*
Une femme m'a mis au monde en hurlant

1. Musique de Gérard Berliner.

Elle m'avait gardé comme le pourboire d'un homme
Qui ne l'a pas regardée en l'aimant
Seulement mon père
Mon père, c'était un régiment»

Déstabilisé, on est soudain bien loin de l'univers auquel Jean-Loup nous a habitués, mariage de douceur, d'incertitude et de mélancolie.

À la Comédie-Française, un soir où la mise en scène d'une pièce de Brecht l'avait plongé dans l'ennui, Jean-Loup acheva sur ses genoux une chanson pour Michel Sardou. Il écrit alors partout, quand l'idée jaillit, quand les mots lui viennent, sur un quai de gare, parfois lors d'un dîner lorsqu'il trouve le temps long, dans son bureau de l'île de Ré, dans un taxi où il va rejoindre un ami.

Quand je réécoute ces bijoux offerts à Sardou, j'y retrouve tout un éventail de sentiments : « Tous les bateaux s'envolent[1] » est l'écho de son ode éternelle aux femmes aimées :

«*Dans la liqueur bleue*
De ton regard qui change
Les anges peu à peu
Aux démons se mélangent.»

Il y a les chansons où les femmes vous quittent :

« *Un horizon dans son regard*
Une femme s'élance

1. « Le mauvais homme » (Jean-Loup Dabadie – Michel Sardou / Jacques Revaux – Pierre Billon / Art Music France).

Une femme s'en va
Une femme sublime»[1],

celles où les enfants se retrouvent seuls :

« *Quand ce sont*
Les mamans qui s'en vont
La vie doit continuer sans elles
Même si sans elles
Elle est moins belle »

Il y a celles où l'homme revendique sa part de féminité :

« *Féminin comme la vie d'un homme*
Du jour premier au dernier verre de rhum »

Il y a l'angoisse du temps qui passe, tellement rivée au cœur de Jean-Loup :

« *Pleure pas*
Une ride et alors ?
C'est de l'or sur de l'or
Elle ajoute à tes yeux
Du tendre et du bleu »

En écoutant « Chanteur de jazz » (1985), j'ai soudain le sentiment de vivre une autre vie, d'être propulsée à l'autre bout du monde avec, encore une fois, un travelling de cinéma :

---

1. « Une femme s'élance » (Jean-Loup Dabadie – Michel Sardou / Jacques Revaux / Art Music France).

« J'ai marché Madison, la Cinquième et Central Park
Le ciel crachait des bouffées de havanes
Les bateaux sur l'Hudson formaient sur l'eau comme un arc
Welcome in America »

Il y a des chansons qui interrogent :

« *Qu'est-ce que j'aurais fait, moi ?*
Pense à tous les humiliés par cette étoile qu'ils ont portée
[…]
Parce que ça s'est passé chez moi, je pense à ceux qui ne sont plus là
Mon Dieu, qu'est-ce que j'aurais fait, moi ?
Pour ceux qui sont nés aujourd'hui, choisir le bon côté c'est sûr
Beaucoup voulaient sauver leur vie, beaucoup s'inclinaient par nature
Quelle sorte d'homme aurais-je été ? Celui du rail ou du Vercors ?
Ou bien ce gamin abusé jouant à la guerre, jouant à la mort ? »

Il y a les chansons coup de cœur de Sardou, enfant de la balle et, parmi elles, l'une des préférées de Jean-Loup : « L'Acteur » (1981). Superbe chanson d'entrée en scène du saltimbanque avec, dans son sillage, sa famille d'artistes, ses parents, Fernand et Jackie Sardou, auréolés du parfum de la Provence, son grand-père paternel Valentin, sa grand-mère maternelle, danseuse de music-hall. Ce texte magnifique dit la fierté d'être comédien, ce grand rêve que Michel exaucera quinze ans plus tard avec son premier rôle sur les planches, celui de Jean Delecour dans *Bagatelles* de Noël Coward, au Théâtre de Paris :

« Entrer dans un décor immense
Entendre les battements de son cœur
Et là, changer l'indifférence
En rires et le silence en pleurs
Un jour Don Juan en apparence
Un fou au château d'Elseneur
Un jour Lorenzo de Florence »

En 1997, la boucle sera bouclée avec « Salut » ou les adieux de l'artiste à son public, adieux éphémères puisqu'il reviendra sur scène, encore et encore, ne pouvant se résoudre à la quitter :

« Maint'nant coupez tous les projos
Faites-moi une nuit étoilée
Juste un rayon sur mon piano
Et sur le public un bleu voilé
Juste vous et moi pour finir
Comme nous étions pour commencer
Et une petite musique pour vous dire
Que le spectacle est terminé »

Jean-Loup et moi avons partagé de beaux soirs avec Michel et Anne-Marie. Mais mon plus beau souvenir est la rose que Jean-Loup avait apportée au concert de Michel à Genève. À la fin de son récital, il s'est levé, a marché jusqu'à la scène et lui a tendu la rose. Te le rappelles-tu, Michel ?

Le grand coup de cœur de Jean-Loup, sa préférence à lui, c'est Sylvie Vartan. Elle est celle qu'il chérissait entre toutes, « sa » Sylvie, sa « petite chérie ». Il n'hésitait pas à traverser l'Atlantique pour aller la voir, à prendre de son temps pour une partie de tennis avec elle. Je les revois, posant tous deux devant l'objectif du photographe, souriants, vêtus de blanc, à Roland Garros où ils se donnaient souvent rendez-vous. « C'est un être humain fabuleux », me disait Jean-Loup de sa blonde égérie, à laquelle il offrit quelques chansons, « Le Dimanche » (1983), « Ma liberté » (1990) :

« *Je suis une fille du soleil et de l'amour*
Je n'appartiens à personne
Je suis libre comme l'air, rivière
Et j'aime sans frontière... »

Mais le bijou le plus précieux aux yeux de Sylvie reste « Aimer », écrite en 1981, où ne s'enchaînent que des verbes à l'infinitif :

« *Aimer, aimer, aimer*
Marcher, courir, voler
Rêver, blondir, donner [...]
Oublier, revivre
Courir, voler, aimer »

C'est elle qui, après avoir assisté à la performance d'Annie Girardot dans *Madame Marguerite*, où l'institutrice qu'elle incarnait assenait à ses élèves une leçon de vie avec des verbes à l'infinitif, a eu l'idée de ce scénario d'un amour qui naît, explose et se fane, pour laisser place à un autre amour, à une autre vie. « Aimer » lui tient d'autant plus à cœur que la musique a été confiée à son frère, Eddie Vartan, qui dort dans le petit cimetière de Loconville, dans l'Oise, emporté en juin 2001 par une hémorragie cérébrale.

La chanson sera reprise par Sara Giraudeau au Théâtre de Paris le 26 avril 2009 lors de la 23e Nuit des Molières, présentée par Frédéric Mitterrand, maître de cérémonie, qui réserve la plus belle des surprises à son président, Bernard Giraudeau. Sur une magnifique photo qui illumine l'écran, il balbutie: «Jean-Loup Dabadie est entré à la Comédie-Française… Non… pardon à l'Académie française… ça se dit, ça se chante, avec des verbes simples. Notre président et notre chère Anny Duperey connaissent fort bien son interprète, puisqu'il s'agit de Sara Giraudeau. Et c'est une belle surprise pour les comédiens qui ne savaient pas que leur fille allait chanter ce soir "Aimer", la si belle chanson écrite par Jean-Loup.» Bernard et Anny retiendront difficilement leurs larmes devant la jeune comédienne si émouvante, en robe bustier noir et blanc, qui dit avec tant de bouleversante retenue les mots de Jean-Loup. C'est la dernière apparition publique de Bernard Giraudeau, qui s'éteint un an plus tard, le 17 juillet, emporté par un cancer.

Sylvie Vartan est venue au mois de décembre 2022 au théâtre de l'Atelier voir *Dabadie ou les Choses de nos vies*, un joli spectacle écrit en son hommage. Nous avons échangé quelques mots. Quand elle venait dîner à la maison, Jean-Loup était heureux comme un enfant. Trois ans après qu'il s'en est allé, elle n'a pu retenir un élan de tendresse, avec ces mots que je reçois de Los Angeles au mois de juin:

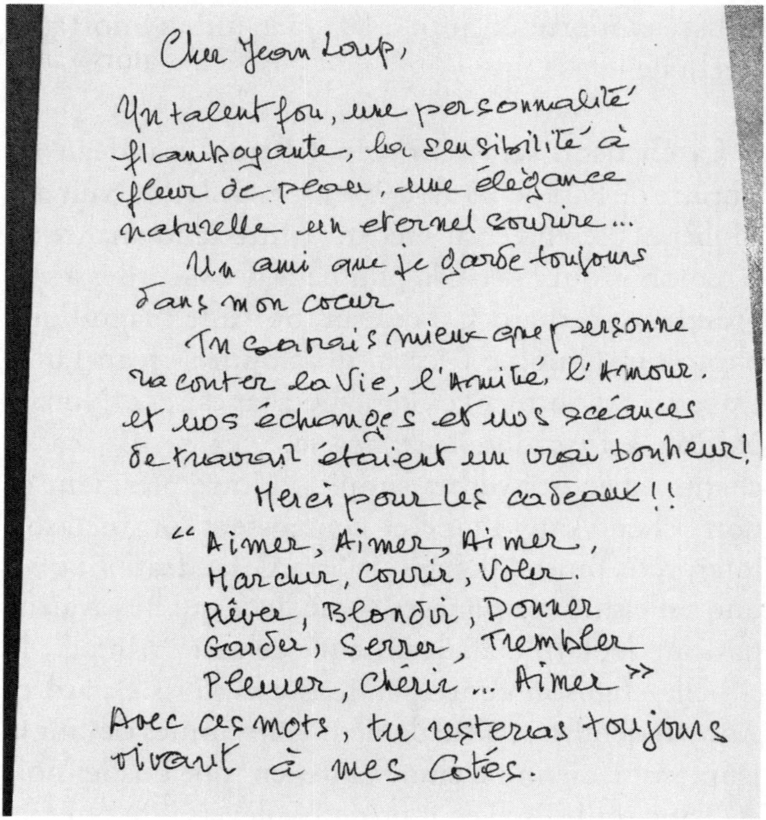
Cher Jean Loup,

Un talent fou, une personnalité
flamboyante, la sensibilité à
fleur de peau, une élégance
naturelle un éternel sourire...

Un ami que je garde toujours
dans mon coeur

Tu savais mieux que personne
raconter la Vie, l'Amitié, l'Amour.
et nos échanges et nos séances
de travail étaient un vrai bonheur!

Merci pour les cadeaux!!

« Aimer, Aimer, Aimer,
Marcher, Courir, Voler.
Rêver, Blondir, Donner
Garder, Serrer, Trembler
Pleurer, Chérir ... Aimer »

Avec ces mots, tu resteras toujours
vivant à mes Côtés.

Coup de fil l'autre soir de Richard Cocciante ! Quelle jolie surprise ! Lui et sa compagne Cathy sont partis vivre en Irlande. Souvenez-vous de ce « Coup de soleil » que l'on fredonnait dans la rue au début des années 1980, et surtout du triomphe de « Belle » et « Le Temps des cathédrales » dont il a écrit la mélodie pour la comédie musicale *Notre-Dame-de-Paris* ! En 1986, il envoie une musique à Jean-Loup : à lui d'improviser ! Ce sera « Le Mot France », qui lui est inspiré par ce qu'il sait de Richard, peu de choses encore, son pays natal, le Vietnam, la profession de sa mère, institutrice. « Il avait dépeint en quelques mots, et c'était très troublant, l'enfant que j'étais alors », me dit Cocciante :

« *France*
Je suis né plus loin, beaucoup plus loin qu'on pense
C'est à Saïgon que j'ai eu mon enfance
Et ma mère, là-bas, le disait doucement
Le mot France »

« Mais ce qu'il ne savait pas, c'est que France était aussi le prénom de ma mère. Heureuse coïncidence, et le sentiment diffus que le hasard n'existe pas. J'ai aimé sa manière de dire les choses, sensible et romantique, son style d'écriture était en parfaite harmonie avec ma musique. »

D'autres textes viendront : « Être aimé » quand, à l'heure où l'on oscille entre espoir et désespérance :

« *Le temps d'un geste*
Ou d'un regard
Une silhouette
sur un quai d'gare
Un mot peut-être
Au bas d'une lettre »

Certaines chansons, aux titres atypiques, donnent d'emblée l'envie de les écouter : « L'homme qui vole », « Loin dans mon vertige », « La Jeune Fille aux lunettes noires », « On se voyait de temps en temps », me confie Richard Cocciante. « Quand il est parti, c'était au temps du Covid. Je n'ai pas pu aller à l'île de Ré, mais mon âme et mon esprit ne l'ont pas quitté. Pas plus qu'une phrase qu'il me disait souvent et que j'ai faite mienne : “Ce qui ne tue pas renforce.” »

L'émotion a perlé un instant dans sa voix chantante. Quand il a raccroché, je me suis prise à rêver à l'Irlande, où, avec Cathy, il vit depuis bien longtemps. L'Irlande, c'est pour ces deux-là le sourire qui naît au point du jour sur chaque visage entrevu, c'est le bonheur de vivre sous un ciel serein où la musique est source de vie, un pays où le drapeau qui flotte au vent, fierté nationale, dit la victoire de la paix après des décennies de sanglants affrontements.

L'Irlande, c'était pour moi le chef-d'œuvre en noir et blanc de Kenneth Branagh, où il raconte la vie tourmentée de sa famille dans le Belfast des années 1960, c'étaient les falaises de Moher, les côtes déchiquetées par le vent, *La Fille de Ryan* de David Lean, *Les Poneys sauvages* de Michel Déon, longtemps mon livre de chevet, et la silhouette du romancier flânant dans les petits cimetières de « l'île d'émeraude » surplombant la mer. C'étaient la harpe celtique et la cornemuse, les musiques qui naissent à chaque coin de rue, et Molly Malone, vendeuse de coquillages le jour et fille de joie la nuit… Ce sera désormais aussi, certains soirs, par la magie des mots d'un enfant de Saïgon, un coin de lande où erre parfois l'âme de Jean-Loup.

« *Elle m'attendait je le sais*
C'est un parfum que je connais […]
J'ai tant rêvé de ce voyage
Des fous m'ont barré le passage
J'avais rêvé de retrouver
Celle que j'ai simplement aimée »

Elle, c'est l'Algérie par la voix d'Enrico. Pour des raisons politiques, il est interdit à l'artiste de retourner dans son pays natal, douleur lancinante qui imprègne « Le Voyage », écrit pour lui par Jean-Loup. Il a déjà chanté quelques années auparavant la nostalgie de son pays natal :

« *Le bruit du thé dans les théières*
La danse de nuit des lamparos
Et l'odeur des oranges amères
La ville blanche écrasée de soleil [...]
Tant d'espérance tout à coup balayée
Par un vent de folie »

Les couleurs, les parfums de son enfance n'ont jamais cessé de le hanter. Il a maintes fois raconté son petit village de Jemmapes, à soixante kilomètres de Constantine, son père violoniste qui joue de la musique arabo-andalouse, son beau-père, le chanteur et musicien Cheikh Raymond, abattu dans la rue le 22 juin 1961, sous les yeux de sa fille Viviane et du jeune Paul Amar, qui écrira : « J'ai dix ans. Je suis à quelques mètres de lui. Raymond s'écroule et je reste près de lui, figé, tétanisé[1]. »

À l'heure où Jean-Loup traduit son désarroi dans une chanson, Enrico, en proie à un lancinant chagrin, sait que tout espoir lui est désormais interdit d'un retour, même fugace, dans son pays d'origine. La chanson explose sur les ondes et j'ai vraiment peur que notre immeuble explose, une des grandes frayeurs

1. Paul Amar, *Blessures,* Taillandier, 2014.

de ma vie ! Je garde un petit mot sur mon bureau, il me vient d'Enrico :

« Si nous nous sommes tant aimés, et que nous sommes séparés, non ce n'est pas parce que tu es au ciel, JE SUIS RESTÉ FIDÈLE. Oui, fidèle à la mémoire de Jean-Loup. Oui, fidèle à notre amitié, oui, fidèle aux multiples facettes de ton talent. Oui, fidèle à ta gentillesse, à ta générosité, à nos nombreux fous rires. Tu es parti, mais tu restes dans mon cœur, mon frère jumeau. »

L'Irlande, l'Algérie et maintenant la Grèce ! De passage à Paris, Nana Mouskouri me téléphone. Il y a une vingtaine d'années, elle a réalisé son rêve : enregistrer deux chansons de Jean-Loup, pour son album *Fille du soleil.* La première est mise en musique par son pianiste Luciano Di Napoli et ses mots touchent Nana en plein cœur, dans « Petite Valse pour un enfant » :

« *Il chantait là*
Courant dans la lumière [...]
C'était avant la guerre [...]
Un enfant absent
Effacé par le temps et le vent »

« J'ai beaucoup voyagé à travers le monde, me dit Nana, et pas tellement rencontré les artistes français, mais j'écoutais ce que Dabadie écrivait, j'aimais l'âme de son écriture, les mots qui naissaient sous sa plume. Il était pour moi un auteur au-dessus de tous les autres. Je le trouvais exceptionnel. J'aime les mots, et ceux qu'il a brodés pour moi étaient exactement ceux dont je rêvais, c'était comme s'il s'était glissé dans ma peau. C'est touchant et impressionnant. Je suis très fière de faire partie de ses interprètes. C'est un honneur pour moi ! » La seconde chanson, c'est « Le Plaisir d'aimer ». Contre toute attente, émue à l'évocation de Jean-Loup, Nana fredonne, rien que pour moi, quelques mots de ce texte dont la mélodie est signée Alain Goraguer :

« *J'ai dans tous mes voyages*
D'invisibles bagages
Des chagrins des blessures
Des étoiles bien sûr
Des bonheurs difficiles
Comme le cœur en exil »

« Dabadie était adorable, il avait la noblesse du cœur et cette noblesse se reflétait dans ce qu'il écrivait, un dialogue, un refrain, une chanson. Vous vous souvenez de la fin de la chanson ?

« *Vivre aimée, désarmée*
Et pour toujours chanter
Et pour toujours garder
Le plaisir d'aimer »

Nana me parle de Jean-Loup avec un émoi perceptible, une infinie tendresse. Elle frissonne. Elle n'a jamais oublié ses yeux clairs, sa main tendue, son charme, son élégance. Et elle me montre une amusante photographie prise par Michèle Pelletier qui l'a immortalisée en robe rouge, sa couleur d'élection, tenant dans sa main ouverte Daniel Lavoie, Aznavour et Brialy, tandis que Jean-Loup semble s'envoler, un sourire au coin des lèvres avec, dans la main droite, un bouquet de ballons pastel.

Quand la pellicule se dévide à l'envers, il arrive qu'elle ressuscite des visages jamais oubliés. Ainsi cette scène de *La Belle Équipe* (Julien Duvivier, 1936) où Jean Gabin fredonnait : « *Quand on s'promène au bord de l'eau / Comme tout est beau / Quel renouveau...* [...] / *Quand on s'promène au bord de l'eau / On a le cœur plein de chansons*[1]... »

1974. Quelques jours encore et Jean-Loup va bientôt réaliser l'un de ses rêves : rencontrer Gabin. À Cannes, au Midem de la chanson, l'éditeur Denis Bourgeois vient d'acheter les droits d'une mélodie irlandaise, « But Now I Inow », composée par Harry Philip Green, et il se met en tête d'en faire chanter une adaptation française par Gabin, qui l'envoie gentiment sur les roses. Quelques jours plus tard, devant un nouveau refus, il risque le tout pour le tout : « Qu'est-ce que je vais dire à Jean-Loup, qui a écrit les paroles ? — Si c'est l'môme Dabadie, répond Gabin, j'veux bien écouter. » Jean-Loup n'est au courant de rien et bien sûr il n'a rien écrit. Mais il va relever le défi. Il raconte sa première rencontre avec l'acteur :

Scène 1. « Je sonne à l'appartement de Neuilly, un mois plus tard. La porte s'ouvre et je me retrouve en face d'une gloire en charentaises. Jean Gabin en vrai, pour moi tout seul et de haut en bas : sa casquette,

1. « Quand on se promène au bord de l'eau », (Julien Duvivier-Louis Poterat/ Maurice Yvain-Jean Sautreuil, 1936). Chanson du film *La Belle Équipe.*

un beau costume prince-de-galles feuille morte, une chemise crème avec une cravate grise piquée d'une perle, et pour terminer une paire de grosses pantoufles campagnardes... [...] Dans la première version, j'ai écrit une sorte de monologue adressé à un petit garçon. Gabin marmonne qu'il n'a rien contre les enfants, mais qu'il vaudrait mieux régler un gros plan sur lui, comme au cinéma[1] ! »

Scène 2. De retour chez lui, Jean-Loup écrit une nouvelle version de « Maintenant je sais ».

Gabin cautionne le texte et rendez-vous est pris pour l'enregistrement.

Scène 3. Un studio rue de Washington, trois personnages : Denis Bourgeois, un technicien, Jean-Loup Dabadie. Un taxi est en bas. Arrivée de Gabin, qui sort de sa poche un papier plié en quatre : « Je soussigné docteur X..., certifie que Monsieur Gabin, souffrant d'une trachéite, n'est pas en mesure de chanter... »

Scène 4. Même décor, mêmes personnages, deux jours plus tard. Un pupitre est installé, sur lequel on a posé le texte définitif :

« *Quand j'étais gosse, haut comme trois pommes,*
J'parlais bien fort pour être un homme
J'disais JE SAIS, JE SAIS, JE SAIS, JE SAIS [...]
Et aujourd'hui, les jours où je m'retourne
J'regarde la terre où j'ai quand même fait les cent pas
Et je n'sais toujours pas comment elle tourne[2] ! »

---

1. *Conversations avec Jean-Loup*, *op. cit.*
2. 45 tours « Maintenant je sais », 1974. Annie Cordy en enregistre une version féminine dans l'album *Ça me plaît, pourvu que ça vous plaise*, sorti en 2012.

Mais Gabin, en grand professionnel qu'il est, connaît les paroles par cœur. Deux prises suffiront. On gardera la seconde. Clap de fin.

Scène 5. L'été suivant, de sa propriété de l'Orne, Gabin appelle Jean-Loup : « Vous avez écouté le Top 50 d'Europe 1 ? Eh bien, je vais vous dire un truc, asseyez-vous : je suis troisième derrière Johnny et devant les Pink Floyd ! Alors là, mes mômes vont me prendre définitivement pour quelqu'un ! »

Épilogue. « Je viens de rencontrer Gabin. Il m'a dit, l'œil à la fois allumé et inquiet : "Peut-être qu'on va remettre ça, nous deux ?" Alors je cherche un thème[1]... »

---

1. *France-Soir*, 27 février 1976. Jean Gabin meurt à Neuilly-sur-Seine le 15 novembre 1976.

Fou de théâtre

« Jean-Loup Dabadie : nous l'avons tant aimé ! Le théâtre a été pour lui une sorte de tir au penalty à la fin du match (le scénariste et dialoguiste du cinéma), puis les deux prolongations (l'auteur de chansons et l'écrivain académicien), car Jean-Loup n'a jamais tiré pour lui mais pour l'équipe !

« Ce fut le cas par exemple pour *Madame Marguerite*, *Deux sur la balançoire*, *Quelque part dans cette vie*, *Le Vison voyageur*, *Même heure, l'année prochaine*…

« Et d'autres succès inouïs !

« Il était si heureux d'écrire des rôles à la Dabadie pour des stars à l'écran qu'il n'osa pas encrer, pour des monstres sacrés de la scène qu'il vénérait, du Dabadie, comme Anouilh, Giraudoux, Achard, Poiret et Guitry bien sûr le firent.

« Il fut comme un enfant et n'osa pas vraiment. Alors qu'il eût été le Feydeau de sa génération s'il s'y était consacré. Sans doute a-t-il pensé qu'il s'y sentirait trop enfermé et contraint de ne plus faire que du théâtre.

« Mais ces adaptations si remarquables sont pour jamais du Dabadie malgré lui !

« Son école des stars !
« Chapeau, maître[1] ! »

Francis Huster

Adolescent, Jean-Loup se passionnait pour Marie Dorval[2], la comédienne aimée d'Alfred de Vigny. De tout temps les acteurs l'ont fait rêver. À l'été 1956, Jean-Paul Moulinot, ami de captivité de son père, comédien du TNP, propose à ce jeune homme de le rejoindre sous le ciel d'Avignon. Il y sera le garçon à tout faire, celui qui sert de doublure à Gérard Philipe pour l'essayage d'un costume, dépose chez le cordonnier le soulier d'une actrice, devient régisseur de plateau et, la nuit venue, porte la lance de Cinna ou le cercueil du prince de Hombourg, chasse gentiment les jeunes filles énamourées qui se cachent dans les gradins pour apercevoir la haute silhouette de Gérard Philipe, acteur mythique qui joue cette année-là *Le Prince de Hombourg*, de Kleist. Maria Casarès et Alain Cuny créent *Macbeth*, Silvia Monfort est, au côté de Vilar et sous sa direction, l'Émilie de *Cinna* et, sous le ciel clouté d'étoiles de la Cour d'honneur du palais des Papes, le vent s'engouffre sous le grand manteau rouge de Jean Vilar, Auguste d'un soir. Il ne sait pas son texte, qui lui est soufflé entre deux rafales, sans que le public s'en aperçoive. Le comédien est fabuleux, mais

1. Texte envoyé aux autrices, 24 août 2023.
2. Marie Dorval (1798-1849), maîtresse d'Alfred de Vigny, entre au Théâtre-Français en février 1843 et s'illustre particulièrement dans *Chatterton* de Vigny et *Angelo, tyran de Padoue* de Victor Hugo.

lorsque Jean-Loup assiste aux répétitions, l'homme à la légendaire salopette et au regard d'aigle ne lui accorde pas le moindre regard. La vocation de Jean-Loup Dabadie naît pourtant cette année-là. « C'est le métier que je veux faire : costumier, décorateur, régisseur, auteur, acteur ? Peu importe ! Le théâtre, c'est mon univers, c'est ma vie ! »

Il attendra quelques années pour réaliser son rêve.

19 septembre 1965. Le rideau se lève au Théâtre-Antoine sur *Le Boy-Friend*, adapté par Jean-Loup d'une comédie musicale de Sandy Wilson avec, en tête d'affiche, Suzy Delair et Daniel Ceccaldi. Mise en scène : Jean-Christophe Averty et Dirk Sanders. Scénographie et costumes : Marc Dolnitz. Direction musicale : Jean-Claude Pelletier. « J'ai suivi tous les jours pendant deux mois toutes les répétitions. J'aime tout au théâtre. Et aussi ce péril, ce danger les soirs de générale. On est à la merci d'une grosse vague, comme en bateau. Le théâtre, c'est comme la voile, quand on risque de chavirer on a encore plus de plaisir. Et puis tout à coup il y a un rire qui fuse dans la salle. Le beau temps. Quel bonheur[1] ! »

Le Boy-Friend sera un échec, bien vite compensé par une pièce de théâtre tout entière née de la plume de Jean-Loup. À vingt-sept ans, il écrit sa première pièce, *La Famille écarlate*. Jean Serge, un ami de ses parents, a monté en 1945 l'unique pièce de théâtre de Simone de Beauvoir, *Les Bouches inutiles*, avant de devenir en 1957 le régisseur du *Jules César* de Shakespeare

1. **Source ?**

mis en scène par Jean Renoir dans les arènes d'Arles. Il ne vit que pour le théâtre. Il donne la pièce de Jean-Loup à lire à Pierre Brasseur. Enthousiaste, le comédien accepte de la jouer, comparant d'emblée le jeune auteur à Giraudoux et Vitrac. Il arrête même les représentations du *Retour* de Pinter, à l'affiche dans le même théâtre avec Claude Rich, Jean Topart et Emmanuelle Riva.

Il définit *La Famille écarlate* comme « une famille de bourgeois qui se réunit pour la mise à mort de Bon-Papa ». « Inutile de dire que Jean-Loup Dabadie ne rate pas une des répétitions, écrit Philippe Bouvard. Il découvre, non sans malice, le chemin enchanté des comédiens[1]. »

On peut lire sous la plume de Geneviève Dormann ce qu'est le quotidien du jeune écrivain : « L'auteur, si jeune et décontracté qu'il puisse être, commence à prendre son visage du Jardin des Oliviers quand s'effectue le compte à rebours des jours qui restent avant que le public soit invité à juger. Quinze jours, quatorze, treize… La panique augmente, le cauchemar se précise. On dort de moins en moins bien, on s'amenuise, on se fait pâlot, irascible, aboyeur. On doute de tout et de tout le monde. Les familiers ont intérêt à prendre prudemment le large. Invisible, mais présente dans les coulisses, embusquée derrière un portant ou mussée au fond d'un couloir, une créature anémiée, tremblante, beige d'émotion, attend son verdict en regrettant d'avoir été prise aux mots de l'auteur[2]. » De

1. *Le Figaro*, 25 février 1967.
2. *Le Figaro littéraire*, 2 mars 1967.

son côté, Jean-Loup confie à Sylvie de Nussac : « Ma femme n'imaginait pas que je roulais en moi de tels torrents d'horreur[1]. »

« Dans cette pièce insolite, drôle, effrayante, il a mis tout ce qu'il aimait, le pays de Galles (à cause du rugby), Grenoble (à cause de Stendhal), un hussard rouge (à cause de son service militaire à Saumur). Dans la vie, Jean-Loup Dabadie est le chef d'une famille pas du tout écarlate, mais toute rose. Il a une jolie maison dans un jardin romantique plein de petites filles blondes. Quand il a épousé notre consœur Geneviève Dormann, elle lui en a apporté trois dans sa corbeille de mariage. Ensemble, ils en ont une quatrième, Clémentine, quatre ans[2]. »

La Famille écarlate met en scène, autour du patriarche, son épouse, Petite Mère, leurs deux fils, Aliocha et Adolphe, leurs épouses, Rose et Valentine, et Antoine, le petit-fils. Tous se déchaînent en propos haineux et violents en présence de Bon Papa, enfermé dans son mutisme, qui feint d'être sourd et ne révèlera sa vraie personnalité que lorsque l'heure sera venue pour lui de le faire. Dans une haute et solennelle salle à manger boisée, où un carillon Westminster sonne les heures, c'est l'assassinat programmé, la mise à mort du vieil homme, haï de tous pour les avoir tyrannisés, pensent-ils, et qui revit le drame à travers les souvenirs que chacun garde de lui. Une vie recommencée à l'envers : les uns et les autres comprendront trop tard comme ils se sont trompés et à quel point il les aimait.

1. *L'Express*, 13 mars 1967.
2. *L'Écho de la mode*, mars 1967.

Pour ce galop d'essai, le jeune auteur a le privilège de réunir autour de Pierre Brasseur, dont c'est l'avant-dernière apparition au théâtre, une prestigieuse distribution : Françoise Rosay, Rosy Varte et Gérard Lartigau, jeune premier dirigé depuis une dizaine d'années par les plus grands, Jacques Charon, Paul-Émile Deiber, Michel Vitold, Sacha Pitoëff ou Pierre Fresnay. Philippe Bouvard écrit : « Benjamin comblé, rouge de plaisir, Dabadie a eu la distribution qu'il voulait, le décor qu'il avait réclamé, les costumes dont il avait envie. Il assiste, émerveillé, à la naissance d'un spectacle en chair et en os, là où il n'y avait au départ que quelques feuilles de papier[1]. »

Le soir de la « générale », au Théâtre de Paris, le 5 avril, le public, qui vient d'assister à la représentation de *La Famille écarlate*, éprouve le sentiment bien rare d'avoir assisté à la naissance d'un auteur dramatique. Invité sur les ondes de France Culture à revenir sur la genèse de son amour pour le théâtre, le jeune dramaturge se souvient du Festival d'Avignon 1956, où il balayait le plateau, portait les décors, se sentait si heureux que l'enchantement du théâtre ne l'a plus jamais quitté. Il évoque Michel Galabru, Hubert Deschamps, Henri Virlogeux, « violons dont rêve un auteur », dit avoir fait ses gammes en écrivant pour eux, comme pour Bedos ou Villeret, un sketch de deux ou trois minutes, mise en lumière d'un personnage de son époque. Le temps d'une chanson pour déclencher le rire, un exercice de haute école, « un

---

1. Philippe Bouvard, *Le Figaro*, 25 février 1967.

escalier avec, à chaque marche, une mécanique qui doit déclencher le rire immédiat… Au théâtre, il faut utiliser toutes les touches du piano, le rire, l'attente, le chagrin… ».

La collaboration avec Pierre Brasseur n'a cependant pas été de tout repos : le soir de la « couturière », du balcon où s'est réfugié Jean-Loup, le voilà qui blêmit lorsque l'illustre comédien, un genou à terre devant Françoise Rosay, oublie les premiers mots de son texte, saute quelques répliques. Il demandera que la « générale » soit retardée de douze jours. Le lendemain, stupeur, l'auteur, déjà éprouvé par les vicissitudes de la soirée, découvre sous la plume de Paul-Louis Mignon que, à sa demande, un temps lui a été accordé pour adapter au mieux les répliques de son texte !

Pierre Marcabru ne cache pas son enthousiasme : « Nous savons maintenant qu'il faudra compter avec Dabadie. [...] Dans la seconde partie, Jean-Loup Dabadie rejoint Anouilh, c'est-à-dire qu'il nous montre des êtres dont l'insignifiance et la bassesse ont tous les alibis de la tendresse humaine. »

Jean-Jacques Gautier en revanche n'apprécie guère le spectacle : « Il est dommage que M. Jean-Loup Dabadie n'ait pas su qu'il existe une pièce d'Armand Salacrou sur une famille qui tombe aussi d'accord pour supprimer un grand-père encombrant. Cela lui eût peut-être évité *La Famille écarlate*[1]. » Sa critique acerbe rejoint celle de Jacques Lemarchand : « Il arrive qu'une distribution "exceptionnelle" écrase une pièce

1. *Le Figaro*.

médiocre[1] ». *La Famille écarlate* ne dépassera pas la 100e représentation, mais le nom du jeune auteur sera désormais sur toutes les lèvres[2].

La même année, Jean-Loup se confie sur ses projets : « J'écris actuellement deux pièces, *Hélène et William*, pour Madeleine Renaud et Jean-Louis Barrault, une tragi-comédie à deux personnages, et une comédie, *La Colombe avec une patte en bois*, histoire de deux héros mobilisés, avec un quiproquo qui commence à la caserne lors de la visite médicale. Elle est destinée à Jean-Pierre Marielle et Jean Rochefort. Je viens de finir un scénario, *Thomas l'Agnelet*, et, pour Philippe de Broca, *L'homme qui sautait par la fenêtre*, une histoire d'adultère en forme de vaudeville, pour Belmondo et Jeanne Moreau[3]. » Quelques semaines plus tard, *Hélène et William* est proposé avec Yves Robert et Danièle Delorme, et la colombe a deux pattes en bois ! En 1975, le scénariste annoncera « un prochain film avec Pinoteau et Belmondo, d'après *La Mare au diable*, une série noire de Charles Williams. J'ai commencé le scénario, ça se passe en Floride et à Porto Rico, où je ne suis jamais allé… »

---

1. Jacques Lemarchand.
2. Pour la saison 1992-1993, *La Famille écarlate* partira en tournée à travers la France, la Belgique, la Suisse et le Luxembourg. La mise en scène est signée Jacques Échantillon. Annie Girardot et André Falcon, qui ont repris les rôles créés par Françoise Rosay et Pierre Brasseur, sont entourés de France Darry, Yannick Debain et Julie Arnold.
3. *Le Figaro*, 21 octobre 1967.

Aucun de ces projets ne verra le jour. Autant en emporte le vent…

En 1988, Jérôme Savary, qui s'est fait connaître avec *Le Grand Magic Circus*, véritable fête où se mêlent le théâtre, le cirque, le cabaret et le music-hall, est nommé à la direction du Théâtre national de Chaillot. Pour son premier spectacle, il a invité Jean-Loup à écrire une pièce de cape et d'épée, riche en cascades et en rebondissements, *D'Artagnan*, dont le rôle-titre est interprété par Christophe Malavoy. « Je suis très fier d'avoir ici, à Chaillot, un petit bureau avec sur la porte une plaque de cuivre à mon nom, confie Jean-Loup à Danièle Heymann. Jérôme Savary me l'a offert pour mon anniversaire. D'autant plus fier que c'est Chaillot et le TNP de Vilar qui a décidé de ma vocation[1]. »

C'est dans les coulisses de Chaillot que Jérôme Savary rencontre Christophe Malavoy, venu féliciter quelques-uns de ses amis. « Toi, dis donc, tu as le nez gascon ! Ça te dirait de jouer d'Artagnan ? » Pour le jeune comédien – il n'a que trente-six ans – révélé par Régis Wargnier en 1987 dans *La Femme de ma vie* où il incarnait un violoniste célèbre qui a sombré dans l'alcoolisme, d'Artagnan c'est un clin d'œil à son enfance, un personnage drôle, mythique, cocasse. L'incarner est une chance folle et il accepte d'autant plus volontiers que Savary fait appel à Jean-Loup Dabadie, dont il sait déjà qu'il a ce qu'il faut d'esprit, de légèreté et de sens du drame aussi pour faire

1. *Le Monde*, 28 novembre 1988.

revivre à sa manière l'univers d'Alexandre Dumas. « Il m'arrive de rencontrer des gens qui avaient dix ans à l'époque et s'en souviennent encore, tant il y avait de féerie dans ce spectacle, une féerie pleine de ces subtilités propres à Jean-Loup. Il écrivait les textes au fur et à mesure des répétitions, ce qui était une expérience inédite pour moi. Il venait chaque semaine et, assis dans la salle, nous lisait tous les rôles, ce qui est devenu périlleux pour moi lorsque, trois jours avant la première, je n'avais pas encore la fin du texte[1] ! »

La mise en scène de Savary est spectaculaire : Christophe Malavoy monte deux chevaux au galop sur un tapis roulant, habitués à la scène car empruntés au Lido, mais qui valurent à la troupe une belle frayeur : « Un soir où l'un des chevaux, qui devait entrer sur une réplique en tapant du sabot, à la suite d'un effet de fumée, tomba dans la trappe aménagée pour l'apparition de la reine dont la robe, de cinq mètres de circonférence, devait s'élever à six mètres de haut, il se rattrapa grâce à ses antérieurs, mais il fallut baisser le rideau et recommencer la scène[2] ! »

Invitée à la dernière répétition, une journaliste découvre, stupéfaite, « un envol de vrais papillons blancs, un vrai cheval galopant à perdre haleine sur un tapis roulant, une fausse Manche de carton-pâte roulant des vagues déchaînées, la robe de la reine Anne d'Autriche grandissant, grandissant jusqu'à la faire ressembler à une ménine de Vélasquez projetée

---

1. Entretien avec les autrices, 14 septembre 2023.
2. Entretien avec Christophe Malavoy, 13 septembre 2023.

chez les Lilliputiens, des miroirs qui tournent, des panneaux qui coulissent, et Richelieu qui ricane, et d'Artagnan qui ferraille... ».

« C'est un régal pour les yeux et les oreilles que ce spectacle bourré de gags et d'irrévérences, dont les puristes de Dumas Père ne sauraient s'offusquer puisque l'intrépide et prolifique romancier avait lui-même réglé son compte à la fidélité historique en proclamant qu'on pouvait violer l'histoire si c'était pour lui faire un enfant. [...] Il y a la porte dérobée dans le Richelieu de Philippe de Champaigne par où s'esquive le fourbe cardinal, les papillons entrant dans le bestiaire du Grand Magic Circus et la cour d'Angleterre dans *La Cage aux folles*[1]. »

Au début du spectacle, d'Artagnan a soixante ans. Blessé en 1672 au siège de Maastricht, agonisant, il évoque pour un jeune tambour les grands événements de sa vie.

Savary voit son d'Artagnan comme « un *macadam cow-boy*, un *macadam* gascon qui arrive sur son cheval jaune, avec une éducation à la Bayard, dans un Paris foisonnant d'intrigues, d'assassinats, de décapitations », Malavoy aime ce héros auquel l'écrivain de spectacle a donné « une dimension poétique » et Jean-Loup s'amuse de voir certains combats réglés comme au cinéma ! Il a fallu un an à l'auteur pour écrire ce spectacle à partir des *Mémoires de Mr. d'Artagnan*, biographie méconnue rédigée par un certain Gatien

1. André Videau, *Hommes et Migrations*, mars 1989, n° 1120, p. 56-57.

de Courtilz de Sandras, un travail qu'il a effectué comme toujours à l'aide de ses feutres de toutes les couleurs : « Je me lance en écrivant mes brouillons avec des feutres de couleurs pâles, roses, bleu ciel, des couleurs pas trop graves. Quand je réécris une page, je choisis un bleu plus soutenu. Ça commence à se fixer. Là-dessus interviennent les corrections que je fais en rouge, comme à l'école. Après, si je suis un peu rassuré par la scène, le sketch, la chanson, je l'écris au feutre violet, ma couleur préférée. À ce moment-là seulement, je prends mon beau papier blanc, bien lourd, avec en filigrane un soldat romain casqué, et je recopie, très doucement, à l'encre noire[1]... »

« Jean-Loup écrivait pour chacun de nous du "sur-mesure", on pouvait le faire revenir sur un mot, une intonation, et il nous écoutait avec la plus grande attention, revenant sans cesse sur le texte. L'art, c'est la victoire sur la contrainte et Jean-Loup aimait se confronter et de sa victoire sur la contrainte naissait sa liberté[2]. »

Le spectacle, créé à Chaillot, sera repris pour six mois à Mogador, chaque soir devant une salle comble et un public enchanté. « On s'est beaucoup amusés, murmure encore Christophe, il y avait dans toute cette aventure quelque chose d'enfantin, et Jean-Loup a toujours quelque chose à voir avec la poésie de l'enfance. Il n'a jamais fini de grandir, il n'a jamais rompu les amarres avec ses jeunes années[3]. »

---

1. Entretien avec les autrices, 14 septembre 2023.
2. *Idem*.
3. Entretien avec Christophe Malavoy, 13 septembre 2023.

La musique est signée Oswald d'Andréa, fabuleux musicien qui accompagna longtemps Catherine Sauvage au piano et deviendra le directeur musical de Savary pour *Cabaret*, créé en 1988 au Théâtre du Huitième de Lyon avant d'être repris au Théâtre Mogador.

Jean-Loup adore adapter des pièces étrangères, dans la mesure où on lui laisse toute liberté pour, sans en trahir le climat, ajouter ce qui est désormais sa petite musique. Il le fait à six reprises et commence dès 1969, avec l'adaptation d'une pièce délirante de Ray Cooney et John Chapman, *Le Vison voyageur*, qui bénéficie d'une distribution exceptionnelle : Jean Poiret et Michel Serrault, qui l'ont découverte, mais aussi Judith Magre, Hélène Duc, Karin Petersen, Marc Dudicourt et Jeanne Colletin.

« J'allais partir en vacances quand Marie Bell m'a téléphoné pour me proposer d'écrire la version française de la pièce. J'ai vite craqué à l'idée de travailler avec Poiret et Serrault. Marie Bell était une exceptionnelle charmeuse. En dernier ressort, c'est elle qui a trouvé le titre français. Il est vrai qu'elle fut une grande spécialiste du vison[1] ! »

La mise en scène a été confiée à Jacques Sereys, qui a dirigé en 1962 Marie-José Nat et Jean-Claude Brialy au théâtre du Paris-Royal dans *Un dimanche à New York*, adapté de Norman Krasna par Barillet et Grédy. Le très difficile Jean-Jacques Gautier écrit : « Le théâtre maintenant s'habille à Londres. [...] Je me suis

1. Entretien avec les autrices, 14 septembre 2023.

amusé comme un petit fou au milieu de gens qui ne cessaient de s'esclaffer que pour applaudir en cours de jeu[1]. » Ce vison est celui que deux fourreurs, l'un galant et coquin, Steve Brodley (Jean Poiret), l'autre chaste, Crouch (Michel Serrault), vendent à de très *british ladies.* Steve décide d'offrir à la très jolie Jane (Karin Petersen), mariée, un vison d'une valeur de 5 000 livres que le mari naïf ne paiera que 500 livres. Les coups de théâtre se succèdent à un rythme d'enfer. « C'est une ronde folle de maris, d'épouses et de maîtresses autour de ce vison tentateur. Tout cela sous l'œil effaré de Crouch, un Serrault qui n'a jamais mieux incarné les victimes burlesques du destin[2]. » Le vison passera des épaules de Billie à celles de Maud pour finir sa course dans la corbeille de mariage de miss Tipdale !

Pour Jacques Lemarchand, « le clou du spectacle est évidemment la nudité chaste, enrobée de vison, de Karine Petersen, et le jet par la fenêtre de ses dessous qui, tombant sur les toits d'autobus et de taxis, se voient en un instant transportés aux quatre coins de Londres[3] ».

Jean Dutourd boude le spectacle : « Si on m'avait dit qu'une fois dans ma vie MM. Poiret et Serrault ne me feraient pas rire, je ne l'aurais pas cru. Eh bien ! voilà, cet événement stupéfiant s'est produit[4]. » Yvan Audouard ironise : « Les deux spectacles, *L'Homme de*

1. *Le Figaro*, 21 mars 1969.
2. Gilbert Guilleminault, *L'Aurore.*
3. Jacques Lemarchand, *Le Figaro.*
4. *France-Soir.*

la Mancha et *Le Concile d'amour*, n'ont en commun que deux choses, mais importantes. D'abord M. Jean Dutourd les a éreintés tous les deux. Ensuite, ils battent tous les deux les records de recette. Dans ces conditions, on peut se demander si ce *Vison voyageur* ne restera pas trois ans à l'affiche du Gymnase pour l'excellente raison que M. Jean Dutourd (qui est éclectique dans le choix des gens qu'il assomme) ne l'a pas aimé non plus. » Et de conclure : « En sortant du Gymnase, j'ai vu des Français heureux. Il y a longtemps que ça ne m'était pas arrivé[1]. »

Georges Pompidou et son épouse, Claude, ont pour habitude d'inviter à l'Élysée un spectacle de l'opéra Garnier ou de la Comédie-Française. Ils vont faire exception en conviant Marie Bell, directrice du théâtre du Gymnase, et ce *Vison voyageur* qui triomphe depuis quelques semaines. Protocole oblige, dans la cour d'honneur éclairée de huit projecteurs, les ministres arrivent en smoking.

Après le dîner, Marie Bell, en robe rose de style oriental, présente ce succès qui vaudra sept rappels aux comédiens enchantés de cette atypique représentation. « Il y a bien longtemps que je n'ai autant ri », dira le président de la République.

1972. Pour sauver le théâtre Hébertot menacé de devenir un parking, Jean Desailly et Simone Valère vont l'acquérir. Pierre et Sophie Vaneck ont découvert, au hasard de la lecture de la correspondance de

1. *Le Canard enchaîné.*

Scott Fitzgerald, l'existence d'une pièce de théâtre, la seule de l'auteur américain, *The Vegetable*. Ils l'ont traduite et ont demandé à Jean-Loup de l'adapter. Jean-Pierre Grenier en assure la mise en scène. Avec *Le Légume*, on est très loin de l'univers des romans de l'écrivain, *Tendre est la nuit* et *Gatsby le Magnifique*. Dans l'Amérique au temps de la Prohibition, une mégère agressive harcèle un mari naïf et lunaire, Jerry, dont le seul refuge est la consommation de mauvais alcools. « Le légume, c'est le fruit sec, le raté, la cloche, le pauvre type, le croûton. Du moins son épouse, qui est une chipie, une harpie, le lui répète-t-elle en l'abrutissant de récriminations. [...] Fitzgerald est adapté par Jean-Loup Dabadie avec goût, légèreté, finesse, drôlerie[1]. » Dans l'Amérique des stars et du charleston, le pauvre Jerry se rêve président des États-Unis. « Il fallait toute la tendre nostalgie que porte Jean-Loup Dabadie aux Années folles et au jeune prince désenchanté de la Génération perdue pour en accepter l'adaptation française. Il l'a enveloppée de tout un parfum subtil d'époque, où la trépidation du charleston, l'odeur des alcools meurtriers de la Prohibition, les parades des campagnes présidentielles constituent les éléments d'une fantaisie absurde[2]. »

Déception pour Jean-Loup, les critiques se révèlent plutôt positives mais le public boude la pièce. À l'affiche dès le 29 septembre 1972, elle cède la place le 11 mars 1973 à un spectacle conçu et joué par Pierre Étaix et Annie Fratellini, *À qui on joue ?*

---

1. Jean-Jacques Gautier, *Le Figaro*, 4 octobre 1972.
2. Gilbert Guilleminault, *L'Aurore*, 7 octobre 1972.

La réussite éclatante vient en 1975, au théâtre Montparnasse, avec l'adaptation de *Madame Marguerite*, écrite cinq ans plus tôt par un jeune auteur brésilien, Roberto Athayde, pendant les années de plomb où la dictature militaire, depuis 1964 et pour quinze années encore, fait plier le peuple sous son joug. Allégorie du pouvoir, la pièce peut cependant faire l'objet d'un autre niveau de lecture, qui ne tiendrait pas compte du contexte politique. Face à des élèves d'une classe de CM2, une institutrice généreuse et quelque peu foldingue – cartable jaune, tennis et chaussettes à rayures – tente d'apprendre à ses jeunes élèves l'essentiel de l'existence, passant du comique au tragique et du rire aux larmes : « Vous allez tous mourir », assène-t-elle aux enfants, avant de les inviter à décrire avec force détails leur propre enterrement. Annie Girardot donne tout son sel à ce personnage atypique dont elle parle avec passion : « *Madame Marguerite*, ce n'est pas une pièce ! C'est du cirque, du music-hall. On rit, on s'amuse et brusquement on ne s'amuse plus : il se passe quelque chose. Nous sommes tous comme les élèves de Madame Marguerite : soumis à l'autorité de quelque chose ou de quelqu'un. [...] Alors, quand je descends dans la salle, que j'interpelle les spectateurs, que je leur dis : "Taisez-vous, petits cons" et qu'ils n'osent pas me regarder, qu'ils ont envie de disparaître sous leur fauteuil, c'est triste. Mais quand ils rient, c'est formidable : ils prennent conscience du ridicule de notre situation et peut-être que ça leur donnera des ailes pour réagir dans la vie [...]. Je parle aux spectateurs. J'aime aller les chercher, voir leurs yeux, leur sourire, leurs réticences[1] ! » Pour Jorge Lavelli, qui signe la mise en scène : « La pièce touche à la destinée humaine, à la mort, donc à la vie. »

En 1958, Henry Fonda et Anne Bancroft ont triomphé à Broadway avec *Deux sur la balançoire*, du dramaturge américain William Gibson, mis en scène par Arthur Penn. À Paris l'année suivante, on peut applaudir la première adaptation française de la pièce, confiée à Louise de Vilmorin, au théâtre des Ambassadeurs. Luchino Visconti a choisi deux comédiens qu'il aime particulièrement, un monstre sacré, Jean Marais, et une jeune comédienne révélée par *La Machine à écrire* de Jean Cocteau, à la Comédie-Française, Annie Girardot. Yves Salgues, dans *France-Soir*, aura cette formule superbe : « Elle est épuisée : elle a vécu. Lui est rayonnant : il a joué. »

En 1985, Bernard Murat dirige Jacques Weber et Nicole Garcia dans une nouvelle adaptation de *Deux sur la balançoire* qu'a signée Jean-Loup à la demande de Nicole Garcia. Jacques Weber s'en réjouit : « L'adaptation de Jean-Loup, c'est quelque chose de fondamental. Il savait que Nicole et moi allions jouer cette pièce, c'est pour nous qu'il la réécrivait, il essayait de faire correspondre sa musique à la nôtre. Dans celle de Louise de Vilmorin, la pièce avait un petit parfum de passé, c'est une forme de théâtre que l'on aurait pu mettre en scène mais pour des raisons nostalgiques. Dabadie a apporté son sens de l'humour, cette espèce de politesse du désespoir qu'il a de façon très forte,

1. « Place au théâtre », 19 octobre 1974.

très violente, et il a apporté ce sens du direct, du parler vrai qu'il possède de façon exceptionnelle[1]. » Pour Nicole Garcia, « Au moment où la pièce devient mélo, les gens continuent à rire parce que le dialogue garde un ton de comédie[2] ».

Le public est touché par cette improbable rencontre entre Jerry, un avocat d'une famille de notables du Nebraska, et Clara, une petite danseuse sans engagement venue des pays de l'Est, et leur histoire d'amour vouée à l'échec, aussi bouleversante que drôle. Un an plus tard, au théâtre de la Madeleine, Jean-Louis Trintignant, qui reprend le rôle de Jacques Weber, revient sur les planches pour soixante représentations, après dix-sept ans d'absence : « J'ai vu un spectacle qui m'a enthousiasmé, et adoré son actrice, Nicole Garcia. Parce qu'il était retenu ailleurs, Jacques Weber devait absolument quitter la pièce. Je me suis proposé de le remplacer. [...] Dans un couple, on est rarement au même niveau, il y en a toujours un qui aime plus que l'autre. Dabadie a écrit un texte magnifique, d'un instant à l'autre très drôle et très émouvant. Ces deux-là, comme souvent, ne se retrouvent pas sur la balançoire... Je vis un rêve, je ne vivrai pas ça plusieurs fois dans ma vie, je crois que j'en mourrais[3] ! »

Jean-Loup raconte un changement survenu lorsque Trintignant a remplacé Weber : « Jacques Weber m'avait demandé de supprimer certaines répliques,

---

1. Christophe Dechavanne, « C'est encore mieux l'après-midi », 25 octobre 1985.
2. *Idem.*
3. Antenne 2, « Journal », 21 novembre 1986.

assez rudes, que Jerry, l'avocat, lance à la jeune danseuse un peu "bancale" comme elle le dit elle-même. Jacques craignait que sa force physique soit déjà assez écrasante pour la fine Nicole Garcia ! Et il y a dans la partition de Jerry quelques remarques à la limite de la muflerie. Jacques Weber avait parfaitement raison. Mais, lorsque Jean-Louis Trintignant a repris le rôle, il m'a demandé l'autorisation de reprendre ces répliques et il a su les dire, avec cette manière aiguë qui le caractérise[1]. »

À la disparition de Jean-Louis Trintignant, Nicole Garcia racontera : « Je jouais dans *Deux sur la balançoire* avec Jacques Weber au théâtre de l'Atelier. C'était la dernière ; à la fin de la représentation, on sonne à ma porte de loge et il y avait Jean-Louis Trintignant qui m'a dit, un peu comme un caprice d'enfant : "Je veux jouer avec vous." C'était comme ça, il y avait une ferveur que je ne pouvais pas décevoir [...]. J'ai pu percevoir à travers son jeu de comédien, et peut-être plus que sur un plateau de cinéma, une ambiguïté, une ambivalence. En tant qu'acteur, il fondait ses rôles là-dessus, sans le chercher, et ça faisait partie de sa panoplie d'acteur : il pouvait être doux et agressif, cynique et passionné, innocent et coupable[2]. »

De Jean-Loup, aujourd'hui, ce qui lui revient, c'est sa passion pour les acteurs : « Il était très enjoué, très proche de ses comédiens, très engagé dans le travail,

---

1. Entretien avec les autrices, 16 décembre 2023.
2. Propos recueillis à la mort de Jean-Louis Trintignant, 17 juin 2022.

heureux de la réussite qui était la nôtre, et déçu comme un enfant lorsque nous avons arrêté de jouer ! »

Stéphane Hillel propose un nouvel éclairage pour *Deux sur la balançoire*, qu'il met en scène avec Ludmila Mikaël et Christophe Malavoy, au théâtre Montparnasse, en 1998. Christophe Malavoy a un regard neuf sur la pièce, puisqu'il n'a vu aucune des versions précédentes. Il retrouve avec un plaisir infini la proximité des répétitions avec un auteur toujours à l'écoute des questions des comédiens, de leurs interrogations. « Jean-Loup avait un sentiment jubilatoire de ses trouvailles, et j'ai adoré le retrouver, dans un contexte si différent de celui de *D'Artagnan*. » Comme tous les comédiens, il aime avant tout changer de registre. Depuis « l'aventure Savary », on l'a retrouvé en 1993 à la Gaîté-Montparnasse aux côtés de Marie-France Pisier et de Sabine Haudepin dans une pièce de Jean-Marie Besset, *Ce qui arrive et ce qu'on attend*. L'année suivante, au théâtre Hébertot, il a incarné l'abbé de Pradts dans *La ville dont le prince est un enfant* de Montherlant. Ludmila, de son côté, est ravie de quitter un temps les héroïnes raciniennes qu'on a coutume de lui confier pour aborder un personnage plus contemporain. Elle trouve avec Christophe Malavoy quelqu'un qui lui ressemble, même réserve, même pudeur et partage sans mal la scène avec lui, malgré l'intensité et l'intimité de leurs scènes d'amour.

Définitivement amoureux de ses comédiens, Jean-Loup s'émeut de voir Christophe et Ludmila redonner vie à Jerry et Clara : « Ludmila, c'est une femme incandescente. On est tous fous d'elle. Il faut faire attention à tout ce qu'on lui dit, au moindre compliment, à la moindre réflexion, dès qu'on la touche on se brûle. Christophe est un comédien qui travaille très profondément, et c'est quelqu'un d'extrêmement secret. Je dis souvent à mes comédiens que s'il s'agissait d'un concerto pour deux violons ou deux pianos, ils seraient incomparables avec les virtuoses qui ont joué avant eux. Je n'ai pas changé un mot de la pièce, hormis l'adjectif "brune" pour Ludmila alors que Nicole est blonde. Mais leur interprétation est d'une telle violence dans la drôlerie et dans l'émotion que c'est du jamais vu, du jamais entendu, même pour l'auteur que je suis. […]

« On m'a confié les ailes de la liberté que je réclame chaque fois que je fais un travail d'adaptation, et j'ai inséré ici le mot "balançoire", pas celle qui s'envole entre les arbres, mais la bascule où jouent les enfants dans les jardins publics, où l'un d'eux est en haut quand nécessairement l'autre est en bas. […] Certaines histoires d'amour se diluent dans l'air du temps, ceux-là ne s'oublieront jamais, la déchirure ne cicatrisera pas. »

J'aime Ludmila Mikaël, la comédienne, sublime, et la femme, tendre, souriante, quelque peu mystérieuse : « L'hypersensibilité de Jean-Loup, me dit-elle, son intuition immédiate m'ont impressionnée. Au premier regard qu'il pose sur "l'autre", il le photographie, mieux il le "scanne". C'est à mes yeux le summum de l'intelligence. Quand il assiste aux répétitions, ce qu'il adore, tant il est le groupie des artistes, il voit tout, il entend tout, la moindre intention, le moindre tressaillement. Il a l'œil et l'oreille absolus, ce qui fait naître en nous autres, comédiens, une forme de trac à l'idée de ne pas être à la hauteur de ce qu'il attend. Son souci constant de la perfection nous contraint à l'exigence, à mettre la barre haut, et c'est tout ce que j'aime. Il est jubilatoire de chercher éternellement à s'améliorer, surtout quand on sent sur soi un regard bienveillant. Car Jean-Loup était aussi un homme gentil, affable, délicieux. Son sens de l'humour ne le quittait jamais.

« Ma rencontre avec lui, au-delà de l'aventure artistique, a été une merveilleuse rencontre humaine. On parlait de tout et de rien, de choses et d'autres, de la vie, du temps qui passe et l'on se surprenait à finir une phrase que l'autre avait commencée[1]. »

Ludmila Mikaël a souvent joué les princesses raciniennes, les héroïnes claudéliennes, les femmes qui dirigent leur vie, nimbées d'une éclatante aura. Elle sait gré à Jean-Loup de lui avoir offert un personnage de femme un peu perdue, qui ne réussit rien ni même sa vie privée, et donne tout, telle une mendiante de l'amour, en quête de celui qui donnera un sens à son existence. Jerry ne sera pas celui-là. Trop incertain, pas vraiment détaché de cette autre femme qu'il aime encore, ailleurs. « Il y a des moments drôles, mais aussi des moments féroces, ajoute-t-elle, et Jean-Loup a su rendre magnifiquement cet humour anglo-saxon si particulier, qui invite, c'est déchirant, à rire de ses douleurs. »

---

1. Propos échangés avec Ludmila Mikaël, septembre 2023.

Les Molière sont l'équivalent des Laurence Olivier Awards du théâtre anglais, décernés dans le West End londonien, et des Tony Awards du théâtre américain à Broadway : une récompense décernée par leurs pairs aux artistes du spectacle vivant.

Belle affiche que cette 4e Nuit des Molières, présidée par Jean-Louis Barrault, présentée par Michel Drucker et François Perier. La soirée, qui se déroule sur la scène mythique du Châtelet, voit couronner Suzanne Flon pour *Léopold le bien-aimé* de Jean Sarment et Philippe Clévenot pour *Elvire Jouvet 40*, pièce qui ressuscite la période où, de février à septembre 1940, l'illustre professeur fait répéter à Claudia, élève du Conservatoire national d'art dramatique, la seconde scène d'Elvire du *Dom Juan* de Molière. Meilleurs rôles secondaires, Sabine Haudepin et Pierre Arditi sont mis en lumière, l'une pour *Kean* d'Alexandre Dumas, l'autre pour *La Répétition ou l'Amour puni* de Jean Anouilh. Le grand public découvre la première pièce de Yasmina Reza, *Conversations après un enterrement*. Ute Lemper est sacrée révélation féminine pour *Cabaret*, Molière de la Comédie musicale, mis en scène par Jérôme Savary au Théâtre Mogador, et Philippe Caubère, révélation masculine pour *Ariane ou l'Âge d'or*, créé au Théâtre Tristan-Bernard.

En 1987, pour le Molière de la Meilleure Adaptation d'une pièce étrangère, Jean-Loup est en concurrence avec Claude Baignères et Anne Tonietti pour *Conférence au sommet*, Loleh Bellon pour *Adriana Monti*, *Bonsoir maman* de Matthieu Galey et *Madame de Sade* d'André Pieyre de Mandiargues. Quand il reçoit des mains de Jean-Pierre Aumont et

Sonia Vollereaux la statuette tant espérée pour *Deux sur la balançoire*, les mots qui lui viennent sont : « Merci. Merci ! Ce qui est bien au théâtre, c'est qu'on est ensemble[1]. »

Jean-Loup écrit dans la foulée cinq autres adaptations de pièces étrangères : *Double mixte*, *Je ne suis pas un homme facile*, *Comédie privée*, *Quelque part dans cette vie* et *Même heure, l'année prochaine*. À Jacques Chancel qui lui demande ce qu'il aime dans l'exercice qui consiste à adapter une pièce, il répond : « Je pars du texte et, avec l'accord des ayants droit, j'imprime ma marque. On m'accorde toute liberté par exemple pour ajouter une scène, comme on le fait pour un roman. William Gibson, par exemple, un homme délicieux, a précisé : "Qu'il fasse exactement ce qui lui plaît, à condition qu'il garde l'action à New York." Aussi ai-je inventé selon mon cœur. Pour *Double mixte*, qui commence dans dix jours, j'ai le bonheur de retrouver Christian Clavier, on se connaît depuis longtemps, on s'aime beaucoup. Là encore, je resterai dans la roulotte de mon cirque à moi[2]. »

La première de *Double mixte*, de Ray Cooney, a lieu le 3 décembre 1986 au théâtre de la Michodière. Bob Smith (Christian Clavier), chauffeur de taxi londonien, mène une existence au mécanisme d'horloge, entre Marylou (Marie-Anne Chazel) et Barbara (Julie

1. *Deux sur la balançoire* sera repris le 20 janvier 2006 au Théâtre Édouard VII avec Alexandra Lamy et Jean Dujardin. Mise en scène Bernard Murat. Scénographie Nicolas Sire.
2. *Quotidien Pluriel*, 31 janvier 1987.

Arnold), épousées toutes deux en parfaite illégalité. Une nuit, tout se dérègle : alors qu'il porte secours à une femme agressée (l'épouse du ministre de l'Intérieur, mais il l'ignore), violemment frappé à son tour, il se retrouve à l'hôpital. Un peu sonné, il donne à ses interlocuteurs deux adresses différentes, l'une à Piccadilly, l'autre à Soho. Une tornade va secouer les deux épouses et les deux inspecteurs de police des deux quartiers.

Le public réserve un triomphe à cette comédie époustouflante qui emporte l'adhésion de la presse : « Le dialogue, adapté par Jean-Loup Dabadie, est irrésistible de drôlerie pure et simple. Christian Clavier joue Bob Smith. Il fait ça à la Buster Keaton, c'est-à-dire que sous cette avalanche d'imprévus et de catastrophes, il reste de marbre. Mais cette impassibilité, qui fait merveille, est spéciale : ses yeux comme paralysés expriment à la fois l'ahurissement, le type pris de court, dépassé, la panique, l'abandon, la stupidité, la ruse, le je-m'en-foutisme, si bien que l'infinité du comique sauvage de la pièce est sans cesse traversée par le tragique, et par un retour très senti au réel : voilà un remarquable acteur[1]. » Gérard Rinaldi, Marc Dudicourt, Marcel Philippot complètent la distribution.

Quand Marie-Anne Chazel était enfant, on la surnommait « La Strada », tant son visage était mobile, ses yeux pétillants et rieurs. Est-ce d'avoir vu, sur la scène du théâtre du Soleil d'Ariane Mnouchkine,

---

1. *Le Monde*, décembre 1986.

sa mère tant aimée qui alluma en elle les premières étincelles d'une vocation à venir? « J'étais très jeune. Je n'ai pas reconnu ma mère. Il faut dire qu'elle jouait une petite fille de cinq ans! Ai-je deviné sans en avoir conscience qu'on touchait là à la liberté la plus totale, celle de devenir quelqu'un d'autre, de se glisser dans d'autres peaux que la sienne[1] ? » L'étudiante en histoire quittera très vite les bancs de l'université pour rejoindre ses amis du lycée Pasteur, Thierry Lhermitte, Michel Blanc, Gérard Jugnot, Josiane Balasko, Christian Clavier, et vivre avec eux l'aventure du Splendid, des années de délires et de folie créatrice. Le cinéma immortalisera leurs jeunes visages, *Les Bronzés* deviendront un film culte, d'autres suivront et rendront ces jeunes comédiens définitivement populaires.

Marie-Anne a suivi les cours de Tsilla Chelton. Elle a rêvé de jouer un jour la tragédie à Avignon, dans la cour du palais des Papes. Son destin sera tout autre. C'est sur les planches qu'elle s'épanouit, avec *Le Père Noël est une ordure* (1979) et *Papy fait de la Résistance* (1981). En 1986, au théâtre de la Michodière, elle croise pour la première fois Jean-Loup. « Pierre Mondy, qui devait mettre en scène *Double mixte* que Jean-Loup venait d'adapter de la pièce de Ray Cooney, voulait absolument Christian Clavier. Nous sommes allés voir la pièce à Londres, où elle faisait un triomphe. Du pur théâtre de boulevard, auquel Jean-Loup ajouterait sa griffe personnelle pour créer un tout autre univers. Il m'impressionnait beaucoup, c'était un personnage incontournable dans

1. Entretien avec les autrices.

notre métier. Il avait déjà écrit pour Bedos, Reggiani, Julien Clerc, Romy Schneider ! Très vite pourtant, il m'a paru accessible. Il était rieur, enfantin, avec une vision très pointue sur les choses qui soudain se décalent, et il s'est créé une vraie complicité avec les jeunes acteurs que nous étions. Mais je sentais que cette gaieté de surface cachait une angoisse incroyable. Il était toujours dans le doute, cherchait encore et encore la perfection, et nous jouait tous les personnages, pour nous aider à trouver le tempo, la respiration juste. On s'amusait énormément ! Le regard qu'il portait sur les choses était de l'ordre de la comédie humaine[1]. »

Julie Arnold n'avait qu'un tout petit rôle dans *Le Vison voyageur* lorsqu'elle croisa pour la première fois Jean-Loup sur la tournée qui précédait les représentations au théâtre de la Michodière. « Pour *Double mixte*, Jean-Loup m'a offert un rôle sur mesure, comme il savait si bien le faire ! Cette délicieuse comédie reste mon plus beau souvenir. Il fallait voir le délicieux Pierre Mondy se glisser, le temps des répétitions, dans la peau des personnages féminins pour mieux nous faire comprendre ce qu'il attendait de nous ! Il fallait voir Jean-Loup surgir sur le plateau, tenant ses feuillets colorés où il avait annoté un mot à changer, un geste à esquisser.

« Il fallait le voir se glisser à l'orchestre, spectateur privilégié de la pièce qui allait naître, il fallait entendre son rire qui nous transportait et nous, les comédiens, on s'envolait ! C'était une très belle époque pour le

1. Propos échangés avec les autrices, 10 septembre 2023.

théâtre, il régnait une merveilleuse émulation, on s'amusait comme des fous, on était si heureux[1] ! »

Julie Arnold continua sa jolie route, retrouva Gérard Rinaldi à la télévision pour la série *Marc et Sophie* qui les rendit si populaires, et Jean-Loup pour une brève reprise de *La Famille écarlate* en 1992, au théâtre de Boulogne-Billancourt et en tournée. C'est Annie Girardot qui avait repris le rôle créé par Françoise Rosay : « Partager la lumière avec Annie ! Ce fut une très belle rencontre. Annie, on avait envie de la protéger, on l'aimait tant et elle aussi... enfin... si elle vous aimait, car Annie avait ses coups de cœur... » Le rêve de Julie Arnold aujourd'hui ? « Jouer *Madame Marguerite* ! C'est d'une telle actualité, non ? Que l'école soit une école de la vie, avec ses espérances, sa drôlerie, sa cruauté aussi ! »

À deux reprises, Jean-Loup adapte une pièce de Neil Simon, dramaturge américain déjà populaire en France depuis le triomphe, en 1964, au théâtre de la Madeleine, de *Pieds nus dans le parc*, avec en tête de distribution Jean-Pierre Cassel et Mireille Darc. En 1992, il propose, au Théâtre Marigny, *Je ne suis pas un homme facile*, une version personnelle de *I'm Not An Easy Man*, dans une mise en scène de Jean-Luc Moreau, avec Evelyne Buyle et Michel Leeb, qui confie à Paul Amar : « Jean-Loup m'a transmis une certaine folie dans le quotidien. Il est capable de coups de folie et j'aime beaucoup ça ! Il peut tout à coup être complètement débridé, c'est

1. Entretien avec les autrices.

vachement bien ! J'ai beaucoup d'admiration pour lui car il est capable d'être à la fois fou et drôle tout en étant extrêmement rigoureux dans le travail, jusqu'à l'acharnement, jusqu'à l'obsession. Il accouche dans la douleur, comme beaucoup d'écrivains. À son contact, on s'enrichit tout le temps, parce qu'il a toujours quelque chose d'intelligent à dire. C'est une des rares personnes sur cette planète qui, quand il parle, ne dit pas de conneries ! Si j'ai sept ans, lui doit avoir à peine huit ans de raison avec, dans l'œil, cette formidable capacité à s'étonner, à jouer, à ruser, à faire rêver. C'est mon frère[1]. »

Bien des années plus tard, le regard de Michel Leeb sur Jean-Loup n'a pas changé : « C'est toujours exact aujourd'hui quand je pense à lui. J'ajoute qu'il me manque terriblement. Qu'il manque à tous ceux qui ont envie de transmettre au public le rêve, le rire, mais aussi le sens du tragique. Mais quand il est là, qu'on le fréquente, on a l'impression d'échapper au malheur. Le sens profond qu'il avait des relations affectives que les hommes tissent entre eux n'a plus d'égal aujourd'hui, particulièrement au cinéma. J'ai joué, interprété des sketches qu'il m'a écrits. L'impact sur le public était énorme. J'ai perdu un frère de rires[2]. »

En 1999, Jean-Loup adapte une seconde pièce de Neil Simon, *The Prisoner of the Second Avenue*, écrite pour Peter Falk et Lee Grant : l'histoire d'un quinquagénaire au bord de la déprime, licencié et cambriolé. Peut-on faire rire avec un tel sujet ? Jean-Loup pense à

1. Entretien avec Paul Amar.
2. Texte envoyé aux autrices, 18 août 2023.

Michel Sardou pour incarner le personnage principal de ce qui deviendra *Comédie privée*. Ils vont tous deux voir la pièce à Londres, où elle triomphe avec Richard Dreyfus en tête de distribution. Les hésitations de Sardou sont balayées : il sera Matt Edison, cadre new-yorkais flanqué de Daisy (Marie-Anne Chazel), une épouse évaporée qui se révèle plus solide dans l'adversité qu'il ne l'avait imaginé. « J'ai mis sept semaines pour apprendre mon texte, mais trente secondes pour entrer dans la peau de mon personnage, un héros cyclothymique qui mène sa vie comme on conduit une Ferrari, sauf qu'il roule en première[1]. »

Enfant, pensionnaire à l'école du Montcel, Michel Sardou était déjà captivé par la troupe itinérante des Tréteaux de France. Depuis les coulisses, il regardait avec passion ses parents, Fernand et Jackie, déchaîner en scène les rires du public. Il se rêva comédien, suivit les cours d'Yves Furet, y rencontra Michel Fugain et choisit finalement la chanson. L'amour du théâtre, pourtant, continua de couler dans ses veines. « Le nom des Sardou se perpétue, dira-t-il. On s'inscrit dans la lignée des Brasseur, des Bouglione et on devient une sorte de dynastie qui remonte au XVIIIe siècle. À l'époque des arracheurs de dents sur le Pont-Neuf, il y avait déjà des Sardou bateleurs qui étaient chargés d'épater le public et, surtout, de couvrir les cris de douleur des pauvres bougres à qui on arrachait des dents[2]. » Michel Sardou se doit d'être digne de ses illustres ancêtres.

1. Entretien avec les autrices.
2. *Idem*.

Pour lui, il s'agit de conquérir un nouveau public. Après des débuts dans *Bagatelle(s)* de Noël Coward en 1996, une demi-réussite, il se cherche. On lui offre de reprendre le rôle de Renato dans *La Cage aux folles*, il refuse, en raison de l'interprétation magistrale de Jean Poiret. « J'adorerais jouer dans une pièce de Pirandello comme l'a fait mon père autrefois, ou me lancer dans du Tchekhov, mais pas pour l'instant. » Il a insisté auprès de Jean-Loup pour qu'il lui trouve une comédie à la hauteur de ses espérances. C'est désormais chose faite. Aucune ombre ne vient ternir la joie de Marie-Anne à retrouver Jean-Loup, à découvrir Sardou. Le souvenir qu'elle en garde reste cependant mitigé. « Lors des répétitions de *Comédie privée*, Jean-Loup était un peu plus absent. Il n'y avait pas avec le metteur en scène la même complicité qu'avec Pierre Mondy[1]. » Créée le 9 septembre 1999 au théâtre du Gymnase-Marie Bell, *Comédie privée*, mise en scène par Adrian Brine, tiendra l'affiche jusqu'au 21 mai 2000 avant de partir pour une longue tournée à travers la France. Michel Sardou a gagné son pari.

« Mon Jean-Loup,

Je me glisse furtivement dans ce livre afin d'y ajouter quelques éléments que personne ne connaît vraiment. Notre première rencontre se fit sans toi. À l'époque, mes parents louaient la maison des tiens près des Portes, dans l'île de Ré. Les arbres poussaient alors dans l'eau de la mer et les petits ânes avaient aux quatre jambes un pantalon en tissu vichy

1. *Idem.*

rouge et blanc. Alfred Adam tenait un bistrot à Ars-en-Ré, de la terrasse duquel on vit un jour mon père coiffé de sa casquette d'amiral et hurlant "Larguez les boustoucles" remonter sur le quai et défoncer le bar-tabac qui se trouvait là ! "Boustoucles" étant un mot inventé par mon père afin de faire croire qu'il connaissait le langage des marins.

« Le seul livre que j'ai trouvé dans la petite bibliothèque du salon fut ton premier livre de jeunesse. J'ai oublié le titre : pardon.

« Malade et tout de même en tournée, je n'ai pu assister à la bénédiction de ton dernier plumier. Je sais que tu sais qu'on ne sait jamais.

« Quelque temps avant que tu fermes les yeux, nous avons passé une soirée formidable à l'occasion de l'anniversaire de Guy Bedos. Tu étais aux côtés de Belmondo, Guy bien sûr, Nicolas, son fils, la petite Victoria qui m'infligera plus tard "La Famille Bélier", Jean Dujardin et Fanny Ardant. Dujardin faisant écouter avec son téléphone toutes mes chansons à Fanny, qui s'en foutait complètement.

« Je passe sur ce que nous avons écrit, c'est bien dit par l'auteur.

« La dernière rencontre fut au théâtre. Je jouais alors *N'écoutez pas, mesdames* de Sacha Guitry. Tu étais accompagné de Véronique, ta femme. Quand vous êtes arrivés, j'en avais fini avec le long monologue du début de la pièce, quarante-cinq minutes face au public. Ce qui fait que tu n'en avais rien vu. À la fin, en entrant dans ma loge, tu m'as dit cette phrase que je n'oublierai jamais : "Tu joues un peu trop de dos."

« Je suis un homme de théâtre, je dois te le faire remarquer. Je venais de passer trois quarts d'heure face au public, comme dans mes récitals[1]. »

Michel Sardou

Marie-Anne Chazel retrouvera une dernière fois Jean-Loup en 2002, pour l'adaptation d'une pièce du Canadien Bernard Slade, une des comédies romantiques les plus populaires au monde, créée à New York le 18 octobre 1975, *Same Time, Next Year*, qui sera jouée 1 400 fois. Paris a découvert *Même heure, l'année prochaine* en 1977, adapté par Barillet et Grédy, mis en scène par Pierre Mondy.

George (Jean Piat) et Stella (Nicole Courcel) se sont rencontrés en 1951, dans un restaurant de San Francisco où chacun était venu dîner seul. George initie la jeune inconnue à la danse. Ils passeront la nuit ensemble. Mariés chacun de leur côté, ils ne souhaitent pas divorcer, mais se donnent rendez-vous chaque année, le même jour, dans la chambre d'hôtel du Colorado où ils se sont aimés pour la première fois. Le temps passe. Il devient ce conseiller financier aux tempes grisonnantes, à des années-lumière du fougueux amant d'autrefois. Elle se retrouve hippie et manifeste contre la guerre du Vietnam. Au dénouement, on sourit devant leurs cheveux de neige, un peu moins quand on sait que George a perdu un fils sur le front. Ils se donnent rendez-vous, *Même heure, l'année prochaine*. En février 1991, au théâtre Montparnasse,

1. Texte envoyé aux autrices, le 21 juin 2023.

Roger Vadim a gardé la même adaptation et proposé une mise en scène différente, avec Victor Lanoux et Marie-Christine Barrault.

En février 2002, Christian Clavier et Marie-Anne Chazel reprennent la pièce au théâtre du Gymnase-Marie Bell. Ils ont gardé un souvenir inoubliable de *Double mixte*, et demandé à Jean-Loup de signer une nouvelle adaptation de la pièce de Bernard Slade. Sous la direction de Pierre Mondy, ils seront ce couple d'éternels amoureux que le spectateur retrouve tous les cinq ans. George et Stella vieillissent doucement, se racontent leurs joies et leurs chagrins, évoquent leurs proches qui s'en sont allés, s'étreignent, rient et se querellent. L'action s'étend sur vingt-cinq années avec, en toile de fond, l'Amérique, leur Amérique qui lentement change de visage.

« Je tiens à rappeler que je ne suis pas un traducteur, disait Jean-Loup, mais un adaptateur. Traduire n'est pas mon métier. Qu'est-ce qu'un adaptateur, dans ma tête ? C'est quelqu'un, peut-être, comme un père adoptif. On lui confie l'enfant d'un autre. Il donne à cet enfant certaines manières, une certaine façon de se comporter, de réagir, de parler, de rire, de pleurer ; et peut-être, parfois, le détourne-t-il de ses vraies racines. Mais il ne cesse de l'adorer[1]. »

« Ma dernière rencontre théâtrale avec Jean-Loup est celle qui me laisse le plus tendre des souvenirs, confie Marie-Anne. Je me suis sentie très proche de Stella, le personnage de *Même heure, l'année prochaine*. J'ai aimé incarner cette femme qui vieillit tout au long

1. Dans le programme « Même heure l'année prochaine ».

de la pièce, cette douce amoureuse, hippie dans l'âme, dont les battements de cœur changent insensiblement d'un rendez-vous à l'autre, et reflètent souvent l'incertitude du monde, les temps qui changent.

« C'est la dernière fois que j'ai dit du Dabadie. C'est mon dernier très beau souvenir avec Jean-Loup. J'aime la complicité que crée le théâtre, cette intimité que l'on partage durant des semaines, ces moments où l'on partage des soucis, des bonheurs, des points de vue sur les choses. Puis, le jour de la dernière, tout s'arrête… Quand on se retrouve, c'est comme si l'on s'était quitté la veille ! »

Une dernière image de Jean-Loup ? Marie-Anne éclate de rire. « Son élégance ! Ses écharpes de couleur bien sûr ! Mais surtout ces moments de gaieté folle, comme ce jour où il me montra ses chaussettes, murmurant, une étincelle rieuse au fond de son regard si bleu, "Ce que tu ne sais pas, c'est que mes chaussettes, mauves de préférence, sont toujours assorties à… mes caleçons[1] !" ».

Flash-back avec un univers bien différent auquel s'est confronté Jean-Loup : adapter Israël Horovitz et, pour la première fois, réaliser un de ses rêves, devenir metteur en scène.

Nous sommes en 1990. À l'affiche du théâtre des Bouffes-Parisiens, Pierre Dux et Jane Birkin remportent un véritable triomphe avec *Quelque part dans cette vie*, d'Israël Horovitz, librement adapté par Jean-Loup. C'est Jane qui a lu la pièce et a souhaité

---

1. Propos échangés avec les autrices, 10 septembre 2023.

la jouer, elle qui a suggéré le nom de Pierre Dux : « Je l'avais rencontré sur le tournage d'un téléfilm de Jacques Doillon, où j'étais venue en simple spectatrice, *Monsieur Abel*. Ce n'était pas un rôle facile pour lui : il étranglait des jeunes filles ! Moi qui n'avais jamais vu Pierre à la Comédie-Française, j'ai couru ensuite dans tous les théâtres où il jouait : *Les affaires sont les affaires*, *Les Chaises*, *L'Amante anglaise*. Le temps a passé. On a cherché un adaptateur. Jean-Loup n'a accepté que s'il avait aussi carte blanche pour la mise en scène. Pierre et moi avons dit oui sur un texte pas encore écrit. Jean-Loup a mis onze mois à le faire. Mais cela valait la peine d'attendre. Car son adaptation, écrite en pensant à nous, m'a bouleversée tout de suite[1]. »

Horovitz a situé le cadre de *Don't Park Your Car in Harvard Yard* à Gloucester, endroit « d'une extrême beauté authentique », disait-il, un lieu qu'il connaît bien : il est né à Wakefield, à un marathon de cette petite ville du Massachusetts, à une soixantaine de kilomètres au nord de Boston. Deux personnages s'y affrontent : un vieil homme presque au bout du chemin et une jeune Irlandaise à l'énergie débordante qui vient bousculer ses idées reçues et sa vie quotidienne. Jacob Brackish, professeur de littérature anglaise et d'histoire de la musique, terreur du lycée de la ville, vieillit seul et malade à Gloucester, petite ville portuaire du Massachusetts, dans la maison qu'il habite depuis sa naissance. Le temps lui est compté. L'hiver, le froid et la neige lui rendent difficile la vie quotidienne. Contraint de passer une petite annonce

1. *L'Avant-Scène théâtre*, janvier 1990.

pour trouver une gouvernante et dame de compagnie, il voit arriver une très jeune femme, une certaine Kathleen Hogan, qui va transformer le temps qu'il lui reste à vivre. « Dabadie a pas mal modifié l'original américain où il s'agissait davantage d'une histoire de vengeance. Il a voulu qu'à chaque instant, ce soit une fille qui n'ait pas de plan, qui ne sache pas ce qu'elle va dire dans cinq secondes, qu'elle soit imprévisible[1]. »

Jean-Loup se confie sur la genèse du projet : « *Ne garez pas votre voiture dans la cour de Harvard* est devenu *Quelque part dans cette vie*. Vous pouvez constater que je me suis éloigné, dès le titre, du manuscrit original, mais il n'en a jamais été autrement. À l'occasion d'un voyage en Thaïlande, aux dernières vacances de Noël, il y a eu un coup de foudre. J'avais emporté avec moi la musique que j'aime (Mozart, Bach, Haydn, Haendel), celle que je peux écouter quand je ne suis pas interrompu par la sonnerie du téléphone, ni par la lecture des journaux, juste émerveillé par les paysages qui m'entouraient, plus quelques bouquins et manuscrits. En retrouvant cette pièce d'Horovitz, la rencontre incessante entre la musique et l'histoire m'a électrisé. J'avais envie de faire mon nid dans cette pièce, et totalement d'ailleurs, de l'écriture à la mise en scène[2]. »

Nouvelle et unique expérience pour Jean-Loup : il signe la mise en scène de la pièce. Il s'émerveille : « Ce qui me passionne dans cette pièce, ce ne sont pas les rapports de force, le suspense d'un combat

1. *Idem*.
2. *Télé 7 jours*, 2 janvier 1990.

entre un poids lourd et un poids mouche c'est, dans une vie d'après-midi (on a beaucoup travaillé les lumières, comme si elles suivaient la course du soleil), cet homme et cette femme qui vient lui servir d'aide se rencontrant, parlant de choses et d'autres, jusqu'au déchirement. [...] Les silences et la tension au moment où l'on sent l'aile de la mort qui effleure le personnage joué par Pierre Dux n'ont de valeur que parce qu'ils sont entourés, en amont et en aval, d'une conversation sur “la vie, la mort, la coiffure”... [...] Il faut accepter des moments de mer étale pour que la tempête n'en soit que plus grave, plus belle[1]... »

« Jane et Pierre Dux m'ont choisi ! Alors, comment refuser de faire cette mise en scène ? Je me suis soudain retrouvé dans la situation d'un comédien à qui l'on propose le rôle de sa vie. Ici, je déploie vraiment mes ailes. Je peux enfin largement m'exprimer, raconter jusqu'au bout mon histoire, puisque je dirige mes comédiens, leur indique mes intentions[2] ! »

Mettre en scène des comédiens, c'est pour Jean-Loup un privilège, celui de se rapprocher encore davantage d'eux, dans un échange incessant où chaque détail est évoqué, des inflexions de voix jusqu'aux costumes et aux accessoires qui finiront de dessiner les personnages. « C'est la première fois que je travaille avec Jane, et c'est un véritable bonheur. Sous une apparence d'insouciance, de liberté, elle est d'une modestie professionnelle totale, et n'a qu'un souci : la perfection. C'est une actrice géniale, intuitive,

1. *L'Avant-Scène*, janvier 1990.
2. *Le Parisien*, 18 janvier 1990.

grave… qui guette la moindre occasion d'éclater de rire […]. Presque tous les jours, elle apporte des petits cadeaux pour les gens du théâtre. Le soir de la première représentation, elle n'a oublié personne, à chacun elle a écrit un petit mot accompagnant son présent… Elle m'a offert une très belle orchidée. Ce fut pour moi une étrange émotion. Parce que, sans le savoir, elle m'offrait un portrait d'elle-même. Jane est une orchidée, elle a la grâce élancée, la fragilité apparente, la rareté de cette fleur. Elle est gaie, radieuse. Elle déborde de vie, Jane, comme un soleil irradiant de tous ses feux. »

Jane, de son côté, s'émerveille des onze mois que Jean-Loup a passés à écrire pour elle, « quelle merveille ! ». « Il m'a coûté une fortune en kleenex dans les salles de cinéma, avec ses dialogues si sensibles qu'il mettait dans la bouche de Romy Schneider, son art de raconter entre rire et larmes, les banalités tendres et tristes de la vie. Quand on le voit dans le monde, fringant comme un cerisier en fleur, on ne peut pas imaginer tout ce qu'il peut révéler dans ses écrits de complications profondes, de racines enfouies, de mal-être du cœur[1]. »

Les deux comédiens commentent cette expérience qui aurait pu les déstabiliser, mais ils ont joué d'emblée la carte de la confiance. « C'est une pièce en dix tableaux, explique Pierre Dux, et Dabadie n'a pas procédé comme les metteurs en scène habituels, en faisant une mise en scène un peu grossière de l'ensemble, et en revenant ensuite sur chacun d'eux.

---

1. *Voici*, n° 118, février 1990.

Il a traité chaque tableau tout de suite, dans le détail et dans l'ordre. Avec un sens très précis de l'effet à obtenir. En même temps, il nous laissait notre personnalité, notre envie et notre façon de jouer[1]. » « On est allés directement sur le plateau, enchaîne Birkin, Jean-Loup avait pensé à nous pendant onze mois. Il connaissait le texte par cœur. Il imitait même mon accent. Il était si content d'être là. Il avait une gaîté d'enfant et une précision de tireur d'élite[2]. »

Pour Armelle Héliot, « Dux et Birkin sont dans une complicité affective absolue. Et cela se voit tout de suite : leur admiration réciproque, leur amitié irise l'atmosphère dès qu'ils pénètrent sur le plateau. L'air est électrisé et deux heures dix durant les étincelles ne cessent leurs jeux. Jean-Loup Dabadie se révèle excellent metteur en scène. Dans le beau décor de Pace, les maisons filent sous les lumières délicates d'André Diot : la couleur est au naturel ; rien ici qui ne sonne juste, vrai, évident. Pour un peu, on oublierait le théâtre et l'on est touché de plein fouet, et sans arrêt, par l'extrême sensibilité des protagonistes[3]. »

Bernard Thomas, dans *Le Canard enchaîné*, s'enthousiasme : « Dabadie a habillé Birkin d'un langage faubourien à base de pataquès et de galimatias tout à fait réjouissants. » Jérôme Garcin salue la prestation d'« un Arnolphe en nœud pap' » et d'« une *Melancholy Baby* en jean » et la réussite époustouflante de la pièce : « Ça arrive parfois au théâtre, c'est rare, mystérieux,

1. *L'Avant-Scène*, janvier 1990.
2. *Idem.*
3. *Le Quotidien de Paris*, 31 janvier 1990.

ineffable, c'est une certaine qualité d'air qui plane sur scène et dans la salle : appelons ça la grâce ! »

La « générale » est un triomphe : « Il est vrai que jamais salle aussi prestigieuse n'avait manifesté son enthousiasme avec tant de chaleur et de spontanéité ! Tout-Paris était venu, attiré par la promesse d'un événement rare. La grande Elvire Popesco était sortie de sa retraite et Alice Sapritch avait sorti des aigrettes. Claude Brasseur et Claude Rich en rupture de *Souper*, Tavernier en attente de César, Jean Marais, Bernard Haller, Raymond Gérôme, François Périer, Jean Rochefort, Victor Lanoux, Jean Piat, Françoise Dorin, Catherine Deneuve, Claudine Auger, Catherine Rich, Odette Joyeux, Micheline Boudet – j'en oublie bien sûr – tous dissimulaient leur émotion sous le sourire et les applaudissements. »

Quelque part dans cette vie sera au cœur de Jean-Loup un souvenir lumineux, mais aussi douloureux. La pièce, créée le 18 janvier, se jouera jusqu'au 30 juin, pour 138 représentations, et reprendra du 11 septembre au 24 octobre, date à laquelle la direction du théâtre, en accord avec les comédiens, décide, à la 176e représentation, de l'arrêter jusqu'au 6 novembre afin que Pierre Dux, fatigué, se repose avant la tournée prévue en début d'année. Mais Pierre Dux s'éteint le 1er décembre 1990.

Du 15 septembre 1994 au 15 mars 1995, on redécouvre la pièce dans une mise en scène de Jacques Rosny, dans la salle Popesco du Théâtre Marigny. Jacques Dufilho et Sonia Vollereaux incarnent le vieux professeur et celle qui va adoucir sa fin de vie.

Il n'était pas évident de prendre la suite de Pierre Dux et Jane Birkin, mais les deux comédiens, au sommet de leur art, apporteront un autre éventail de couleurs à la pièce d'Horovitz. Sonia Vollereaux dépeint leurs personnages : « Brackish est très intellectuel, Kathleen est plus primaire, un peu attaquée par la vie et, on le saura par la suite, par le vieux professeur. C'est la rencontre de deux solitudes. » De Jacques Dufilho, elle dit à Laure Adler : « C'est un être que j'adore, il est d'une délicatesse extrême, ce qui est très rare, d'une grande qualité d'écoute, intelligent, sensible et d'une telle élégance[1] ! »

Je me souviens de ce soir, quelques jours avant la fin des représentations, dans la loge de Jacques Dufilho. Jean-Loup lui suggère une légère modification d'une intonation, d'un geste, je ne sais plus. Tellement à l'écoute, ce fabuleux comédien répond : « Oui, bien sûr, Jean-Loup, pas de souci. » Une telle humilité, une telle gentillesse souriante me sont restées en mémoire.

L'exquise Sonia Vollereaux n'est pas en reste, qui écrit :

> « Jean-Loup,
>
> Pourquoi ce loup, lui qui était un ange, un ange lumineux, chaleureux, nous prenant dans

---

1. « Le Cercle de minuit ». Sonia Vollereaux et Jacques Dufilho se retrouveront au côté de Danielle Darrieux dans *Ma petite fille, mon amour* de Jean-Claude Sussfeld, au Théâtre Fontaine, à partir du 25 février 1998. Ce sera la dernière apparition au théâtre de Jacques Dufilho (1914-2005).

ses bras, Jacques Dufilho et moi, nous appelant "ses amours" ? On était tristes quand il partait, comme des enfants abandonnés. Quelle lumière, quelle tendresse dans cet homme ! Il les connaissait bien, ces hommes ! Pour passer d'*Un éléphant ça trompe énormément* à tous les films de Sautet que nous allions voir le dimanche en famille et qui nous bouleversaient... Son écriture était comme un cadeau. Elle était fine, elle glissait dans nos âmes comme une rivière si douce, si intelligente. Il connaissait l'âme des hommes. Il connaissait aussi l'âme des femmes qui, comme un violon, vibrait à chaque instant, et les entourait d'une grâce, d'une profondeur... Peu de mots pour dire l'indicible du cœur humain.

« Et puis il y eut "L'Assassin assassiné" chanté par Julien Clerc. Et là, une intensité, un cri à faire taire l'indicible cruauté des hommes. C'était l'époque du procès Badinter. Le silence s'imposait quand nous écoutions cette chanson. Ce plaidoyer si grave, qui nous prenait aux tripes. Nous restions sans voix, comme tétanisés par la force des mots, au cœur de ce drame, la vérité des hommes et leur cruauté s'imposaient avec leur cortège de violence, d'animalité et il nous transperçait le cœur.

« Quand j'ai appris le départ de Jean-Loup, j'étais triste, si triste. Ce jeune homme parti, c'était un vide incommensurable, un chagrin, le chagrin d'un enfant qu'il ne bercerait plus de ces mots coulant comme une rivière enchanteresse. Nous, oui, nous l'aimions. Son départ laisse un creux, bercés que nous étions par sa mélodie si douce.

« Il a marqué notre époque.
« Nous sommes inconsolables[1]. »

Sonia Vollereaux

Bernard Murat prend le relais le 2 février 2018, au Théâtre Édouard VII, avec une nouvelle mise en scène : « L'adaptation de Jean-Loup Dabadie privilégie l'histoire intime, affective et les liens privés entre les individus, par rapport à la version originale, plus américaine, plus sociale aussi. On pense à l'œuvre de Tennessee Williams dans les thèmes traités. Chez Horovitz, il y a moins d'émotion. L'écriture est plus sèche, plus dure. Dabadie a réécrit ce qui pouvait l'être, en amplifiant et en magnifiant la pièce sans modifier l'intérieur des tableaux, sans la trahir. » Et il lève le voile sur le décor confié à Nicolas Sire, un décor qu'il qualifie de « néoréaliste » : « Il n'y a pas de murs à la maison ; elle ouvre sur un cyclorama dont les variations marquent le rythme des saisons. En revanche, les accessoires, l'ameublement soulignent le côté vieillot de Brackish, comme la vieille chaîne et sa platine de disques[2]. »

Pierre Arditi adore ce rôle de vieux professeur qui joue de sa surdité pour se couper d'un monde qui ne l'intéresse plus. « Il y a chez Horovitz quelque chose de rauque et de fauve qui m'a obligé à gommer toute forme de séduction [...] S'il m'emmène vers la fin puisque c'est la première fois que je meurs en scène,

1. Texte envoyé aux autrices, 3 décembre 2023.
2. 4 février 2018.

ce texte me ramène à mes premiers cours d'art dramatique et j'y trouve un bonheur immense[1]. » Face à lui, Emmanuelle Devos propose une Kathleen plus sensuelle : « Rien dans le texte n'indique que Kathleen est une vieille fille sèche et rabougrie ! » Et elle ajoute : « Le fait que nous ayons, Pierre et moi, une différence d'âge moindre que dans le texte original d'Israël Horovitz ouvre des possibles, en déclinant une forme de séduction. » Une Emmanuelle Devos qui avait refusé l'offre de jouer la pièce avec Pierre Vaneck, dans une adaptation qui ne la séduisait pas : « La version de Jean-Loup Dabadie me parle davantage[2]. »

De Jean-Loup, elle garde « le souvenir de quelqu'un de très attachant, de très affectif, toujours émerveillé, toujours reconnaissant envers les acteurs de porter ses mots, de porter ses phrases, quelqu'un de très touchant. Il était très souriant. Peut-être y avait-il en lui une grande mélancolie, mais tout passait par la politesse du sourire. »

L'autre soir, j'ai téléphoné à Arditi, que Jean-Loup adorait : « Coucou, Pierrot, tu ne m'écrirais pas un texte sur Jean-Loup ? — Mais bien sûr, Véro, tu parles ! S'il s'agit de Jean-Loup ! Tu me laisses juste un peu de temps, je te ferai ça en juillet, quand je serai en vacances ! » L'été a passé. Il était avec Evelyne dans sa jolie maison de Normandie. J'étais seule aux Portes-en-Ré. Enfin, pas tout à fait ! Des amis sont

1. *Le Figaro*, 9 mars 2018.
2. *L'Avant-Scène*.

venus, le cœur de La Varangue continue de battre. En rentrant à Paris, j'ai trouvé dans ma boîte aux lettres ces quelques mots, de l'écriture si reconnaissable de Pierre, un peu ronde, un peu alambiquée :

« Dabadie, la vie…

« Quand on lit Jean-Loup Dabadie, théâtre, cinéma, et qu'on a la chance d'incarner ses textes, quand on écoute une de ses chansons, on est ébloui par ce qui ressemble à l'enfance, la sienne, bien sûr, qui devient la nôtre puisqu'il nous en fait cadeau et, dans l'instant, on voudrait être lui, parler comme lui, rire comme lui, être nostalgique comme lui, bref on ne comprend pas pourquoi on n'est pas Jean-Loup Dabadie puisqu'avec lui la vie est plus poétique et plus gaie !

"Vivre c'est choisir, et choisir c'est renoncer à tout ce qui reste", disait Gide en substance. Je choisis donc Dabadie, il est la vie même, une vie si délicieuse que le reste est inutile !…

À toi, Jean-Loup[1] »

1. Texte envoyé aux autrices, 15 septembre 2023.

De si jolis souvenirs

Le bonheur n'a que faire des folies du monde. Le 19 décembre 1997, à midi, il s'est réfugié à Paris, au cœur de notre petite église Notre-Dame-des-Grâces de Passy. Nous nous marions, Jean-Loup et moi. Nous vivons ensemble depuis deux ans. C'est la seconde fois qu'il me demande de l'épouser. Cette fois, vaincue par l'amour fou, j'ai dit oui. Je me souviens d'une simple bénédiction et d'un discours plein d'humour prononcé par le maire, Pierre-Christian Taittinger. Main dans la main, nous avons descendu la rue de Passy. Ceux qui nous connaissaient étaient sortis sur le pas de leur porte. La jeune fleuriste m'a tendu un bouquet de roses pastel. Sur le marché, on nous offrait des fruits, il y eut même des passants qui nous embrassaient. Ce quartier, Jean-Loup en connaissait tous les recoins, il l'avait parcouru enfant en patins à roulettes. En face de chez lui, il y avait un cordonnier, un marchand de couleurs, un boulanger qui cuisait son pain au feu de bois et un ébéniste, tout au fond d'une impasse pavée. De cette cérémonie intime, célébrée dans les frimas de décembre, il me reste la plus poétique des photographies, prise par le Polaroïd d'un ami : on y devine juste ma nuque, entrevue sous les boucles d'un chignon prêt à se défaire.

Au fil des années, nous ne nous sommes jamais quittés. J'étais fière de l'accompagner pour ces soirées volées au travail. Il m'arrivait de ne pas y aller, comme ce fut le cas lors de la soirée de gala à l'opéra Garnier, le 30 janvier 1999, au profit de la Fondation Perce-Neige. Il n'aurait pour rien au monde manqué cet hommage à son ami Lino Ventura, disparu depuis douze ans déjà. J'ai retrouvé le menu tout au fond d'un tiroir : glacé de saumon au cerfeuil, petite canette au four et compote de cuisses aux délices du Sud, tatin de pommes aux mendiants… De Deneuve à Adjani, de Michèle Morgan à Francis Huster, le Tout-Paris était là. Le clou de la soirée, une vente aux enchères, « Un stylo pour les enfants », proposait des objets exceptionnels non pour leur valeur marchande, mais parce que leur prix affectif était inestimable. Auteurs et artistes faisaient don de la plume avec laquelle ils avaient écrit des livres, des scénarios ou des chansons. Jean-Loup avait joint quelques lignes à son stylo violet :

« D'un stylo peut couler une larme d'encre dans l'océan. Celui-ci, qui a écrit avec moi *Un éléphant ça trompe énormément* et *Nous irons tous au paradis* ne peut tirer un trait sur l'infortune, la peine, l'injustice. Du moins peut-il m'aider à écrire une fois de plus ces mots : tous les enfants sont nos enfants. Maintenant, je vous prête ma plume – je vous la donne – pour écrire d'autres mots… Jean-Loup Dabadie. »

Le matin du 18 décembre 2004, Jean-Loup, pour se détendre, a passé la matinée à la piscine.

Le soir, la SACD doit lui remettre le prix Henri-Jeanson pour l'ensemble de son œuvre. S'il n'a pas connu Jeanson, il connaît par cœur les dialogues de *Fanfan la Tulipe*, *Marie-Octobre*, *Paris au mois d'août*, *La Vache et le Prisonnier* et surtout *Hôtel du Nord*: « Atmosphère ! Atmosphère ! Est-ce que j'ai une gueule d'atmosphère ? », réplique d'Arletty qu'il imite pour moi, empreint soudain d'une gaieté folle ! Sur le carton d'invitation, il y a deux photos, l'une de Jeanson, l'autre de Jean-Loup. Ils rient. Ces deux-là se ressemblent au-delà des apparences, même sens de la repartie, même écriture vive et fluide, même grâce scintillante, mêmes répliques ancrées dans la mémoire collective.

L'après-midi, il a reçu chez nous un journaliste du *Figaro*. On lira le lendemain dans la presse : « C'est un appartement qui ressemble à une maison, et dans cette maison, il y a toujours du soleil. Qu'il pleuve ou qu'il vente, on s'y réchauffe, on s'y attarde, on y contemple le ciel de Paris et les livres, les photos, les souvenirs, les tissus moelleux, les coloris enjoués. On y sirote son café comme si l'on était un vieux chat de la famille ici, c'est un chien le patron. On est accueilli par les radieux sourires des passagers de cette jolie roulotte, Véronique et Jean-Loup Dabadie. Elle est solaire, il serait plus Pierrot lunaire, intérieurement, si le physique, mince, bronzé, cheveux blancs, iris clairs n'évoquait le joueur de tennis qu'il est. "Si tu prends de l'âge, tiens-toi droit, fils", lui disait son ami Yves Montand. Volubile et pourtant taciturne. Livrant des éclats de sa vie, célébrant ses trois enfants qu'il aime, admire, mais réservé profondément, tellement pudique Jean-Loup Dabadie. »

Je le revois le soir venu, élégant, en pardessus sombre et écharpe blanche, retrouver Caroline Rochmann dans le cadre de son interview, « Une rencontre l'espace d'une course en taxi ». Il me serre contre lui dans la voiture qui traverse Paris et avoue : « Je suis ému comme on l'est quand on reçoit un cadeau et intimidé comme à mon anniversaire. Ce n'est pas rien de recevoir un prix décerné par ses pairs, les autres auteurs, ses camarades. » À la question de la journaliste « Qu'est-ce qui vous apaise ? », il me regarde : « Ce qui m'apaise ? Entendre le bruit des pas dans l'appartement, les portes s'ouvrir, les battements de cœur de la maison, que ce soit à Paris ou à l'île de Ré. Et aussi savoir Véronique en train de peindre à l'autre bout de l'appartement. Véronique, la femme de ma vie. » « Il n'a pas besoin de le dire, commente Caroline Rochmann. Voir son visage s'illuminer chaque fois qu'il prononce son prénom suffit à s'en persuader. Cet homme-là est fou amoureux, c'est évident. »

Onze ans plus tard, le 7 mars 2015, c'est Xavier Giannoli, filleul de Jean-Loup, qui reçoit ce prix des mains de Sophie Deschamps, présidente du conseil d'administration de la SACD. Remarqué en 2002 avec son premier long-métrage, *Les Corps impatients* (avec Laura Smet et Nicolas Duvauchelle), il triomphe cette année-là avec *Marguerite*, inspiré par la cantatrice américaine Florence Foster Jenkis, qui avait la particularité de chanter faux sans en avoir conscience, rôle qui vaut à Catherine Frot le César de la Meilleure Actrice. Quel bonheur pour Jean-Loup ! Quelle fierté pour Xavier, le fils de son ami le journaliste Paul Giannoli ! Je me souviens de son émotion à l'heure où j'écris ces lignes. Comme il aurait aimé, lui, grand lecteur de Balzac, *Illusions perdues*, ce film qui électrise et dévoile les dons d'« un jeune acteur à l'élégance fougueuse, Benjamin Voisin, qui apporte au personnage de Lucien de Rubempré sa grâce, son arrogance et sa mélancolie[1] ».

Qui pouvait mieux que Xavier esquisser le puzzle des années où ils apprirent, de loin en loin, à se découvrir et à se chérir, Jean-Loup et lui ?

« Le piano est violet et orange dans l'entrée du grand appartement. Il y a beaucoup de gens que je ne connais pas. Je dois avoir une dizaine d'années et mon parrain, je ne le connais pas vraiment non plus. Je sais que c'est un ami proche de mon père et de ma mère. La preuve : mon père s'appelle Paul comme dans *Vincent, François*. Lui aussi est un écrivain qui n'écrit pas, comme le Paul du film. Je sais que mon parrain a une fille et deux fils. Les deux garçons sont là près du piano violet mais eux non plus, au fond, je ne les connais pas. Je sais que mon parrain écrit des mots sur des musiques que j'écoute parfois en voiture avec mon père. Je sais que mon père a beaucoup d'admiration pour mon parrain mais qu'ils sont d'abord amis, qu'ils aiment rire ensemble, chanter des vieilles chansons.

1. Clarisse Favre, *Le Monde*, 21 octobre 2021.

C'est aussi lui qui a écrit les sketches de Bedos que j'écoute en 33 tours avant de m'endormir.

« C'est un homme connu, avec des cheveux déjà blancs, je le vois à la télévision, même parfois interviewé par mon père. Je sais que dans le film avec Vincent et François, Montand porte un imperméable qui ressemble à celui de mon père. Alors je me dis que s'ils ont le même imperméable, ils ont peut-être le même genre de vie. Qu'il a lui aussi des femmes autres que ma mère, des problèmes d'argent, de pluie, des drames avec son travail et ses amis dont il ne nous parle pas, pour nous protéger, mais dont les films de mon parrain me parlent, peut-être parce que mon parrain n'a pas le temps de me parler directement... Je pense que ces films me racontent des choses que je ne devrais pas savoir sur la vie de mon père. Cela m'angoisse terriblement car je ne vois presque jamais mon parrain et que je ne peux pas lui poser de questions. Il est occupé. Il écrit sur des musiques ou pour des films. Il est assis au piano violet ou dans un café sous la pluie avec un imperméable comme celui de Montand et de mon père.

« Alors, je vais devenir adolescent, je vais vouloir faire du cinéma, et je ne connais vraiment mon parrain qu'à travers ses chansons et ses films. J'ai maintenant vingt ans et il me donne moins de ses nouvelles par des films. Des films, il en écrit moins. Il protège peut-être un secret. Je ne sais pas. Quand on se croise, on n'en parle pas. Je l'écoute. Il parle bien, et pourtant j'ai rarement l'impression qu'il me parle. Ses films me parlent plus, surtout ceux de Sautet qui parlent peut-être des angoisses de mon père. Je pense souvent à Sautet quand je fais mon premier film. Mon parrain m'appellera à minuit en sortant du cinéma. Il sait que je raconte l'histoire vraie de la mort de mon premier amour[1]. Il pleure au téléphone, assis sur un banc devant le cinéma, me dit-il. Il me dit que ce film lui a donné des nouvelles de moi, qu'il voudrait qu'on se parle directement et pas à travers des films. Il va m'inviter à déjeuner.

« Je le découvre et pourtant j'entends sa voix depuis l'enfance. Dans le restaurant, il prend mon imperméable pour demander qu'on l'accroche. Je le regarde prendre mon imperméable et ce geste me touche, me bouleverse. Il ne sait pas pourquoi. On ne se quittera plus. On se parlera enfin. On me demandera de l'interviewer pour la sortie de ses films en DVD. Je lui demande s'il se souvient de la première réplique de *Nous irons tous au paradis*. Il ne sait plus. Il cherche. Je la lui dis : “Franchement, les gars, vous manquez de maturité…” Il entend ses mots et ses yeux se brouillent. Il sait que tous ces films racontent l'histoire d'adultes qui manquent de maturité. Quelque chose de l'enfance qui ne passe pas. Qui ne passera jamais.

« Mon père est mort quelques semaines après lui. Dans sa poche, mon frère, ma mère et moi allons lui glisser un feutre violet. Mon parrain me parlait

1. *Les Corps impatients*, 2002. Évocation du premier amour de Xavier Giannoli et d'une jeune poétesse, Alicia Gallienne, morte à l'âge de vingt ans.

de l'encre violette de mon père, de ses lettres de rupture ou d'amour amicales. Ils aimaient les mots depuis leur rencontre dans les années 1960. Il fallait "écrire", trouver les mots, avoir du style, jusqu'à en faire trop. Mon parrain deviendra créateur et mon père journaliste. Les mots sont vivants grâce à eux qui sont morts. Il faudrait toujours se voir pour la dernière fois. Je ne porte plus d'imperméable, trop difficile[1]. »

Xavier Giannoli

Au fil du temps, je me rends à l'évidence : le charisme de Jean-Loup fait des ravages. Après qu'il a reçu Michel Dunois et Anne Manson dans notre nébuleuse bleutée, entre Muette et Trocadéro, ils écrivent : « À quatre ans près, Jean-Loup aurait pu être le jumeau astral de Brigitte Bardot : le charme enjôleur des Balances et, sous une apparente assurance, l'inquiétude à fleur de cœur et un furieux besoin d'être à tout prix. En guise de cheveux, une petite laine sarrasine coupée en béret basque, de hautes pommettes rôties au vent du Canigou, l'œil en lac de montagne et le port altier du berger landais sur ses échasses[2]. »

C'est joli, non ? Ça me donne envie de glisser ma main dans sa crinière de neige.

Tous les livres de Guy Bedos sont restés dans la bibliothèque de Jean-Loup et je m'amuse à les relire

1. Texte envoyé aux autrices, 5 septembre 2023.
2. *L'Aurore,* 2 et 3 octobre 1971.

pour retrouver leur belle complicité, cruelle et rieuse. Dans *Plans rapprochés*[1], il ironise : « Jean-Loup est officier de la Légion d'honneur alors que moi – l'histoire est connue – j'ai refusé celle que Mitterrand voulait m'épingler sur sa réserve personnelle de croix. Termes choisis pour exprimer ma cinglante récusation : "Je suis de ces clowns qui préfèrent le rouge qu'on met sur mon nez à celui qu'on accroche à ma boutonnière." Ce mot d'auteur dont je suis assez fier – on dirait du Dabadie – en dépit des apparences nous ressemble et nous rassemble. À l'écrit, à quelques bémols près, même ton, même musique. Frères. Définitivement. Il fallait le voir et l'entendre dans son incroyable discours d'entrée sous la Coupole : c'était Mélenchon ! (La tête de son nouveau camarade Giscard d'Estaing, à côté, bouche bée, désopilant !) Pour un peu, je me serais levé pour saluer avec lui. » Mais ce 14 juillet 2005, promu commandeur de la Légion d'honneur dans la même promotion que Nicolas Hulot, pour la sauvegarde de la planète, et Micheline Rozan, codirectrice du théâtre des Bouffes du Nord, il oublie les taquineries de Guy et je sens, dans ma main, la sienne qui tremble bien un peu.

Sur une étagère du bureau de Jean-Loup, dans notre maison, il y a la petite statue ailée des Victoires de la Musique, Victoire d'honneur remise à Jean-Loup par Julien Clerc au Zénith de Paris le 28 février 2009. Un hommage lui est rendu par Emma Daumas (« Holidays »), Patrick Fiorio (« L'Italien »), Martin Rappeneau (« La Maison vide »), Élodie Frégé (« J'ai

1. Guy Bedos, *Plans rapprochés, op. cit.*

le cœur trop grand »). Julien Clerc interprète une des chansons préférées de Jean-Loup, « Partir ». Du troisième rang où j'ai bien du mal à retenir mes larmes, je le vois monter sur la scène, radieux. Il reçoit cet honneur avec une simplicité qui me confond : « Merci pour cette victoire provisoire sur l'anxiété, sur le doute, sur l'incertitude. C'est une belle victoire, mais, même avec une victoire, rien n'est gagné, le combat continue. Merci ! »

Tant et tant de souvenirs me chavirent le cœur, lorsque je revois ces vingt-trois années qui ont filé comme un éclair. Il y a eu des jours de douleur, comme ce 15 janvier 2009 où Netty s'en est allée. Elle avait quatre-vingt-quinze ans. Je l'adorais et elle me le rendait bien, j'ai eu une belle-mère en or. Marcel, qui était parti vivre en Occitanie et s'était remarié en 1969, lui a survécu trois ans : il est parti à l'âge de quatre-vingt-dix-huit ans.

Du Père Claude[1], dont tout Paris connaît la cuisine devenue légendaire[2], Jean-Loup disait : « Mon école était à Grenoble. “On a mis Jean-Loup chez les Pères”, disait ma grand-mère à mes parents qui étaient montés à Paris pour tenter leur chance dans le monde artistique. Les Pères m'ont tout appris – le français, le latin, le grec –, sauf la vie, la vraie vie ! Le parfum des

---

1. Claude Perraudin, élève de Jean Troisgros, Paul Bocuse et Michel Guérard.
2. Le Restaurant du Père Claude, 51 avenue de La Motte-Picquet, a rouvert depuis octobre 2023 sous le nom La Retraite du Père Claude, 89 rue de la Convention.

girolles et la danse des grenouilles au fond de la poêle ! [...] Le Père Claude a cette sagesse d'être fidèle à son évangile, mais la folie d'esprit d'ouvrir à trois heures du matin un flacon de Petrus pour ses amis, tous des artistes à cette heure-là – politiques, sportifs, journalistes, comédiens, quidams. La messe n'est jamais dite chez le Père Claude. Le Père est un taiseux qui vous bénit du regard quand vous entrez dans sa chapelle. Là, dans sa soutane blanche, visible au travers des vitres Securit de ce que nous appelons sa papamobile, il officie avec sa piété légendaire, concentré sur cette "plancha" qui est son autel. Pas de sourire quand on passe devant lui, il est trop occupé à faire pleuvoir de la farine, de l'armagnac, des herbes sur son ouvrage. Il faut voir le Père se recueillir devant un foie qui rissole, un rognon qui promet[1]. »

Dans cette cantine privilégiée de Jacques Chirac, on croisait Johnny ou Line Renaud, Aznavour, Christophe Lambert. J'y ai vécu des dîners amicaux avec Belmondo, mais c'était dans les temps qui ont suivi son accident vasculaire cérébral. Il n'y avait pas de conversations, juste des sourires, une grande gentillesse, Jean-Paul répétait tout ce que l'on disait. Il y avait entre eux une grande affection, une confiance sans faille qui se lisait dans les regards qu'ils échangeaient. Instants où le monde était comme suspendu.

Les années passèrent. Dans notre vaste appartement baigné de lumière, les nuances changèrent. Le

1. Préface de Jean-Loup pour François Roboth, *Le Père Claude. Album photo de Claude Perraudin*, Riveneuve, 2015.

salon s'habilla aux couleurs de l'Italie, des couleurs stendhaliennes, ocre, rose foncé et violet, sa couleur préférée, celle des gants que lui tricotait Netty lorsqu'il était enfant, celle du piano droit, venu tout droit de Suède, qu'elle lui offrit alors, avec d'atypiques touches orange. Il songeait parfois un instant à l'enfant qu'il fut, apprenant *La Marche turque* ou la *Lettre à Élise*. Quel bonheur de voir à présent Julien Clerc venir chez nous, s'asseoir sur le tabouret et jouer ! Jean-Loup et moi partageons le goût des silences, celui de la lumière qui baigne de toutes parts ce cocon où le regard se pose tour à tour sur une photo de Simone Signoret jouant avec lui au Scrabble dans la maison d'Autheuil, sur celle d'un jeune communiant posant fièrement devant l'objectif, sur les photos intimes qui tissent le fil d'une vie, sur celles de nos amis artistes dont certains déjà s'en sont allés. Dans la bibliothèque est rangé un cahier en toile vert foncé qui rassemble ses partitions. Tout en haut, les scénarios de ses films, amoureusement reliés en toile violette par une maman si fière, qui veille depuis toujours sur ces trésors.

C'est dans cet univers paisible que Jean-Loup travaillait. Une pause entre deux scènes d'un film, et voilà qu'une petite lampe s'allumait : en jaillissait une idée de chanson. Son imaginaire se nourrissait des émotions de sa vie, un visage, une lecture, une rencontre, une photographie, un nuage qui passe, quelques notes de musique qui s'échappent par une fenêtre entrouverte : « Un journaliste avait pris en photo une petite fille en train de courir pieds nus sur la route. Autour d'elle, il y avait des nuages de fumée. Une image de peur qui s'est ancrée dans ma mémoire et qui m'est revenue des années après, comme un boomerang. Elle est devenue autre chose. »

Jean-Loup n'aimait que les « maisons-bananes », où le soleil va de fenêtre en fenêtre au gré des heures, et je le rencontrais dans la maison, à la recherche d'un éventuel soleil, d'une lumière toujours pour lui source d'inspiration. Il trimballait tout un attirail de fortune, manuscrits en cours d'écriture, feutres de couleur, dictionnaires, tables pliantes, une vraie scène de cinéma ! Il aurait voulu que s'effacent les heures qui suivent le déjeuner : « Tu sais, de quatorze à seize heures, ce moment où la vie est de la guimauve, où même les oiseaux bâillent ! » Sur une étagère, il avait encadré un texte de Flaubert en lequel il se reconnaissait comme dans un miroir et qui se terminait par ces mots : « J'aime mon travail d'un amour frénétique et perverti, comme un ascète le cilice qui lui gratte le ventre. » J'ai retrouvé, griffonnée sur un papier de fortune oublié entre les pages d'un livre, sa définition bien à lui du mot « vacances » : « Être en vacances, c'est être ailleurs, même sans bouger. Il arrive que l'on ne prenne que quelques jours de vacances dans l'année : un oiseau vient rayer le ciel dans la fenêtre, votre regard part en voyage, vous êtes "ailleurs".

« Quand je quitte la fenêtre, j'aime tant la solitude, et j'aime tant être avec d'autres. Les vacances, c'est la solitude en compagnie des autres, certains, certaines. »

« Au-delà de cette limite, votre ticket n'est plus valable », écrivit Romain Gary. Jean-Loup, à l'inverse, prenait toujours un ticket pour un autre voyage, mais il murmurait : « C'est toujours la même plume dans le même encrier. » Et c'est toujours la même angoisse :

« Quand j'écris, j'ai le ventre serré. J'ai peur. Je peux travailler partout, dans les gares, les aéroports, les lieux de voyage où la notion de temps s'efface. Chez moi, je m'isole dans une ancienne chambre d'enfant, celle de l'un de mes fils, avec juste une petite fenêtre qui donne sur la cour, pour ne pas être distrait par les oiseaux. J'ai besoin de silence. Le moindre bruit me dérange. Si je travaille sur un film, j'accroche au mur des feuilles de papier Canson, j'y dessine des plans, avec des feutres de toutes les couleurs en fonction de l'avancée du scénario, du jaune, du vert, du bleu, une couleur qui me rassure, et du violet quand je m'approche enfin de l'esquisse à naître. »

Il rêvait d'un travail choral, comme savent si bien le faire les Italiens, alors qu'il faisait naître de sa plume, dans une solitude absolue, des hommes qui séduisent, trompent, pleurent, s'en vont, des femmes qui bougent, vivent, virevoltent, vieillissent ensemble. Quand il posait ses stylos, il pouvait écouter, inlassablement, dans la pénombre du soir, la voix de Kathleen Ferrier et son interprétation bouleversante des *Chants sur la mort des enfants* de Gustav Mahler. Il avait rêvé de devenir pianiste, lui qui aimait tant les valses de Chopin interprétées par Samson François. Adolescent, il avait découvert Maurice Chevalier à l'Alhambra, Mistinguett à l'ABC. Si on lui parlait jazz, il disait vibrer pour Duke Ellington, Lionel Hampton, Glenn Miller, Oscar Peterson, Stéphane Grappelli et Louis Armstrong.

Sa chanson préférée était « Le Baiser », signée Alain Souchon : « Je chante pour un baiser / Je chante pour un baiser osé / Sur mes lèvres déposé / Par une inconnue que j'ai croisée. » Si on lui parlait cinéma, il citait d'emblée John Cassavetes et Gena Rowlands. Si on lui parlait peinture, il était sensible à Cézanne, Nicolas de Staël, Turner, Schiele et Hopper, ces univers si dissemblables qui éveillaient en lui ce qu'il a toujours privilégié : l'émotion. Il comparait d'ailleurs son travail à celui des peintres : « Quand un peintre fait le portrait de quelqu'un, le modèle est dans le portrait et pourtant ce n'est pas tout à fait lui, puisque l'artiste a tiré ce portrait à la fois de l'image de l'autre, de sa propre image, de ses références et de son regard, des lumières qu'il imagine et des ombres qu'il privilégie, des traits qu'il exagère et de ceux qu'il estompe[1]. »

De son passé de journaliste, Jean-Loup avait gardé une insatiable curiosité, il restait en phase avec l'actualité, allumait la télévision aux premières heures du jour pour savoir ce qui s'était passé depuis la veille, dévorait les journaux du matin de la première à la dernière ligne. Il lui arrivait de souhaiter, en souriant, être interdit de kiosque comme Sagan qui, pour ne plus jouer, s'était fait interdire de casino. Elle fuguait en Angleterre pour assouvir sa passion. Je lui ai demandé un jour ce dont il n'était pas capable ! Tout l'intéressait. Il pouvait parler des heures de Marcel Duchamp, de son génie ironique et sceptique, de son télégramme à Picabia, mort avant lui – « Cher Francis, à bientôt » – de l'épitaphe qu'il s'était choisie : « D'ailleurs, c'est toujours les autres qui meurent », de son cadeau à sa sœur Suzanne, le jour de son mariage, un chef-d'œuvre à accrocher à son balcon, qui serait

1. *Notes*, journal de la Sacem.

compulsé par le vent et la pluie. L'instant d'après, il racontait sa mère chantant « Swanny », sa découverte de Gershwin avec le premier opéra auquel il avait assisté avec ses parents : *Porgy and Bess*... C'était en quelle année, déjà ?

Il me parlait de Jacques Villeret qui lui manquait tant, il me disait qu'il n'aimait pas trop *Une belle fille comme moi*, écrit avec François Truffaut, même s'il avait été séduit par la personnalité atypique de Bernadette Lafont : « Un film curieux, nous nous sommes embarqués tous les deux, chacun croyant que l'autre savait piloter... Pendant le tournage, François prenait des notes pour son film suivant, *La Nuit américaine*... » Un peu plus tard, Truffaut demanda à Jean-Loup de le rejoindre sur l'écriture du *Dernier Métro.* « Quelle déception ! François ne pouvait pas attendre et je travaillais sur le scénario de *Clara et les Chics Types* ! » Car il y avait aussi ces projets qu'il s'efforçait d'oublier parce qu'ils n'avaient pas vu le jour : les *Scènes de la vie conjugale* au théâtre avec Nicole Garcia et André Dussolier, *Les Fortifs* (un scénario écrit pour Nathalie Baye), un monologue qu'il voulait écrire pour que Catherine Deneuve se risque au théâtre (mais elle ne le souhaita pas, elle avait bien trop peur), cette pièce en un acte qu'Amanda Sthers voulait écrire pour lui, mais dont il refusa l'idée (« Je ne suis pas un comédien ! »). Et le dernier volet de *La vérité si je mens !* sur lequel je vis Jean-Loup travailler une année entière, enquêtant de Pantin au Sentier, pour se voir refuser le scénario, qui atterrit en d'autres mains. « On me parle toujours de mes réussites, disait-il, mais j'ai connu aussi des échecs ! » Il prit celui-là comme un affront qu'il ne pardonna pas. Il tourna la page et n'en parla plus.

Entre l'écriture d'un scénario et celle d'une chanson, il lui arrivait de partir, en Afrique ou en Asie. Il s'en allait courir le monde, parler aux gens de la rue comme il parle aux gens de son quartier, se mêler sans retenue aux autres, qu'ils soient d'ici, d'ailleurs ou d'autre part. Avec moi, il adorait prendre l'avion, partir vers d'autres cieux. Une dizaine d'années avant notre rencontre, il avait vécu, seul, une aventure merveilleuse.

En 1986, invité sur Antenne 2 par Noël Mamère, il lève le voile sur une action qu'il a tenue secrète depuis une douzaine d'années, son soutien au Comité français contre la faim dans le monde, dont l'action essentielle est, dans plus de cinquante pays, de prévenir avant d'avoir à intervenir, d'aider les populations à ne pas mourir de faim ou de soif : « On leur apprend à creuser des puits, à détourner les rivières, à planter, à récolter. En Inde, on a formé des pharmaciens aux pieds nus, pharmaciens jardiniers auxquels on apprend les plantes médicinales. » Et Jean-Loup d'évoquer ce voyage de neuf jours au Mali, à sept heures de brousse au nord de Bamako (435 km au nord, dans le delta du Niger) où il a rencontré, au village de Diafarabé, des agriculteurs et des pêcheurs qui vivaient décemment quatre mois de l'année, en proie les huit autres mois à une sécheresse endémique : « Un habitant du Burkina Faso tout proche était devenu puisatier. Il a enjambé la frontière pour apprendre à un jeune Malien à creuser un puits à son tour, et sur la terre aride ont percé les petites touches vertes de futurs potagers. » Son visage s'illumine d'un sourire d'enfant quand il raconte ces poules naines auxquelles on a apporté d'Europe « des coqs baraqués » pour en faire une race plus solide, capable de pondre douze œufs au lieu de six[1] !

« Diafarabé est en hauteur, explique-t-il à Claire Devarrieux, retenu par des digues en terre battue pour les quelques mois de l'année (période de prospérité) où le fleuve grossit. Mais le fleuve est en train peu à peu de manger les digues, et le village tombe pièce par pièce, cuisine par cuisine, chambre par chambre. On voit, quand on se promène, le flanc du village comme en coupe, on voit l'intérieur des maisons comme celle de Charlot dans *La Ruée vers l'or*, et les gens qui continuent à vivre dedans. Ou bien on agit en amont, on apprend aux gens à renforcer les digues, on vient avec quelques techniciens et de quoi acheter du ciment, ou bien on attend qu'un beau jour le village de Diafarabé s'effondre complètement. »

« Sa force, le Comité la tire des populations qu'il sauve de la mort avant qu'elle se présente. Il trouve des bouts du monde là où on ne savait pas qu'il y avait encore du monde[2]. »

Jean-Loup ou le kaléidoscope d'une vie. Les livres sont toujours là. À côté de Zola, Hugo, Balzac, il y a, échos d'un esprit d'enfance jamais renié, toujours revendiqué, Tintin, Mickey, Lucky Luke, Merlin

---

1. Antenne 2, « Journal de 13 heures », 19 avril 1986.
2. *Libération*, 25 avril 1986.

l'Enchanteur... Il dévorait aussi les romans policiers de Patricia MacDonald, les livres de ses amis, *Le Grand Cœur* de Jean-Christophe Rufin, *Royal romance* de François Weyergans, *Brèves Saisons au paradis* de Claude Arnaud.

Ses amis étaient essentiels à son bonheur. Il en prenait soin comme de fleurs fragiles. Norbert Saada, producteur du premier disque de Bedos chez Barclay, me rappelle avoir découvert à cette occasion l'existence de Jean-Loup : « J'ai dit "Alors, où est-il, ce Dabadie ?" Il était au service militaire, en Algérie ou ailleurs, je ne me souviens pas. C'est plus tard que je l'ai rencontré, quand je suis devenu producteur de cinéma. Je connaissais sa femme, ses enfants... Pour *Double mixte*, au théâtre de la Michodière, Jean-Loup voulait Christian Clavier et Roland Giraud, mais voilà, Christian ne voulait plus entendre parler de Roland parce qu'il avait dragué sa femme ! Je lui ai proposé Gérard Rinaldi. "Jamais un Charlot ne jouera une de mes pièces !" Il a fallu que je sois très persuasif, Rinaldi était merveilleux et la pièce a eu un succès fou ! » Norbert ne raccroche plus le téléphone, il parle de Jean-Loup qui imitait si bien Lino, et Montand qu'il surnommait « Le grand pif ». Des parties de tennis et de foot avec Ventura, des fous rires partagés, du second degré pas toujours compris, ce qui l'amusait et l'entraînait dans de vrais délires, des dîners avec Pierre Bénichou, Claude Sautet et Philippe Labro. Et soudain, l'émotion perle dans sa voix : « Je me souviens du dernier dîner partagé avec Pierre et Jean-Loup. Un dîner des plus joyeux, comme toujours. Vingt jours plus tard, Bénichou mourait.

Deux mois après, c'est Jean-Loup qui disparaissait. L'idée d'être le dernier survivant, c'est un peu angoissant, non[1] ? »

Et puis il y a Peter Pan… enfin, Jean Gachassin ! Netty me racontait ce mémorable 14 juillet 1982 : en vacances dans sa région natale avec sa maman chérie pour l'anniversaire d'un oncle, fêté dans le Trièves, Jean-Loup donne rendez-vous à ses amis d'enfance à l'hôtel des Skieurs du Sappey-en-Chartreuse. Il retrouve André Jail et le rugbyman vedette des 1960-1970, Georges Alberto. À Louis-le-Grand, Jean-Loup était capitaine de l'équipe de rugby. L'entraîneur était Gérard Dufau, joueur au Racing et capitaine de l'équipe de France. Des années plus tard, le Pyrénéen Jean Gachassin, joueur de rugby à XV international français, deviendra l'un de ses plus proches amis. « Où que je sois sur la terre, il me faut les résultats du rugby. Claudie s'est débrouillée pour me les faxer lorsque le club jouait la remontée en Pro D2, sur une toute petite île de l'océan Indien… où on me prenait un peu pour un fou. »

« Un des jeux favoris de Peter Pan ? Monter sur une table, faire un petit discours, puis se jeter sur son auditoire où il passe de bras en bras comme un ballon », racontait Jean-Pierre Garuet du temps où Jean Gachassin, l'enfant de Bagnères-de-Bigorre, n'était pas encore président de la Fédération française de tennis, mais encore star du rugby, pour avoir porté à trente-deux reprises le maillot tricolore à l'international dans les années 1960. Qui se souvient que,

---

1. Entretien avec les autrices, 18 septembre 2023.

dans le civil, à l'aube de sa carrière, il était huissier de justice ? « J'étais spécialiste en constats d'adultère. J'arrivais à six heures du matin chez les gens, accompagné du commissaire de police ; je tapais à la porte et, vu que je connaissais tout le monde à Bagnères, il m'arrivait souvent de dire à des copines : "Jamais je n'aurais pensé ça de toi ! Non ! Pas toi ! Ce n'est pas vrai !" Qu'est-ce qu'on rigolait... » Ce personnage haut en couleur, drôle, fin, sans langue de bois, qui faisait la bringue avec Françoise Sagan et serra la main du général de Gaulle, reste l'un des champions les plus attachants du rugby français. Le 8 février 2009, il est élu triomphalement à la tête de la FFT. Sur le central de Roland Garros, il décroche son téléphone : « Jean-Loup, mon petit poulet ! Tu es sélectionné pour le prochain match et après on boira un coup, ou même deux, tiens ! » Et il commente : « C'est Dabadie, il est à l'Académie française ! »

Jean et Jean-Loup, c'est une grande histoire d'amitié. Peter Pan égrène aujourd'hui ses souvenirs avec une douceur nostalgique, mais le rire n'est jamais loin : « Je n'oublierai jamais les étés à Chiberta. On s'y retrouvait chaque année pour deux ou trois semaines et là, on ne se quittait pas. S'il était mon premier supporter lors des matchs de rugby, c'est au tennis que l'on jouait en double, on participait à tous les tournois de la côte. On gagnait souvent, on perdait quelquefois, mais qu'importe ! Nous étions deux sportifs qui parlions le même langage, on était loyaux, droits, généreux, on partageait tout. On allait à Pampelune, on se faisait un petit graillon, on buvait les meilleurs vins, on riait beaucoup. Je l'adorais.

C'était l'ami majuscule. Avec Jean-Loup, c'était le cœur qui comptait[1]. »

Quand Jean-Loup s'envolait en duffle-coat dans sa rue derrière un autobus imaginaire, c'étaient les mots qu'il traquait dans sa course. Il se réfugiait parfois dans les bistrots, les restaurants de son quartier pour y travailler un peu, mais les passants parfois venaient l'aborder, pensant qu'il s'ennuyait. « Alors je m'évade dans un autre quartier avec mes cahiers de brouillon, mes crayons, mes gommes, mes ciseaux, mon papier cillant, mes feutres, des papiers de toutes les couleurs, des tout petits dictionnaires, des idées qui flottent… » Ses drogues ? Le sommeil, le soleil, la bougeotte, le café.

Ses préférences à lui, c'étaient les maisons de campagne, les femmes qui reprochent aux hommes de n'être pas comme elles voudraient qu'ils soient, les enfants qui courent dans les jardins… Et il me disait : « Deux personnes symbolisent ce que j'aurais aimé être. En tant qu'homme, j'aurais aimé ressembler à Mastroianni. Et sur le plan artistique, j'aurais aimé être Jean Poiret. Pour moi, Jean symbolisait la finesse, la drôlerie, la générosité, la culture. Et tout le reste… »

Il aimait le jardin Shakespeare, niché dans un coin du bois de Boulogne, les silences qui sont dans ses pièces aussi importants que les mots, le chemin caillouteux, sablonneux, impossible, qui monte vers le ciel mais l'envoie aux enfers, quand les mots ne

1. Entretien avec les autrices, 22 septembre 2023.

lui venaient plus et que l'angoisse ouvrait ses ailes. Il aimait voir des enfants courir sans savoir où ils allaient. Il aimait toucher la pierre, le bois, les très anciennes tuiles charentaises de deux cents ans d'âge, vieux rose, dénichées pour en recouvrir le toit de notre maison insulaire, leur grain chauffé par le soleil du début de l'été. Il aimait la vie, regarder la mer qui monte et descend. Du pied-à-terre qu'il eut un temps, tout en haut de Trouville, il me disait avoir contemplé durant des heures l'horizon, embrassant du regard le magnifique panorama qui s'étendait de Cabourg jusqu'au Havre. Sur l'île de Ré, amoureux du ciel de septembre, il suivait des yeux l'envol des oiseaux, les bateaux déjà à l'ancre et les voiliers qui voguaient encore dans le lointain. Il revoyait la petite plage où, enfant, il avait écrit son premier poème, la venelle aux trois serpents, la place du vieux puits, tout ce lacis de ruelles qui dessinaient au fond de sa mémoire un archipel imaginaire.

Quand on lui demandait « Quelle est votre plus grande réussite ? », il répondait « Les yeux de mes enfants » et se réjouissait qu'ils aient hérité du sens de l'humour et de l'espièglerie de Netty.

Quand on lui demandait quel était le bonheur parfait selon lui, il répondait invariablement : « Au bout de notre île, quand la marée est haute au coucher du soleil, nager avec elle, ensemble. » Et votre premier geste du matin ? « Chercher la main de ma femme, même endormie. »

Quand on lui demandait pourquoi il m'avait choisie et pourquoi il m'aimait tant, il souriait et disait simplement : « C'est parce que c'était elle, c'est parce que c'était moi. Si l'on se ressemble, c'est que je l'aime avec mes défauts. J'ai besoin de ses mots, j'aime sa voix troublante, j'aime sa force douce. Je la trouve sexy quand elle passe dans le jardin de notre île avec son pantalon taché de terre, je l'aime les mains dans la farine comme dans la chanson de Nougaro. J'aime son visage penché quand elle peint ses aquarelles et le silence qu'elle porte alors comme un voile. Tous ces moments détachés qui font la vie. »

Et il ajoutait : « Ma photo préférée est une photographie de Véronique, prise avec un appareil jetable à La Colombe, à Saint-Paul-de-Vence. Elle est à la fenêtre et son profil est doucement incliné à contre-jour, on ne sait pas ce qu'elle regarde. C'est la grâce même. »

Comment voulez-vous que je vive sans lui ?

Un artiste sous la coupole

« C'était l'un des nôtres

« De Jean-Loup Dabadie, que j'ai rencontré assez tard, en 2007 précisément, j'ai eu très vite le sentiment qu'il allait devenir comme un ami d'enfance à qui l'on dit tout, on raconte tout, avec qui l'on a en partage un si long passé.

« À quoi tient cette chance ou ce miracle qui éclairèrent les treize années qui suivirent notre rencontre, pour autant que l'amitié est l'une des constances les plus précieuses de nos existences – et je choisis ce mot de constance à dessein, car rien ne doit la menacer, aucun des aléas qui fragilisent si souvent la passion amoureuse. L'amitié seule adoucit, enrichit, égaye ou console durablement le cours de nos vies.

« Nous parlions de cinéma et de littérature, de rugby, de nos attentes comme de nos admirations, de nos enfances, de tout et de rien. Et le rien, c'est toujours le plus important, forcément.

« La bonne humeur de Jean-Loup était l'une des formes de sa générosité. Son humour surtout faisait de nos rencontres une fête, que couronnait son rire si contagieux. Mais de tout cela, je ne voudrais pas trop parler. L'amitié est aussi affaire de pudeur. L'amitié, c'est ce qui ne se raconte pas.

« Tout commença un soir d'hiver, au domicile de Félicien Marceau, à qui me liaient des sentiments d'affection et une forme de fidélité presque filiale. Il vieillissait. Il ne sortait plus guère de son domicile de Neuilly, même pour se rendre à l'Académie française, où il n'avait pas été étranger du reste, quelques années plus tôt, à mon élection.

« Plusieurs de nos confrères étaient morts. Nous discutions ce jour-là des candidats susceptibles de venir nous rejoindre.

« "Pourquoi Jean-Loup Dabadie ne serait-il pas des nôtres ?", me demanda-t-il.

« Dabadie ? Bien sûr !

« Dabadie avait été toute sa vie un écrivain, moins sous la forme des livres que sous la forme de l'écriture du spectacle vivant, par des scénarios, des dialogues cinématographiques, des sketches comiques, des paroles de chansons, du théâtre – des créations qui étaient devenues souvent des classiques.

« Mais d'abord, pensait-il à l'Académie ?

« Félicien connaissait Dabadie. Il préféra tout de même que je l'appelle au téléphone, car il souffrait de troubles de l'audition. Je laissais aussitôt un message sur son répondeur en lui demandant de me rappeler dès qu'il le pourrait. Ce qui fut le cas, quelques heures plus tard. Nous nous rencontrâmes pour la première fois le lendemain ou le surlendemain. Pas une seconde, il n'hésita. L'idée de pouvoir peut-être nous rejoindre un jour quai Conti l'enchanta.

« Quelques mois plus tard, il était élu. Notre amitié devint alors confraternelle. Comme si nous nous retrouvions, enfin.

« J'ai connu peu de confrères aussi heureux que lui au sein de l'Académie. Dabadie éprouva le sentiment, justifié, d'y avoir été élu comme un écrivain à part entière, un écrivain tout court, lui qui pourtant avait dû sa célébrité au monde du cinéma, du théâtre ou de la chanson. Je crois qu'il avait redouté un moment que certains de ses membres, romanciers, historiens, philosophes et autres professeurs au Collège de France ne le connaissent pas ou le jugent trop étranger à leur univers.

« Eh bien non, pas du tout ! Marc Fumaroli devint l'un de ses plus ardents défenseurs, tout comme Jacqueline de Romilly qui avait été autrefois son professeur de grec en khâgne, René de Obaldia ou Michel Serres, pour ne citer que quelques-uns de mes confrères disparus. Tous contribuèrent à son élection. Jean-Loup Dabadie allait devenir leur proche, dans la grande diversité des profils d'académiciens. Et cette complicité entre eux et lui était désormais pour la vie.

« Jean-Loup Dabadie se sentit heureux de cette permanence si cordiale des liens qu'il noua quai Conti. Voilà quelque chose qu'il ne soupçonnait pas, lui sans doute trop habitué à l'intimité frénétique et souvent éphémère qu'il avait pu établir avec les autres partenaires de sa vie professionnelle.

« Certes, il s'était lié d'une amitié très forte, au cours de sa carrière, avec des cinéastes comme Claude Sautet ou Yves Robert, des comédiens comme Yves Montand, Lino Ventura ou Romy

Schneider, des chanteurs comme Michel Polnareff, Serge Reggiani ou Julien Clerc… Mais l'intensité de leurs rapports s'appuyait parfois sur un travail en commun, avec son cortège d'urgences, d'à-coups, de confrontations, avec le sentiment plus ou moins diffus que tout pouvait se jouer là, pour la suite de leur carrière à tous. Et si ce long-métrage s'avérait un échec commercial ? Ces dialogues ou cette mise en scène incapables de donner vie à des personnages à l'écran ou sur la scène d'un théâtre ? Les paroles ou la mélodie de ces chansons pas assez mémorables pour émouvoir les auditeurs ?

« D'habitude, quand une aventure collective et créatrice s'achève, chacun s'éloigne, dans l'attente de retrouver les autres pour de nouveaux projets. Mais rien n'est jamais sûr.

« À l'Académie, tout est sûr. Ou rien n'est remis en cause. Les amitiés qui s'y établissent entre certains de ses membres aussi bien que la courtoisie qui prévaut entre tous. On reste ensemble, jusqu'à sa mort.

« À l'Académie, Jean-Loup Dabadie devint sans conteste l'un des nôtres[1]. »

Frédéric Vitoux, de l'Académie française

« Alors que ça fait belle lurette qu'il est immortel en mots arc-en-ciel, Jean-Loup a su donner aux "arts frémissants" leurs lettres de noblesse en leur offrant les ors de l'épée. »

José Artur

1. Texte envoyé aux autrices, 5 août 2023.

Le 9 mars 2023, pour la troisième fois à la suite d'une élection blanche, le fauteuil de Jean-Loup à l'Académie française est resté vide. Éric Neuhoff, avec onze voix au quatrième tour, n'a pas obtenu la majorité requise des vingt-sept Immortels qui ont voté. En mai 2022, Olivier Barrot et Franz-Olivier Giesbert avaient échoué, tout comme Frédéric Beigbeder et Benoît Duteurtre le 22 novembre. Jean-Loup serait-il irremplaçable ?

Jean-Loup à l'Académie française ? Si l'on faisait le chemin à l'envers ?

En 1989, il pose sa candidature à l'Académie face à Jean Cau. Treize voix chacun, match nul. C'est Jean-Denis Bredin qui est élu au premier tour de scrutin au fauteuil n° 3, celui de Marguerite Yourcenar et devient, à soixante ans, le plus jeune académicien. Jean-Loup gardait pourtant de cette expérience un souvenir ébloui en raison de certains des Immortels auxquels il rendit alors visite, selon la coutume ! Comment oublier ces quelques heures partagées avec Léopold Sédar Senghor, « sa main, petite aile noire, qui se détachait et se posait dans l'ombre[1] », tandis que tous deux parlaient à bâtons rompus de la Casamance, si chère à leur cœur ? Le poète sénégalais, entré dans le cercle des Immortels en présence de François Mitterrand le 29 mars 1984, s'en est allé le 20 décembre 2001. Au bord de l'océan, Joal, sa ville natale, pleura le « président-poète », premier Africain

1. *Conversations avec Jean-Loup*, *op. cit.*

à avoir siégé à l'Académie française. Jean-Loup en eut le cœur serré.

Les années ont passé. Depuis, je suis entrée dans la vie de Jean-Loup, en 1995. La musique m'a toujours passionnée. Cette année-là, j'ai invité Jean-Loup, que je ne connaissais pas, à un concert auquel je participais, salle Pleyel. Il est venu. Quelque temps après, le destin a voulu que nous nous retrouvions chez des amis communs. Nous ne nous sommes plus quittés. J'ai vécu ses bonheurs, ses espérances, ses angoisses, ses chagrins. Et ses doutes. En 2008, le délai de réflexion de dix-neuf ans pour se présenter à l'Académie une seconde fois arrive à son terme. Jean-Loup n'est pas très enthousiaste pour présenter à nouveau sa candidature, mais l'espiègle Félicien Marceau[1], quatre-vingt-quinze ans, et Frédéric Vitoux[2], dont Jean-Loup et moi savourions avec délices le *Dictionnaire amoureux des chats*[3], vont le convaincre. Il pose donc sa candidature et nous nous envolons, comme prévu, pour des vacances aux Seychelles. « L'Académie ? me dit-il en riant, j'irai en baskets ! » C'est là-bas, à plus de sept mille kilomètres de la France, qu'un coup de téléphone de Nicole Vitoux, le 10 avril 2008, nous

1. Félicien Marceau (1913-2012), prix Goncourt 1969 pour *Creezy*, a été élu à l'Académie le 27 novembre 1975 au fauteuil n° 21, celui de Marcel Achard.
2. Né en 1944. Élu à l'Académie le 13 décembre 2001 au fauteuil n° 15, celui de Jacques Laurent.
3. *Dictionnaire amoureux des chats*, Plon, Fayard, 2008.

annonce l'élection de Jean-Loup[1]. Nous dansons dans l'eau comme des fous, la direction de l'hôtel nous offre le champagne. Un instant magique, le bonheur absolu.

Jean-Loup occupera le fauteuil nº 19, inauguré en 1634 par un écrivain de Provence depuis longtemps tombé dans l'oubli[2]. S'y sont succédé, entre autres, en 1694 Nicolas Boileau, prédicateur à la cour de Louis XIV, en 1795 Marie-Joseph Chénier, auteur du *Chant du départ* et frère du poète André Chénier guillotiné sous la Révolution, et en 1811 Chateaubriand, qui n'y siégera qu'après la Restauration. Plus près de nous, René Clair, le premier cinéaste (*Le Silence est d'or*, 1947 ; *La Beauté du diable*, 1949 ; *Les Grandes Manœuvres*, prix Louis-Delluc 1955), élu le 16 juin 1960, est entré sous la Coupole le 10 mai 1962.

Le 12 mars 2009, jour de sa réception officielle, Jean-Loup prononce l'hommage à son prédécesseur, Pierre Moinot, créateur de la première Maison de la culture, directeur général des Arts et des Lettres sous l'égide d'André Malraux. Les premières lignes de son discours évoquent les jeunes années de celui qui vient de s'éteindre : comment s'en étonner lorsque l'on songe à ce nouvel élu qui attache tant d'importance aux années d'enfance ?

---

1. Jean-Loup Dabadie est élu par quatorze voix sur vingt-cinq votants contre deux à l'essayiste Pierre Lassalle. Deux bulletins blancs et sept marqués d'une croix signifiant le rejet de tous les candidats.
2. François d'Arbaud de Porchères (1590-1640).

« Mesdames et Messieurs de l'Académie,

« Un enfant courait dans ce pays qu'Henri de Navarre avait appelé les mille jardins, où l'on ne va que par bateau. Il sortait de l'école, la petite école de ce village du Marais poitevin dont son père était directeur. Au-dessus de sa tête, les oies aux ailes couleur de cendre naviguaient au large dans le ciel, le vent rabattait les grives musiciennes sur les vignes voisines, et il entendait parfois claquer les ailes des palombes. Il était en retard, il avait rendez-vous avec Monsieur Châtin, son grand-père, qui l'attendait pour piéger des anguilles dans les ruisseaux et relever des collets dans le dos des gendarmes. Il courait ! Autour de lui, pris dans la brume entre les canaux, vivaient des chevaux presque sauvages ; et de grands bœufs recherchés pour leur force paissaient entre les pommiers une herbe qui sentait la menthe. Il croisait le bateau qui ramenait les enfants d'une autre école, ou les familles joyeuses d'une noce flottante… […]

« À la fin de son existence, cet enfant qui en lui sera toujours resté reviendra s'asseoir dans son pays aux mille jardins qu'il aura chanté dans toute son œuvre. Et à trois pas de la mort, il écrira : “Je suis un vieil homme. J'aime la fin de l'été et le début de l'automne. Parfois sous le platane dont les feuilles commencent à fuir je vais m'asseoir… Tout est en apparence paisible autour de moi… Je suis ce soir un grain minuscule et fervent de cette énorme moisson que ne cesse de moudre la terre insatiable. Je rends grâce à tous mes compagnons, les chevreuils, le platane, les chênes, les rosiers, l'herbe, l'humus, de m'avoir entouré et porté jusqu'à ce moment."

« Mesdames et Messieurs de l'Académie, j'aime cet enfant à qui j'ai l'indicible honneur de succéder. »

Et Jean-Loup de conclure avec cet amour des livres qui l'a étreint de toute éternité :

« Mais voilà qu'un après-midi de cet hiver, j'ai pu entrer pour la première fois dans la bibliothèque des Académiciens – la bibliothèque de l'Institut. Là, il semble que les lumières se taisent comme les bruits, les ombres sont en étude, les voix ne font pas d'imprudences, cependant que tout autour de soi on voit s'élever de la littérature, la montagne, la montagne toujours recommencée.

« Je suis allé m'asseoir dans un cabinet de lecture, avec trois volumes de Chateaubriand prêtés par des mains discrètes. Je me sentais accueilli, entouré déjà, protégé par ces millions de pages comme des millions d'ailes repliées sur tant d'histoires, tant d'aventures, tant de cris, tant de larmes. La nuit s'est approchée sans que je m'en aperçoive, à pas de louve. Je lisais. Dehors, seul un oiseau dérangeait le silence. Ainsi, avant d'être reçu par les hommes, on est reçu par les livres. »

Je suis assise au premier rang, je ne le quitte pas des yeux. Ses trois enfants sont là, son cousin Claudie, ses amis les plus proches. J'ai le cœur dans la gorge et une immense fierté : Jean-Loup entre dans l'Histoire !

Il a revêtu l'uniforme des Immortels, veste et pantalon noirs brodés de vertes branches d'olivier, petit gilet blanc et tricorne. Sa tenue, signée Cerruti, brodée par M. Lesage, épouse son élégance naturelle. Son épée d'académicien lui a été remise quelques jours plus tôt, le 5 mars, par Marc Fumaroli, lors d'une cérémonie privée organisée par Daniel Filipacchi, donnée à la société Publicis sous la présidence de Maurice Lévy, aux Champs-Élysées. Véritable objet d'art, l'épée, offerte selon la coutume grâce à une souscription ouverte auprès des amis du futur académicien, revêt une haute charge symbolique et doit être le reflet de celui qui l'arbore. Sur son épée sont gravées les initiales entrelacées des prénoms de ses trois enfants, Clémentine, Clément et Florent, les trois roses du blason de Grenoble, où il apprit à lire et à écrire chez ses grands-parents, un portrait qu'il a fait faire de moi, peinture sur ivoire incrustée dans la nacre et cerclée d'or ciselé. On doit à Mme Wiga Mikulski, ciseleuse et sculptrice animalière à Paris, les trois roses en or et la tête d'éléphant en argent. Les notes de musique sur la fusée ont été écrites par Julien Clerc et retranscrites à l'identique. L'épée se glisse dans un fourreau de cuir blanc, réalisé sur alèses de bois, recouvert de parchemin collé et cousu au dos au petit point de sellier.

Lorsque nous sortons sur le perron, comme pour chaque élection, les journalistes attendent en foule, braquent leurs micros et leurs objectifs, sous l'œil de la Garde républicaine, présente pour chacun des événements qui se déroulent sous la Coupole. À chaque nouvel Immortel sont associés une lettre et un mot : pour Jean-Loup c'est la lettre R et le mot « retard ». « Ce mot vous convient-il ? », lui demande-t-on. « Tout à fait. Je suis très scolaire, mais je rends toujours ma copie en retard ! »

Un artiste à l'Académie ?

Les réactions en chaîne ne se font pas attendre. Hélène Carrère d'Encausse, secrétaire perpétuelle, qui avait échoué à convaincre le timide Raymond Devos de poser sa candidature, affirme : « J'ai toujours su que cela se ferait. Le monde est triste, et c'était le moment. » Aux yeux de Frédéric Vitoux, « ce n'est pas un fauteuil qu'il aurait dû occuper, mais quatre ou cinq, ceux de scénariste, parolier, auteur de sketches, romancier, dialoguiste... ». « Il a mis des mots sur nos vies, nos sentiments, nos déchirures, nos souffrances », ajoute Erik Orsenna.

Jean-Loup est accueilli avec beaucoup d'affection et avec une curiosité bien légitime pour ceux qui le connaissent mal. « J'ai aussi été élu par les femmes et les enfants des académiciens » : il sait l'influence des femmes et des enfants des Immortels, qui fredonnent depuis longtemps « Ma préférence » et « Femmes, je vous aime ».

Émotion de retrouver, quai Conti, Jacqueline de Romilly : « Elle m'a reçu, égale à elle-même, splendide dans sa tombée de la nuit. [...] J'ai suivi le grand combat de sa vie pour que ne meurent pas les langues mortes, je suis entré à pas de loup dans ses livres pour mieux la connaître – un des derniers est presque intime, il s'écoute autant qu'il se lit, *Les Roses de la solitude*[1]. »

---

1. *Conversations avec Jean-Loup*, *op. cit.*

« L'Académie, j'y suis entré le cœur léger, avec mes amis, ma famille, mes personnages… Il y a là Julien Clerc, Guy et Joëlle Bedos, et tant d'autres. L'ami le plus ému est sans doute Guy, qui me confie : “Entrer à l'Académie le rend heureux comme un enfant de douze ans. Il m'attendrit.” Et l'humoriste de raviver un souvenir qui lui est cher : “Je me souviens d'un dîner chez Catherine Deneuve où nous avions imaginé une adaptation italienne de mon sketch 'La Drague' avec Monica Vitti et Marcello Mastroianni, qu'il appelait Monique et Marcel pendant tout le repas. Jean-Loup a le talent d'ensoleiller la vie[1].” »

Quand l'académicien Claude Dagens, évêque d'Angoulême, en descendant l'escalier après une séance de travail, fredonne « On ira tous au Paradis », Jean-Loup comprend qu'il est vraiment accepté par ses pairs. Le soir de son élection, dégringolant le même escalier avec son ami François Weyergans, il avait entonné « Non, je ne regrette rien », écrite pour Édith Piaf par Michel Vaucaire et Charles Dumont.

Un metteur en scène ami lui écrit : « À l'instant magique de t'accueillir sous cette coupole, où l'affront fait à Molière torture toujours les éminents esprits que tu t'apprêtes à rejoindre, cherchant dans nos souvenirs communs quelque anecdote théâtreuse, me revient en mémoire un moment délicieux.

« C'était en 1985, au théâtre de l'Atelier. J'y mettais en scène *Deux sur la balançoire*, que tu avais

---

1. Guy Bedos, *Plans rapprochés*, *op. cit.*

adaptée au sens large du terme. Nous étions au fond de cette salle, le dos collé au mur, debout (c'était bourré !). Nicole Garcia et Jacques Weber, nous savions déjà qu'ils allaient être magnifiques. Nous attendions les réactions. La salle fut silencieuse, ce silence d'écoute, admirable, qui ne faisait qu'amplifier notre trac… Et puis à notre total étonnement, tout à coup, un énorme rire collectif éclata. Et puis un deuxième et puis encore un autre… de plus en plus rapprochés. Nous nous regardions avec une tendresse de frères que je garde encore au chaud, dans mon cœur, aujourd'hui. C'était magnifique.

« Mais voilà ce qui bientôt déclencha mon fou rire, d'une joie enfantine : plus la salle riait, plus tu te détendais et, plus tu te détendais, plus tu riais avec elle et plus tu avançais dans la travée centrale, au milieu des spectateurs en joie. Je tentais vainement de te retenir par la veste, mais cette joie d'adolescent retrouvée te poussait vers le public, emporté par une vague de bonheur collectif… Ce fut un triomphe (trois cents représentations) et tu as fini au deuxième rang, toujours debout dans l'allée centrale ! On aurait dit que tu dirigeais la partition, et de la salle et des acteurs ! Je n'ai connu aucun artiste depuis ayant cet élan juvénile, de talent et de sincérité mêlés, et je pense que cette joie va t'habiter encore aujourd'hui, pour t'amener cette fois au premier rang.

« Ne serait-ce que pour cet instant partagé, je t'aime. Mais ça, tu le sais depuis ce jour. Ton ami. »

Bernard Murat

Chaque jeudi des années qui suivront, le rituel sera le même. Je revois Jean-Loup partir pour l'Académie, où il doit être à quinze heures. Il s'éloigne avec son petit cartable rouge, se retourne et me sourit.

Élue à l'Académie française le 1er juin 2023 au premier tour de scrutin, par 13 voix sur 23, alors que neuf académiciens ont voté blanc ou inscrit une croix sur leur bulletin, Sylviane Agacinski, philosophe, épouse de Lionel Jospin, me dit son bonheur de succéder à Jean-Loup. Elle s'était portée candidate le 4 mai, face à l'historien Bertrand Lançon, au poète Éric Dubois et à trois inconnus qui postulent chaque année, Yves-Denis Delaporte, Jean-Yves Gerlat et Eduardo Pisani. Je rêve au sourire de Jean-Loup s'il avait vu s'installer dans ce fauteuil nº 19, si difficile à pourvoir, l'épouse de son ami du temps du service militaire ! Lionel et Sylviane… et notre dîner traditionnel chaque fin d'été, avec nos potes des Portes-en-Ré !

> « Avant de le connaître, grâce à Lionel, j'aimais déjà Jean-Loup Dabadie. J'admirais l'écrivain pour ses multiples talents, et l'homme pour son charme indiscutable.
>
> « Notre premier dîner ensemble a lieu un soir d'été, à la fin des années 1990, dans la maison que nous louons cette année-là aux Portes-en Ré, au cœur du fameux petit bois de Trousse-Chemise, où se trouve aussi la maison de Jean-Loup Dabadie. Je suis alors impressionnée par son art de raconter, ou plutôt de jouer toutes sortes d'anecdotes

intéressantes et drôles. J'apprécie sa délicatesse, car s'il se moque parfois de lui-même avec humour, il ne médit jamais des autres. Au moment du fromage, nous nous amusons beaucoup (surtout Jean-Loup et moi, je dois l'avouer) à chanter ensemble les publicités radiophoniques de notre enfance, au grand étonnement des autres convives.

« Plus sérieusement, en étudiant aujourd'hui son œuvre de plus près, je comprends combien l'écriture de Jean-Loup Dabadie est liée à sa connaissance intime du théâtre et de la musique. Qu'il écrive des dialogues ou des chansons, l'écrivain pense à des voix : des voix qui le touchent, et qu'il entend déjà en écrivant[1]. »

Sylviane Agacinski

1. Texte envoyé aux autrices, 3 décembre 2023.

Jean-Loup et Jean Becker

Jean Becker habite une partie de l'année à l'île de Ré. Au fil du temps, une amitié fidèle s'est instaurée entre Jean et Jean-Loup, prolongeant l'heureuse collaboration professionnelle nouée entre eux à la fin des années 2000.

En 2008, Jean Becker tourne *Deux Jours à tuer*[1]. La noirceur du scénario se rapproche davantage de celle de *L'Été meurtrier* que du climat des *Enfants du marais*. Tourné à Neauphle-le-Château, mais aussi dans les paysages irlandais du Connemara, baignés d'une lumière irréelle où se fondent bleus et verts métalliques, le film raconte la descente aux enfers d'Antoine, quarante-deux ans (Albert Dupontel), un publicitaire qui a tout pour être heureux, une ravissante épouse, Cécile (Marie-Josée Croze), deux jeunes enfants, une jeune maîtresse, Marion (Alessandra Martines), et des amis qui organisent pour lui, dans sa bucolique maison des Yvelines, un anniversaire-surprise au cours duquel sa vie vole en éclats. Dans un processus d'autodestruction

1. Adaptation du roman éponyme de François d'Épenoux, Éditions Anne Carrière, 2001.

implacable, il réduit à néant toute sa jolie vie avec une violence qui dissimule une fêlure : atteint d'un cancer, il a décidé de rompre avec ses proches dans un éclat vertigineux, plutôt que leur annoncer l'imminence d'une mort dont il ne supporte pas le caractère inexorable.

Becker, pour le générique de fin, songe à la chanson de Jean-Loup, « Le temps qui reste », et lui téléphone. C'est ainsi que ces deux-là vont se rencontrer une première fois sur l'île de Ré chère à leur cœur, avant de se retrouver à Paris et de partager, en une dizaine d'années, quatre aventures cinématographiques : « Nous avons travaillé ensemble pour la première fois sur *La Tête en friche*, assis l'un en face de l'autre, puis Jean-Loup rentrait chez lui et écrivait les dialogues. Nous avons très vite noué une relation amicale et partagé notre temps à écrire, mais aussi à pêcher, l'une de nos passions communes. Tous deux aimions la mer, le bateau, les rires partagés, tous ces petits riens de l'existence qui tissent un joli lien au fil des années. On s'amusait beaucoup, nos rencontres étaient très joyeuses. Nous avons coécrit le scénario de trois autres films[1]… » L'émotion brise un instant la voix de Jean Becker à l'évocation de ce jour où Jean-Loup a levé l'ancre. Restent l'absence, mais aussi de bien jolis films où demeure en filigrane l'écho de ce qu'ils partageaient, l'amour de la mer, la tendresse, l'angoisse du temps qui passe, les rires, l'émotion, les bons vins, les amis…

1. Entretien avec les autrices, 16 avril 2023.

La Tête en friche[1], tourné du côté de Rochefort, Cozes, Cognac, Châteaubernard, dans cette Charente-Maritime qu'aime tant le réalisateur, et sorti sur les écrans le 2 juin 2010, met en présence Gérard Depardieu et Gisèle Casadesus.

Germain Cazes (Gérard Depardieu), quarante-cinq ans, vit dans une caravane au fond du jardin de sa mère. Malmené par la vie, quasi illettré, en marge de la société, il passe son temps dans les bistrots. Dans un parc où il se réfugie pour fuir les railleries, il compte les pigeons. Sur un banc, il rencontre une délicieuse dame très âgée, Margueritte Vandeveld (Gisèle Casadesus), qui vit dans une maison de retraite après avoir parcouru le monde. Sa seule passion est la lecture. Elle va apprivoiser Germain en lui lisant les plus belles pages de la littérature française, Albert Camus, Romain Gary et *Le vieux qui lisait des histoires d'amour*, du Chilien Luis Sepúlveda. Tout un monde s'ouvre à lui, dont il ne soupçonnait pas l'existence. Lorsque Margueritte commence à perdre la vue, à ne plus distinguer le contour des choses, c'est lui qui prendra le relais : pour elle, il aura appris à lire.

Les dialogues étincelants rappellent l'âge d'or du cinéma français, cette époque révolue où le père du réalisateur, Jacques Becker, voguait de *Falbalas* à *Rendez-vous de juillet*, de *Casque d'or* à *Montparnasse 19*. Sophie Guillemin, François-Xavier Demaison, Jean-François Stévenin, Maurane, Patrick

---

1. Adaptation du roman éponyme de Marie-Sabine Roger, Éditions du Rouergue, 2008.

Bouchitey et Claire Maurier traversent, ombres légères ou cocasses, dans *La Tête en friche*, un monde que l'on quitte le cœur serré quand s'affiche le mot « Fin ». Margueritte s'en est allée, mais Germain ne sera plus jamais seul.

2014. Jean Becker invite la romancière de *La Tête en friche* à participer avec Jean-Loup à l'adaptation de son second ouvrage, *Bon rétablissement !* Le ton est résolument celui de la comédie. La voiture de Pierre (Gérard Lanvin) a plongé dans la Seine. Il se retrouve à l'hôpital. Pris dans le tourbillon de cette nouvelle vie, dans le ballet des médecins et des infirmières, cet homme bourru, réfugié dans la solitude et le silence, finira par s'ouvrir aux autres. La distribution étonne. On s'amuse de retrouver le talentueux Swann Arlaud sous les traits du jeune homosexuel qui repêche Pierre dans le fleuve, on croise Fred Testot, Jean-Pierre Darroussin, acteur fétiche de Becker, un très inattendu Daniel Guichard, la chanteuse Maurane, la jeune humoriste Claudia Tagbo en infirmière-chef, la journaliste Anne-Sophie Lapix, devenue pianiste classique le temps d'une apparition à l'écran. Dans ce film fait en apparence de petits riens, je retrouve tout Jean-Loup, l'angoisse du temps qui passe, l'obsession de la mort, soudain balayées par un humour subtil et décalé, sa tendresse pour les gens croisés dans la vraie vie, rencontres anonymes qui soudain renaissent à travers des personnages de fiction sans qu'il sache vraiment où la graine en avait été jetée. Ce qui m'a toujours fascinée.

En 2018, Becker a quatre-vingt-cinq ans. Si *Le Collier rouge*[1] de Jean-Christophe Rufin l'a séduit au point qu'il souhaite en tourner l'adaptation, il avouera être heureux d'avoir tourné ce film, mais avoir eu physiquement « du mal à suivre ». Depuis le triomphe de *L'Été meurtrier* (1983), ses films n'ont pas quitté le box-office. Pour *Le Collier rouge*, il travaille avec Jean-Loup et avec Rufin dont il admire le parcours hors norme, neurologue, médecin humanitaire, ambassadeur de France, écrivain couronné par le prix Goncourt en 2001 pour *Rouge Brésil*.

Cadre : la Première Guerre mondiale. Jacques Mornac (Nicolas Duvauchelle), jeune paysan du Berry, a combattu de la Champagne à Salonique où il a rejoint l'armée d'Orient. La Légion d'honneur est venue récompenser ses exploits sur le front. Mais lorsque, le 14 juillet 1919, lors du défilé militaire, il en orne le cou de Guillaume, son chien qui fidèlement l'a accompagné sur les champs de bataille, c'est le scandale. Le collier rouge a la couleur de la décoration, mais c'est aussi celle du sang versé. Dérision d'autant plus révoltante que le nom donné à son chien est un clin d'œil à l'empereur Guillaume, qui dirigeait l'Allemagne à l'heure de ces combats. Le juge Lantier (François Cluzet), chargé de l'enquête, devra décider ou non de la remise en liberté du soldat récalcitrant, isolé dans une caserne déserte, tandis que son chien aboie sans relâche devant les hauts murs de sa prison.

1. *Le Collier rouge*, Gallimard, a reçu en 2014 le prix Maurice-Genevoix.

Dernier scénario écrit par Jean-Loup : *Les Volets verts*[1], roman que Simenon a achevé en Californie, à Carmel-by-the-Sea, petite ville balnéaire du comté de Monterey où fut tourné, entre autres films, *Basic Instinct* (Paul Verhoeven). Au centre du récit, Émile Maugin (Gérard Depardieu), acteur illustre et tyran de sa famille, qui se trouve confronté à une incertaine espérance de vie. Le comédien, à l'origine du projet, a suggéré la lecture du roman au producteur Laurent Pétin, qui en a acquis les droits auprès de John Simenon, le fils de l'écrivain, et a confié à Jean-Loup l'écriture du scénario.

À la mort de Jean-Loup, le projet se retrouve entre les mains de Jean Becker, qui ajoute quelques scènes et dialogues au travail initial de son ami. Le tournage commence le 23 août 2021 à Paris – Théâtre Mogador, théâtre de la Porte-Saint-Martin, brasserie Bofinger, restaurant Le Bœuf sur le toit – et se poursuit dans le Var. L'équipe du film enchaîne avec cinq mois passés à Martigues, au Miroir des Oiseaux, haut lieu de charme avec ses façades colorées et ses barques alignées, échos du petit port d'autrefois. On raconte que la peinture flamboyante des barques provenait alors du reste de peinture des maisons alentour. Mais on murmure aussi que c'est le reste de la peinture des barques qui servait à repeindre les volets. Les légendes ont la vie dure…

Quelques jours après la sortie du film, j'ai reçu cette lettre d'une inconnue : « J'ai trouvé le film un peu long, un peu lent, mais magnifiquement écrit

1. Georges Simenon, *Les Volets verts*, Presses de la Cité, 1950.

par Jean-Loup Dabadie. J'en suis sortie le cœur à l'envers avec, dans la tête, la voix de Depardieu chantant Barbara avec une émotion renversante... Bouleversée par un Depardieu époustouflant, énorme, en bout de course, entre alcool et sentiment, colère et tendresse... bref, tel qu'en lui-même dans la vie. Jean-Loup Dabadie a écrit là un rôle sur mesure et s'est offert le luxe de brosser un Depardieu aussi vrai que nature. Filmé le plus souvent en gros plan, il passe d'une émotion à l'autre avec un brio inouï. Quel talent que le sien... Magistral. Je ne l'avais pas vu aussi éblouissant depuis longtemps. Mais j'avais l'impression de le voir dans un rôle testament. Grande émotion. Merci, monsieur Dabadie. »

Jean-Loup avait écrit les dialogues des *Volets verts* en songeant à Depardieu et à Fanny Ardant. Ils sont ce couple qui tend à se défaire. Benoît Poelvoorde, Anouk Grinberg, Fred Testot, Tom Novembre complètent la distribution. La maison aux volets verts, cachée au milieu des arbres, plonge vers la mer... Clin d'œil à Sautet, et à Jean-Loup, la voiture que conduit Poelvoorde est la même Alfa Romeo que celle conduite par Michel Piccoli dans *Les Choses de la vie*.

La boucle est bouclée.

Le temps qui reste

« Mes chers Italiens… », disait Jean-Loup.

« La vie est une comédie italienne, répondait Bedos, on naît, on meurt, on rit, on pleure. »

C'est l'automne à Saint-Cloud, mais il fait encore doux. Le mercredi 21 octobre 1987, au restaurant La Poularde, à Vaucresson, Lino et Odette Ventura ont convié à dîner le comédien Daniel Cauchy et sa femme, Chantal, le reporter Christian Brincourt et son épouse, Anne-Claude. En fin de soirée, les deux acteurs se lancent dans une parodie improvisée de *La Cage aux folles*, pour quelques instants Lino est devenu Zaza, si Michel Serrault voyait ça ! Une soirée de bonne humeur et de fous rires qui, pour une fois, s'éternise un peu. Le lendemain, Ventura déjeune avec le sculpteur César, puis revient chez lui, avec son ami Jean Hamon. En passant devant le cimetière du Val-Saint-Germain, « Tu vois, lui dit Ventura, c'est là que j'ai mon trou ». Le soir même, pris de malaise au cours du dîner, il succombe à une crise cardiaque. Les secours n'ont rien pu faire.

Il fait encore nuit lorsque Jean-Loup franchit pour la dernière fois le lourd portail de la demeure de Lino, dans le parc de Montretout. Il a le cœur serré. Le premier de ses chers Italiens vient de quitter le rivage, ce que rien ne laissait prévoir.

8 novembre 1991. Jean-Jacques Beineix tourne *LP5* avec Yves Montand. L'acteur, âgé de soixante-dix ans, se baigne, pour les besoins du scénario, dans les eaux glacées des étangs de Commelles, dans la forêt de Chantilly. Pris de malaise, il est transporté en ambulance à l'hôpital de Senlis, où il meurt le lendemain matin, laissant derrière lui sa compagne, Carole Amiel, et un petit Valentin né le 31 décembre 1988, pour lequel Jean-Loup vient d'écrire une chanson que Montand devait mettre au répertoire de son nouveau récital, pour son retour sur les planches, au Zénith de Paris.

« *Tu es le petit matin, Valentin*
Je suis la tombée du jour, mon amour… »

Il y aurait tant à dire sur Montand, hâbleur, charmeur, vertigineux, sûr de lui, pas tant que ça en vérité, qui se veut seul en haut de l'affiche, revanche acquise sur un passé perdu. Montand est tout entier dans l'anecdote savoureuse que Jean-Loup me confie un jour de 2008[1]… « Je déjeunais avec eux à Saint-Paul, à la terrasse de La Colombe, et Simone s'inquiétait : on lui proposait un contrat qui prévoyait un cachet dont les versements s'étalaient de la signature jusqu'à *x*. Le dernier argent peut arriver dans cinq ans, dix ans, plus tard même, si le film fait des bénéfices… Et là,

1. *Conversations avec Jean-Loup*, *op. cit.*

j'ai eu l'exclusivité d'un plan unique dans l'histoire du cinéma : la grande main d'Yves Montand se posant en douceur sur celle de Simone Signoret, avec cette réplique qui ne risque pas de sauter au montage dans ma mémoire : "Refuse. Ce qu'ils te font miroiter, Simone, c'est l'argent du cimetière…" »

Le 19 décembre 1996, Marcello Mastroianni rend son dernier souffle dans son appartement de la rue de Seine. Il devait incarner à Paris le vieux professeur de la pièce de Furio Bordon, *Les Dernières Lunes*, qui s'apprête à partir pour une maison de retraite. Il a créé ce rôle en Italie, quelques mois plus tôt. « Je voudrais mourir à Noël », disait Marcello. Il s'en fallut de peu. Ce jeudi-là, en guise de deuil, les eaux de la fontaine de Trevi furent arrêtées, en souvenir de la scène mythique de *La Dolce Vita* de Fellini. Jean-Loup en éprouva un immense chagrin. Il revit, en un éclair, les dîners d'autrefois, quand Ugo Tognazzi, dans l'immense cuisine de Marcello Mastroianni et Catherine Deneuve, apportait d'Italie tout ce qu'il fallait pour confectionner un dîner de rêve, des pâtes, des truffes, du parmesan : « Il passait en tablier blanc derrière nous et râpait des truffes blanches sur nos assiettes emplies de ces *penne* qu'il avait cuisinées […]. Tard dans la nuit, le bel immeuble éclatait de rires, de cris, de musique, de comédie. Marcello était un conteur, un portraitiste inoubliable, délicieusement intarissable[1]… »

1. *Idem.*

« Serge Reggiani : la lumière de l'Italien s'est éteinte », titre *Le Monde* du 24 juillet 2004.

Jean-Loup, comme tous les amis de Serge, redoutait depuis longtemps déjà cette nouvelle qui tombe, tel un couperet, un beau matin d'été. Manda s'en est allé rejoindre Casque d'or. Jean-Loup savait que Serge ne pouvait plus chanter. Les années, les chagrins… alors il avait écrit pour lui sa trentième chanson, enfin, pas tout à fait une chanson, un texte à dire, sur une musique d'Alain Goraguer, confidences murmurées, peur du dernier instant, angoisse du temps qui passe : « *Combien de temps / Combien de temps encore ?* »

Jean-Loup avait très mal pris le refus de Jean Rochefort de tourner la suite de *Nous irons tous au paradis*, mais il aimait ce compagnon de route qui meurt le 9 octobre 2017, deux ans après la sortie de son dernier film, *Floride*, du réalisateur Philippe Le Guay. Il écrit : « Je ne ressens que de la peine et de la tristesse. Ce n'est que lui qui part en riant. Jean tenait le monde à distance. C'était un homme élégant dans sa façon de jouer, dans sa façon d'être, dans sa façon de rire avec vous, de rêver avec vous. Quand nous sommes partis à travers la France pour présenter *Un éléphant ça trompe énormément*, dans un bus scolaire loué par Yves Robert, nous chantions comme des gosses en colonie de vacances. Il y avait Bedos, Lanoux, Brasseur. Jean suivait derrière, dans sa Mercedes. "Alors, les gars, pas trop chahuté dans le véhicule ?" Jean n'est pas crédible dans le rôle du mort. »

À l'aube de l'année 2020, Vincent, François, Paul et les autres s'étaient effacés dans l'or du temps et Claude Sautet aussi s'en était allé. Quelques visages de femmes continuaient de nous faire rêver, Lea Massari, Francine Bergé, Ludmila Mikaël… Un soir de mai, le 10 exactement, Michel Piccoli détacha son amarre, tout doucement, comme Pierre l'avait fait à bord de son voilier, à la fin des *Choses de la vie.* Sur le quai ne restait plus que celui qui avait présidé à leur naissance, un certain Jean-Loup Dabadie, auteur « mélancomique », comme l'avait baptisé un jour Piccoli, avec tout près de lui le Guy Bedos de sa jeunesse, tenant dans son souvenir un bouquet de glaïeuls. Alors, complices comme toujours, sans rien dire à personne, ils s'effacèrent. Jean-Loup disparut le premier, le 20 mai, à midi, c'était un dimanche. Quatre jours plus tard, Guy Bedos partit le rejoindre.

Et le ciel resta vide.

« Même si j'avais la plus grande admiration pour Dabadie qui savait si bien mêler l'humour à la nostalgie, même si je vénérais Guy Bedos dont je n'oublierai jamais ses spectacles qui ressemblaient à des meetings joyeux dans lesquels soufflait un esprit aussi libre que libertaire, je ne ressentais aucune sorte d'impatience à écrire un hommage pour ces deux-là. Je vous prierai donc mon Dieu de bien vouloir Vous occuper de Vos affaires et de laisser sur terre ceux qui, à l'image de Jean-Loup Dabadie et Guy Bedos, ont su apporter à leurs contemporains un peu de bonheur, un peu de grâce, un peu de consolation, ces deux funambules de l'existence qui, sur un fil tendu entre profondeur et légèreté, insolence et tendresse, ont avancé avec tant d'élégance[1]. »

François Morel

1. « Le Billet » de Radio-France, 29 mai 2020.

Le 23 septembre 2020

« Que dire que l'on n'ait jamais dit, mon cher Jean-Loup. Tu as inventé Reggiani. Tu as donné son second souffle à la carrière de Julien Clerc, mais surtout tu es l'un des hommes qui m'a fait le plus rire au monde. Tu représentes la jeunesse dans cette très vieille institution qu'est l'Académie française. Je ne veux parler de toi et penser à toi qu'au présent. Maintenant tu vois le monde en large et en long. Ce monde dont tu as si bien décrit l'horreur dans ton texte sur la peine de mort. Moment de télé inoubliable. Maintenant, tu sais. Fais-moi un signe de temps en temps, je sais les débusquer.
« Au plus tard possible, mon bel et tendre ami. »

Serge Lama

C'est l'automne à Paris. Il y a quatre mois à peine que Jean-Loup s'en est allé rejoindre sa mère, dans le petit cimetière de l'île de Ré. En raison des restrictions sanitaires liées au Covid, ses amis, qui n'ont pas eu le droit de lui dire au revoir, se sont rejoints le 23 septembre, à l'église de Saint-Germain-des-Prés, où une messe va être célébrée en son souvenir. Philippe Labro se souvient du jeune étudiant du lycée Janson-de-Sailly surgi de l'album des photos de leur jeunesse, de sa réserve cachée sous le plus éclatant des sourires. On entrevoit Lionel Jospin, témoin de ses jeunes années, rencontré si souvent à bicyclette sur les chemins de l'île de Ré. Thierry Frémaux, directeur de l'Institut Lumière, et le producteur Alain Terzian savent, en ce jour tristement ensoleillé, que le cinéma français ne sera plus jamais le même. Hélène Carrère d'Encausse, secrétaire perpétuelle de l'Académie française, porte haut les couleurs du quai Conti. Il y a là Robert Charlebois, Enrico Macias, le compositeur Vladimir Cosma, l'ex-joueur de rugby Jean Gachassin, la comédienne Marie-Anne Chazel, l'humoriste Raphaël Mezrahi.

La voix de Julien Clerc, surgie du téléphone de Nicolas Bedos, a soudain retenti : « On s'est mis à applaudir, dira Labro, le carcan était brisé, nous n'étions plus à la messe, mais grâce à Nicolas Bedos nous offrions à Jean-Loup, dont le beau visage occupait l'espace entre les bouquets de fleurs, le véritable au revoir dont le Covid-19 l'avait privé. »

Jean-Loup avait écrit pour elle « Ta jalousie ». C'était en 1974. Elle était la muse de Saint-Germain-des-Prés. Ce 23 septembre, Juliette Gréco, comme un signe, quittait à la même heure et pour d'autres rives le ciel de Ramatuelle.

« *C'est une chose étrange enfin que le monde*
Un jour je m'en irai sans avoir tout dit
Ces moments de bonheur ces midis d'incendie
La nuit immense et noire aux déchirures blondes. »

Louis Aragon
« Les Yeux et la Mémoire[1] »

Jean-Loup aujourd'hui

Sur une étagère, *Villa Catherine* et *Le Prix*, deux pièces de théâtre de Jean-Loup, n'ont pas eu le temps d'être portées à la scène. J'espère, un jour, peut-être ? « Longtemps, a écrit Stéphane Lerouge, à l'instar de ses confrères Francis Veber ou Danièle Thompson, le parolier-scénariste a caressé l'idée de traverser le miroir, en passant à la mise en scène avec un projet intitulé *Forcing*. À quoi aurait ressemblé une chanson de Dabadie dans un film écrit et réalisé par lui-même ? Cette question restera à jamais sans réponse[1]… »

Julien Clerc et Michel Polnareff continuent de promener les chansons de Jean-Loup tout autour du monde. Isabelle Boulay et Éric Laugérias ont repris certaines chansons écrites pour Reggiani. Avec « Sans Dabadie », chanson extraite de son dernier disque, *Avec des si*, Jean Guidoni lui aussi lui rend hommage, sur des paroles d'Arnaud Bousquet.

Une pépite naît parfois d'improbables rencontres.

Dabadie ou les Choses de nos vies, une création originale, réunit sur scène Clarika, Maissiat et Emmanuel Noblet autour de l'œuvre de Jean-Loup. Clarika,

1. La Fabrique culturelle, 3 juillet 2020.

depuis le succès de son album *Joker* en 2005, a tracé son chemin de La Cigale à l'Olympia en passant par Le Trianon. Maissiat, autrice, compositrice et interprète, s'est imposée en trois albums comme une figure emblématique de la scène française. Emmanuel Noblet a reçu le Molière du Seul en scène 2017 pour son adaptation du roman de Maylis de Kerangal, *Réparer les vivants*. Ensemble, ils ont construit un subtil canevas autour de l'œuvre foisonnante de Jean-Loup, une plongée dans ses mots joués, chantés, mis en musique. À travers la mise en scène d'Emmanuel Noblet, Clarika et Maissiat mêlent leur aura et leurs voix, ombres en transparence à travers un écran mobile, en osmose avec les brèves images fulgurantes de Romy Schneider, Julien Clerc, Michel Polnareff, Michel Piccoli et les autres. Au clavier et à la guitare électrique, Mathieu Geghre, qui signe les arrangements musicaux. De « Lettre à France » au « Temps qui reste », de *César et Rosalie* à *Clara et les Chics Types*, tout l'univers de Jean-Loup est là, magnifié par la scénographie de Camille Duchemin.

Le public ne s'y est pas trompé, qui, du théâtre de l'Œuvre au théâtre de l'Atelier et jusqu'aux Francofolies de La Rochelle, fait un triomphe aux quatre artistes. Chacun de nous s'en va sur la pointe des pieds, l'un fredonne « Ma préférence », l'autre « La Chanson d'Hélène ». L'âme de Jean-Loup veille sur eux, immortelle.

Postface

Jean-Loup Dabadie était l'homme le moins fait pour l'imparfait. Le charme de son inoubliable sourire, sa chaleur comme d'un Méridional de Paris, sa présence si attentive – c'était une grâce que d'entrer dans le cercle de son amitié. Générosité, humour, élégance, affection n'étaient pas de vains mots en ce qui le concernait.

Ce très bon élève avait été admis l'été de ses dix-huit ans comme stagiaire au TNP de Jean Vilar. Il en gardera l'idée que la scène reflète la vie mais peut aussi en rebattre les cartes. Romancier à vingt-deux ans avec *Les Yeux secs*, éphémère membre du groupe Tel Quel, il avait un temps travaillé sous l'égide de Pierre Lazareff, avant de devenir le scénariste et le dialoguiste que l'on sait. À son palmarès, pour ne citer que quelques titres, *Les Choses de la vie* et *La Gifle*, *Le Silencieux* et *Le Sauvage*, *Nous irons tous au paradis* et *Une histoire simple.* Toujours sur le pont des mots, il acheva en ses dernières saisons l'adaptation d'un roman de Simenon. C'était un façonnier des chagrins ordinaires et un psychologue des empathies complexes.

Dans l'histoire du cinéma français, il y aura eu l'ère Jeanson ou Prévert, les rapidités de Pascal Jardin, et la touche Dabadie. Ses portraits de copains sensibles, rugueux et paumés, les fêlures de la quarantaine dans la voix de Serge Reggiani, les femmes douces qui rêvaient en écoutant « Ma préférence », les envolées de la mouette Polnareff. Pour Yves Robert, Claude Pinoteau et une seule fois Truffaut, il avait été celui que ce dernier définissait comme un « écrivain de cinéma ». Sans compter les sketches composés pour Guy Bedos, Sylvie Joly ou Muriel Robin. Sismographe des sentiments, captant et précédant les humeurs d'une société tendre et heurtée, Jean-Loup scrutait ses contemporains avec un ciseau lucide aiguisé aux brises marines, attaché qu'il était au rivage de son île de Ré.

Peintre de femmes par ses textes, il sut habiller le mystère vivant de Romy Schneider, de Catherine Deneuve ou d'Isabelle Adjani, mais adorait avant tout son épouse, Véronique, dont le visage ornait en médaillon son épée d'académicien dont le fourbisseur est le talentueux Jean-Claude Dey. Ils procédaient l'un de l'autre comme par essence, les deux fleurs vivaces d'un même jardin, par vœu et par amour. Dabadie était un seigneur sur le court de tennis comme à la Nuit des Césars. Très généreux, rieur, entier, mais cinglant et droit dans ses allergies, Jean-Loup prisait la conversation à la française, avec ces traits de l'homme de spectacle qui sait trousser l'anecdote de coulisses.

Il se souvenait d'avoir vu Frank Sinatra apparaître au bord de la piscine de l'hôtel du Palais, à Biarritz, tandis qu'un sbire posait sur un Teppaz un disque du chanteur, lequel se baignait ainsi au son de sa musique devant des estivants ravis. Il racontait comment Yves Montand, pour la préparation du *Sauvage,* l'avait convoqué dans une chambre de l'hôtel Méridien de la porte Maillot pour lui faire réécrire des dialogues dans le dos de Jean-Paul Rappeneau – ce que Dabadie refusa. Et ce raccourci qui l'avait vu dîner un soir à Paris avec Catherine Deneuve et Marcello Mastroianni, et le lendemain soir à Rome avec le même Mastroianni et son épouse légitime, une comédienne du théâtre italien d'avant-garde.

Sur mon agenda, je retrouve la date d'un dîner chez Véronique et Jean-Loup, le dimanche 9 février 2020, en compagnie de Pierre Bénichou et de son amie. Qui pouvait savoir que le destin flottait au-dessus de nos têtes ? Bénichou disparaîtrait quelques semaines plus tard. Le premier confinement arrivait, qui fit de l'homme de plume un écrivain de textos. Comme je l'interrogeais à la mort de Michel Piccoli sur ses rapports avec l'acteur, Jean-Loup me répondit : « Je l'aimais infiniment. » Le dernier message reçu de lui, six jours avant sa disparition, porte ainsi le verbe « aimer ». On rediffusa alors quelques films de Claude Sautet, et j'entendais dans la bouche de ces acteurs disparus les mots de mon ami.

C'est de l'un de ces films que je voudrais évoquer un souvenir, une empreinte. *Vincent, François, Paul et les autres*, qui me lance dans un buisson de chiffres. Le film étant sorti en octobre 1974, je l'ai vu lors de mon premier trimestre d'hypokhâgne, à dix-sept ans et demi. Mon père avait alors quarante-trois ans, plus jeune que les protagonistes du film, auquel il ressemblait par bien des traits. Sautet choisit trois acteurs d'origine italienne, Montand, Reggiani et Piccoli, qui ont alors entre cinquante-deux et quarante-neuf ans. Pourquoi Dabadie, cette année-là âgé de trente-six ans, a-t-il si bien capté les états d'âme d'hommes d'une quinzaine d'années ses aînés ? Quelle expérience sentimentale le rendait si familier de leurs fêlures ? Car c'est vraiment un film sur la défaite des quinquagénaires, la faillite d'une entreprise, l'infarctus, les épouses qui les quittent – Stéphane Audran, Marie Dubois.

Jean-Loup a saisi un mouvement en cours, les mâles dans leur contingence, les bistrots, les salles de boxe, la visite de l'expert-comptable, et les femmes détachées, lassées, indulgentes, navrées, mais passant à autre chose. Ce ne sont pourtant pas des féministes ultras, plutôt des épouses de la moyenne bourgeoisie, mais elles jouent trois coups en avant de leurs maris un peu gourds, braves types dépassés, modèles de l'*Homo faber* des Trente Glorieuses, courageux et soudain perdus. Les femmes non plus ne savent pas vraiment ce qui leur arrive, mais c'est impérieux et inéluctable : elles ne sont plus dans ce jeu-là, il faut qu'elles s'en aillent. Secret d'un regard et d'un succès : pour ce film portant un titre hyper-masculin, Jean-Loup est du côté des femmes. C'est un long-métrage qui annonce l'ère des divorces par consentement mutuel et me semble travaillé par ce qu'il s'abstient de décrire, les évolutions en acte autour de ce bain de virilité déconcertée : la pilule, bientôt l'IVG, les pétitions libertaires issues de Mai 68, mouvement qui n'a pu requérir les protagonistes du film, déjà trop âgés. Une autre génération pointe : l'un des seuls succès masculins du film, c'est la victoire remportée sur le ring par le jeune boxeur qu'incarne Depardieu.

Je pense avoir vu le film comme un carottage ethnologique, voire un repoussoir au regard de la vie que je pouvais espérer, perché sur mon trapèze mental de khâgneux ; évoluant dans les voltes dématérialisées des cours de philosophie et de littérature, innervé par le rock, *Actuel* et *Le Plaisir du texte* de Roland Barthes, la BD et les filles parfumées au henné. Le travail concret des reconstructeurs d'après-guerre permettait à leur progéniture de se déconstruire, de se détacher du sol. Le luxe adolescent de se penser en apesanteur était gagé sur la sueur qu'ils avaient dépensée en labeur, pour voir finalement muter au cœur de leurs foyers ces étranges Hurons que devenaient leurs enfants.

C'est un moment de malentendu français où les femmes et les enfants sont devenus inintelligibles à nombre de « chefs de famille », car ces pères avaient été façonnés dans l'ère des chefs. Giscard tenta d'accompagner ces évolutions que Dabadie captait comme scénariste. C'est pourquoi, les voyant siéger des décennies plus tard à l'Académie à des fauteuils mitoyens, je songeais souvent à cet étrange hasard qui me faisait témoin, en contemporain décalé, de ces deux hommes qui vers 1974 avaient capté, et à bien des égards façonné, le temps de ma jeunesse, y compris dans l'écart qui séparait de leurs générations les jouvenceaux de mon âge.

Cela, je l'ai compris bien plus tard, lorsque Dabadie entra dans mon présent. Qui est devenu un passé. Jean-Loup pourtant est là, il me sourit. Et puis, soudain, il est parti.

Marc Lambron
de l'Académie française

Annexes

Scénarios et dialogues

1962 *Les Parisiennes* de Marc Allégret, Claude Barma, Michel Boisrond et Jacques Poitrenaud, film à sketches, sketch *Ella*
1962 *Conduite à gauche* de Jacques Poitrenaud
1966 *La Tête du client* de Jacques Poitrenaud
1965 *Le Lit à deux places* de Jean Delannoy, François Dupont-Midy, Gianni Puccini et Alvaro Mancori, film à sketches
1966 *À belles dents* de Pierre Gaspard-Huit
1966 *Les Sultans* de Jean Delannoy
1966 *Carré de dames pour un as* de Jacques Poitrenaud
1967 *Le Canard en fer-blanc* de Jacques Poitrenaud
1969 *Clérambard* d'Yves Robert
1970 *Les Choses de la vie* de Claude Sautet
1971 *Ça n'arrive qu'aux autres* de Nadine Trintignant
1971 *La Poudre d'escampette* de Philippe de Broca
1971 *Max et les Ferrailleurs* de Claude Sautet
1972 *Chère Louise* de Philippe de Broca
1972 *Une belle fille comme moi* de François Truffaut
1972 *César et Rosalie* de Claude Sautet
1973 *Salut l'artiste !* d'Yves Robert
1973 *Le Silencieux* de Claude Pinoteau
1974 *Vincent, François, Paul et les autres* de Claude Sautet
1974 *La Gifle* de Claude Pinoteau
1975 *Le Sauvage* de Jean-Paul Rappeneau
1976 *Un éléphant, ça trompe énormément* d'Yves Robert
1977 *Violette et François* de Jacques Rouffio
1977 *Nous irons tous au paradis* d'Yves Robert
1978 *Une histoire simple* de Claude Sautet
1979 *Courage fuyons !* d'Yves Robert

1981 *Clara et les Chics Types* de Jacques Monnet
1983 *Attention, une femme peut en cacher une autre* de Georges Lautner
1983 *Garçon!* de Claude Sautet
1984 *La Septième Cible* de Claude Pinoteau
1986 *Descente aux enfers* de Francis Girod
1987 *Attention bandits!* de Claude Lelouch
1992 *Le Bal des casse-pieds* d'Yves Robert
2010 *La Tête en friche* de Jean Becker
2014 *Bon rétablissement!* de Jean Becker
2018 *Le Cahier rouge* de Jean Becker
2022 *Les Volets verts* de Jean Becker

Théâtre

1965 *Le Boy-Friend*, mise en scène de Jean-Christophe Averty et Dirk Sanders au Théâtre Antoine.
1967 *La Famille écarlate*, mise en scène de Gérard Vergez au Théâtre de Paris.
1988 *D'Artagnan*, mise en scène de Jérôme Savary au Théâtre de Chaillot.
1992 *La Famille écarlate*, mise en scène de Jacques Échantillon au TBB et tournée.

Adaptations

1969 *Le Vison voyageur*, d'après Ray Cooney et John Chapman, mise en scène de Jacques Sereys au Théâtre du Gymnase.
1972 *Le Légume*, d'après Francis Scott Fitzgerald, mise en scène de Jean-Pierre Grenier au Théâtre Hébertot.
1975 *Madame Marguerite*, d'après Roberto Athayde, mise en scène de Jorge Lavelli au Théâtre Montparnasse.
1985 *Deux sur la balançoire*, d'après William Gibson, mise en scène de Bernard Murat au Théâtre de l'Atelier.
1986 *Double mixte*, d'après Ray Cooney, mise en scène de Pierre Mondy au Théâtre de la Michodière.
1990 *Quelque part dans cette vie*, d'après Israël Horovitz, mise en scène de Jean-Loup Dabadie au Théâtre des Bouffes-Parisiens.
1993 *Je ne suis pas un homme facile*, d'après Neil Simon, mise en scène de Jean-Luc Moreau au Théâtre Marigny.

1994 *Quelque part dans cette vie*, mise en scène de Jacques Rosny au Théâtre Marigny.
1995 *Le Vison voyageur*, mise en scène de Jean-Pierre Guillemin et Neil Simon.
1998 *Deux sur la balançoire*, mise en scène de Stéphane Hillel, au Théâtre Montparnasse.
1999 *Comédie privée,* d'après Neil Simon, mise en scène d'Adrian Brine, au Théâtre du Gymnase-Marie Bell.
2000 *Madame Marguerite*, d'après Roberto Athayde, mise en scène de Marc de Negri au Théâtre de l'Abattoir (Cuers).
2001 *Madame Marguerite*, mise en scène de Jean-Luc Moreau au Théâtre de la Gaîté-Montparnasse.
2002 *Même heure, l'année prochaine* de Bernard Slade, mise en scène de Pierre Mondy au Théâtre du Gymnase-Marie Bell.
2003 *Le Vison voyageur*, mise en scène d'Éric Hénon.
2003 *Le Vison voyageur*, mise en scène de Jacqueline Bœuf, au Théâtre de la Tête d'or (Lyon).
2006 *Deux sur la balançoire*. William Gibson. Mise en scène de Bernard Murat. Théâtre Édouard VII.
2008 *Deux sur la balançoire*, mise en scène de Gregory Benoît.
2009 *Le Vison voyageur*, mise en scène de Jean-Charles Simon.
2013 *Madame Marguerite*, mise en scène de Virginie Hocq, au Théâtre Le Public (Bruxelles).
2015 *Madame Marguerite*, mise en scène de Xavier Lemaire au Théâtre de l'Ouest parisien.
2018 *Quelque part dans cette vie,* mise en scène de Bernard Murat, au Théâtre Édouard VII.
2023 *Le Vison voyageur.*, mise en scène de Michel Fau au Théâtre de la Michodière.

Chansons

Marcel Amont
Dagobert, c'est moi. Musique de Jacques Datin.
L'École. Musique de Roland Vincent.

Michèle Arnaud
La Maison
Nous ne serons plus là

Barbara
Marie Chenevance. Musique de Barbara.

Didier Barbelivien
Il est mort le chanteur. Musique de Didier Barbelivien.

Gérard Berliner. *Musique de Gérard Berliner.
*Heureux**
*L'Homme essoufflé**

Petula Clark
Dans la ville. Musique de Petula Clark.

Julien Clerc. *Musique de Julien Clerc.
*À la fin je pleure**
*À son cou, à ses genoux** + Karl Ronald Craig.
*Aime-moi**
*Aime-moi tonight**
*Les Amours sans larmes**
*Angèle** + Christian Padovan-Gérard Kawczynski
*Apprendre à lire**
*L'Assassin assassiné**
Une belle fille comme moi. Musique de Jacques Datin.
*Blonde et en colère** + Jean-Alain Roussel.
*Breathe**
*Cette personne**
*Le Cœur trop grand pour moi**
*Confidence** + Gérard Kawczynski
*Elle danse ailleurs**
*Elle décoiffe et moi je smashe**
*Elle faisait la la la**
*Femmes, je vous aime**
*Je suis mal**
*La Mémoire dévêtue**
*Les Mots d'amour**
*Les mots qui dansent**
*Les Oiseaux dans les arbres** + C. Padovan
*On peut rêver**
*Partir**
*La Petite Liqueur de ton cœur**

*Ma préférence**
*Quel jeu elle joue**
*Quelle heure est-il, Marquise?**
*Respire**
*Les Routes bleues**
*Style Ming** + Jean-Alain Roussel
*Tant d'amour**
*Le Temps d'aimer**
Tu me manques

Robert Charlebois. *Musique de Robert Charlebois.
*Les chiffres parlent**
*Meurs pas**
*News**
*Nuage numéro neuf**
*Piano-bar**
*Superstar**

Richard Cocciante. *Musique de Richard Cocciante
*C'est pour toujours**
*Canzone dell infinito**
*Être aimé**
*Futari**
*L'homme qui vole**
*La Jeune Fille aux lunettes noires**
*Ser Amados**
*Loin dans mon vertige**
*Le mot France**

Annie Cordy
Maintenant je sais. Reprise du texte écrit pour Jean Gabin. Musique de Harry Philip Green.

Nicole Croisille
La Femme et l'Enfant. Musique de Hubert Giraud.
Au revoir et merci. Musique de Roland Vincent.
David. Musique d'André Popp.

Dalida
Le Clan des Siciliens. Musique d'Ennio Morricone. Bande originale du *Clan des Siciliens* d'Henri Verneuil.

Catherine Deneuve
Lady From Amsterdam. Coécrit avec Boris Bergman. Musique de Vladimir Cosma. Pour le film d'Yves Robert *Courage fuyons*.

Sacha Distel. *Musique de Sacha Distel
*Donne-moi la main encore**
*La Maison en France**

Alice Dona
L'Homme aux bras fermés. Musique d'Alice Dona.

Jacques Dutronc. *Musique de Jacques Dutronc
*J'comprends pas**
*Mais surtout sentimentale**

Elsa
Tout l'temps, tout l'temps. Musique de Raymond Donnez et de Georges Lunghini.
C'est bien, c'est mal. Musique de Raymond Donnez et de Georges Lunghini.
Être ensemble. Musique de Georges Lunghini.
Le Cœur ailleurs, l'Amour ailleurs. Musique de Raymond Donnez et de Georges Lunghini.

Liane Foly
La Chanson d'Hélène. Musique de Philippe Sarde.
La Chanson de Léa. Musique de Michel Legrand. Pour *La Bicyclette bleue,* téléfilm de Claude Pinoteau.

Claude François
Je danse. Musique de Paul de Senneville et de Toussaint du Gast.
Ni na nana. Musique de Patricia Carli.

Jean Gabin
Maintenant je sais. Musique de Harry Philip Green.

Jesse Garon
Être jeune. Musique de Jesse Garon.

Juliette Gréco
Ta jalousie. Musique de Gérard Jouannest.
Ma fille, bonjour. Musique de Jacques Datin.

Johnny Hallyday
J'ai épousé une ombre. Musique de Philippe Sarde. Bande originale du film de Robin Davis *J'ai épousé une ombre*.

Patrick Juvet. *Musique de Patrick Juvet.
*Le Saturnien**
*Rêves immoraux**

Marie Laforêt
La Ballade de Clérambard. Musique de Vladimir Cosma pour le film d'Yves Robert *Clérambard*.

Enrico Macias
La Rumeur. Musique de Vasco Martins.
Le Voyage. Musique d'Enrico Macias.

Claude Mann et Élisabeth Wiener
Séduction. Musique d'Antoine Duhamel.

Betty Mars
La Chanteuse du dancing. Musique d'André Paté et P.-R. Sagan.

Mireille Mathieu
Amour. Avec Pierre Leroyer. Musique de Jean-Pierre Bourtayre.
Ce jour-là. Musique de Francis Lai.
C'est la vie, mais je t'aime. Musique de Paul de Senneville et de Toussaint Vast.
C'était dimanche. Musique de Paul de Senneville.
L'homme qui sera mon homme. Musique de Paul de Senneville et de Toussaint Vast.

Yves Montand
L'Addition. Musique de Michel Legrand.
Valentin (inédit).

Nana Mouskouri
Petite Valse pour un enfant. Musique de Nana Mouskouri.
Le Plaisir d'aimer. Musique d'Alain Goraguer.

Nicoletta
Un homme. Musique de Gérard Layani.

Michel Polnareff. *Musique de Michel Polnareff
*L'Affreux Jojo**
*Ça n'arrive qu'aux autres**
Dans la maison vide. Musique de Paul de Senneville.
*Histoire lamentable**
*Holidays**
*J'ai du chagrin, Marie**
*J'ai tellement de choses à te dire**
Je cherche un job.
*Jour après jour**
*Lettre à France**
*Mademoiselle de**
*Minuit à midi**
Nadia. Musique de Paul de Senneville.
*Né dans un Ice-Ccream**
*Nos mots d'amour**
*On ira tous au paradis**
*Petite fille**
*Petite petite**
Pour toi. Musique de Paul de Senneville.
*Pourquoi se dire adieu ?**
*Ring a ding**
Tous les bateaux tous les oiseaux. Musique de Paul de Senneville.

Serge Reggiani. *Musique de Jacques Datin
*L'Absence**
Les Amours sans importance. Musique de Georges Moustaki.
L'Armée du brouillard. Musique d'Alain Goraguer.
Le Bouquet de fleurs. Musique d'Alain Goraguer.
La Chanson de Paul. Musique d'Alain Goraguer.
Le Déjeuner de soleil. Musique d'Alain Goraguer.
*De quelles Amériques ?**
*L'Enfant et l'Avion**

*Et puis**
*France Lune**
La Gare de Bayonne. Musique de François Bernheim.
*Le Grand Couteau**
*Hôtel des Voyageurs**
*L'Italien**
Journal. Musique de Michel Legrand.
*Mathusalem**
Maudite Enfant. Musique d'Alain Goraguer.
Un menuisier dansait. Musique de Joss Baselli.
*Les Mensonges d'un père à son fils**
Les Objets perdus. Musique de Francis Lai.
La Putain. Musique de Michel Legrand.
Quand on y pense. Musique de Louis Bessières et de Raymond Bernard.
Raymond, joue-moi du jazz. Musique de Raymond Bernard.
T'as l'air d'une chanson. Musique d'Alain Goraguer.
Le Temps qui reste. Musique d'Alain Goraguer et de Patrick Goraguer.
Le Tango de la mélancolie. Musique d'Alain Goraguer.
*La Vieille**
*Le Vieux Couple**
En italien :
Amor moi, figlio mio (*Le Petit Garçon*)
E Poi (*Et puis*)
Il Francese (*L'Italien*)

Régine. *Musique de Jacques Datin
*L'Accident**
*Les Filles de la rue d'Amérique**
*Il m'a laissé deux cigarettes**
Moi, mes histoires. Musique de Michel Polnareff.

Line Renaud
La Mémoire dévêtue. Musique de Julien Clerc.

Henri Salvador. *Musique d'Henri Salvador
*Chanson facile**
*J'ai envie de Lucie**

Michel Sardou
L'Acteur. Musique de Jacques Revaux.
Chanteur de jazz. Musique de Jacques Revaux.
Féminin comme. Musique de Jean-Pierre Bourtayre et de Jacques Revaux.
Mauvais Homme. Musique de Jacques Revaux et de Pierre Billon.
Parce que c'était lui, parce que c'était moi. Musique de Michel Sardou.
Pleure pas, Lola. Musique de Jacques Revaux.
Road book. Musique de Michel Sardou.
Salut. Musique de Jean-Pierre Bourtayre et de Jacques Revaux.
Les Mamans qui s'en vont. Musique de Jacques Revaux.
Les Mots d'amour. Musique de Jean-Pierre Bourtayre et de Jacques Revaux.
Qu'est-ce que j'aurais fait, moi ? Musique de Jacques Revaux.
T'es mon amie, t'es pas ma femme. Musique de Jacques Revaux.
Tous les bateaux s'envolent. Musique de Paul de Senneville.
Le Voyageur immobile. Musique de Jacques Revaux.

Catherine Sauvage
Je n'ai pas de souvenance. Musique de Gaby Verlor.

Romy Schneider et Michel Piccoli
La Chanson d'Hélène. Musique de Philippe Sarde.

Sylvie Vartan. *Musique d'Eddie Vartan.
*Encore**
*P'tit Bateau**
*Aimer**
*Le Dimanche**
Libertés. Musique de Roger Loubet.

Dominique Walter
Les Années 70. Musique de Jacques Datin.
L'Enfant dans la montagne. Musique d'Ennio Morricone.

Sketches

Pour Guy Bedos, Maurice Biraud, Bourvil, Robert Charlebois, Darry Cowl, Jean-Pierre Darras, Hubert Deschamps, Sophie

Daumier, Michel Galabru, Annie Girardot, Sylvie Joly, Serge et Stephan Reggiani, Muriel Robin, Henri Salvador, Michel Sardou, Jacques Villeret.

Romans

1957 *Les Yeux secs*. Éditions du Seuil.
1958 *Les Dieux du foyer*. Éditions du Seuil.

Entretiens

2008 Véronique Dabadie, *Conversations avec Jean-Loup*, Le Cherche-midi, 2009.

Traductions

1960 *Du côté de Barcelone.* Roman de Luis Goytisolo, traduit de l'espagnol par Jean-Loup Dabadie et Jean-Francis Reille, Éditions du Seuil.
1961 *Villa Milo.* Roman de Xavier Domingo, traduit de l'espagnol par Jean-Loup Dabadie et Bernard Savigny, Éditions du Seuil.

Récompenses

1969 Prix Louis-Delluc pour *Les Choses de la vie*
1972 Prix Vincent-Scotto
1972 Prix Jean-Le-Duc de l'Académie française pour *César et Rosalie*
1974 Prix Jean-Le-Duc de l'Académie française pour *La Gifle*
1974 Prix Louis-Delluc pour *La Gifle*
1983 Grand Prix du cinéma de l'Académie française pour l'ensemble de son œuvre
1984 Grand Prix de la Sacem (Humour)
1987 Molière du Meilleur Adaptateur pour *Deux sur la balançoire*
2000 Grand Prix de la chanson française (parolier) de la Sacem
2004 Prix Raymond-Devos de la langue française
2004 Prix Henri-Jeanson de la SACD pour l'ensemble de son œuvre
2009 Victoire d'honneur de la Musique pour l'ensemble de sa carrière

Nominations

1977 César du Meilleur Scénario original ou adaptation pour *Un éléphant ça trompe énormément*
1978 César du Meilleur Scénario original ou adaptation pour *Nous irons tous au paradis*
1979 César du Meilleur Scénario original ou adaptation pour *Une histoire simple*
1990 Molière de l'adaptateur pour *Quelque part dans cette vie*

Décorations

2002 Commandeur de l'Ordre des Arts et des Lettres
Officier de l'Ordre national du mérite
2015 Commandeur de la Légion d'honneur

Académie française

Élection le 10 avril 2008 au fauteuil de Pierre Moinot (n° 19). Réception par ses pairs le 12 mars 2009.

Table

Remerciements

Les autrices remercient chaleureusement, par ordre d'entrée en page :

Nicolas Bedos, Rémi Massé, Louise Belin, Philippe Labro, Lionel Jospin, Françoise Canetti, Catherine Streiff, Carole Amiel, Muriel Robin, Bertrand de Labbey, Julien Clerc, Isabelle Adjani, Elizabeth Bourgine, Maurice Illouz, Raphaël Mezrahi, Olivier Barrot, Thomas Patey, Sylvie Vartan, Richard Cocciante, Enrico Macias, Nana Mouskouri, Francis Huster, Christophe Malavoy, Julie Arnold, Ludmila Mikaël, Michel Leeb, Marie-Anne Chazel, Michel Sardou, Sonia Vollereaux, Pierre Arditi, Xavier Giannoli, Norbert Saada, Jean Gachassin, Frédéric Vitoux de l'Académie française, Sylviane Agacinski de l'Académie française, Jean Becker pour leurs témoignages inédits.

Catherine Deneuve, pour la légende inédite de sa photo avec Jean-Loup.

Olivier Suire-Verlet pour l'autorisation de reproduction de son aquarelle *Le Bois de Trousse-Chemise*.

Ariane Grimpel pour l'autorisation de reproduction de son aquarelle *Jean-Loup en académicien*.

Gérard Piazza et Laurent Aduso pour leurs recherches documentaires.

Et tout spécialement :
Didier Barbelivien, Éric Neuhoff et Marc Lambron de l'Académie française.

Cet ouvrage a été composé
par Soft Office
à Eybens (Isère)

Impression réalisée par

NORMANDIE ROTO IMPRESSION S.A.S.
à Lonrai (Orne)

en avril 2024
pour le compte des éditions de l'Archipel,
département éditorial de la S.A.S. Écriture-Communication

#lisez! engagé
www.lisez.com
Pour plus d'information :
Imprimé sur du papier issu de forêts gérées durablement.

Imprimé en France
N° d'impression : 2401688
Dépôt légal : mai 2024
A85012/01